몽상가 夢想家

김대산 퓨전 무협 소설

FUSION ORIENTAL STORY

몽상가 4

김대산 퓨전 무협 소설

초판 1쇄 찍은 날 § 2010년 9월 7일
초판 1쇄 펴낸 날 § 2010년 9월 14일

지은이 § 김대산
펴낸이 § 서경석

편집팀장 § 서지현
편집책임 § 박우진

펴낸곳 § 도서출판 청어람
등록번호 § 제1081-1-89호
등록일자 § 1999. 5. 31
어람번호 § 제2-1974호

주소 § 경기도 부천시 원미구 심곡2동 163-2 서경B/D 3F (우) 420-822
전화 § 032-656-4452 팩스 § 032-656-4453
http://www.chungeoram.com
E-mail § chungeoram@chungeoram.com

© 김대산, 2010

ISBN 978-89-251-2286-1 04810
ISBN 978-89-251-2201-4 (세트)

몽상가

夢想家

4

홈런

김대산 퓨전 무협 소설 FUSION ORIENTAL STORY

도서출판 청어람

目次

第三十四章
일단 붙어!
내가 됐다고 할 때까지!

몽상가

몽상가

1

　'계급장 사건' 이후로 이종찬은 철민과는 아예 눈조차 마주 치지 않았다. 어쩌다 마주치더라도 숫제 허수아비나 공기 대하듯 했다. 그러나 그런 무시와는 별개로 이종찬은 확실한 팀의 중심 역할을 하고 있었다. 신참들에게 후덕하다는 평을 듣는 진용철의 등을 떼밀어서 팀의 주장으로 세웠고, 훈련 시간마다 집중하자고 솔선하며 선수들을 독려하였다.

　우열팀 간 경기도 전에 없이 뜨거웠다. '중, 고참' 그룹과 '주전' 그룹은 그동안 벌어놓지 못한 점수를 만회하기 위해 열의를 보이는 모습들이었다.

　아직 시간은 있었다, 모두에게. 다만 그 시간 동안에 얼마나 많은 땀과 노력을 쏟아붓느냐에 따라 모든 것이 결정될 것이다.

2

어둑해질 무렵, 버스 한 대가 천천히 리조트에 들어섰다. 이윽고 현관 앞에 멈춰 선 버스에서 줄줄이 사내들이 내렸다. 삼사십 명에 달하는 그들의 덩치는 하나같이 예사롭지 않아 보였다. 그리고 짧은 머리에 짙은 색의 정장 차림, 어기적거리는 듯한 걸음걸이와 힐끗힐끗 주변을 둘러보는 사뭇 불량스러운 눈길들에서 그들이 어떤 종류의 사람들인지 추측해 보는 것은 그리 어렵지 않았다.

"여기 김철민이가 누구야? 김철민이 나오라고 그래!"

로비로 들어선 무리의 앞쪽, 짙은 선글라스의 사내 하나가 대뜸 고함을 쳤다.

난데없는 소란에 관리실에서 경비요원이 급하게 뛰어나왔으나, 수십 명의 덩치가 뿜어내는 심상치 않은 기세에 감히 무슨 일이냐고 묻지도 못하고 그대로 얼어버렸다.

로비의 소란에 위층 숙소에 있던 선수들이 삼삼오오 아래로 내려왔다. 선수들은 처음에 한 달여나 지속, 반복되고 있는 전훈의 단순한 일상 중에 무슨 재미난 구경거리나 난 듯이 저마다 호기심 가득한 얼굴들이었다. 그러나 이내 정체 모를 사내들이 집단으로 난입하여 조성하고 있는 사뭇 살벌한 분위기에 잔뜩 긴장한 모습들이 되어버렸다.

철민이라고 긴장되고 불안하지 않을 리는 없었으나, 다른 무엇보다도 사내들이 자신의 이름을 거론하고 있었으므로 일단은 나서서 사정을 알아봐야만 했다. 그런데 철민이 앞으로 나서려고 할 때였다. 언제 내려왔는지 그의 뒤에 서 있던 장동국 감독이 한발 먼저 앞으로 나섰다.

"당신들 누구요? 지금 대체 뭐 하는 짓이요?"

묵직하게 힘이 실린 장 감독 특유의 목소리였으나, 선글라스사내는 힐끗 돌아보며 가볍게 되받았다.

"당신은 뭐야?"

"나? 감독이오!"

"감독? 큭! 영화감독인지 무슨 감독인지 모르겠지만, 김철민이 아니라면 당신은 뒤로 빠져 있어!"

"다시 말하지만 난 이곳에서 훈련 중인 선수들을 총책임지고 있는 감독이오. 그러니 우리 선수들 중 누구에게 용건이 있다면 먼저 나한테 말을 하시오!"

"그래? 좋아! 목소리 아래로 까는 수고를 생각해서 당신이 감독이라는 건 인정해 줄게! 그런데, 그래서 뭘 어쩌라고? 좋은 말로 할 때 그냥 얌전히 찌그러져 있어줄래? 자꾸 여러 말 하게 만들면 콱 찌그러뜨리는 수가 있어!"

사내의 말이 그렇게까지 되니 장 감독으로서도 더는 참지 못하여,

"너희들, 대체 뭐 하는 놈들이야? 뭐 하는 놈들인데 여기 와서 함부로 행패야?"

하고 버럭 호통을 치고 나서는, 다시 뒤쪽에다 대고 소리를 쳤다.

"야! 누구 경찰에다 신고 좀 해!"

그러나 선글라스사내는 느긋하기만 했다.

"호오? 경찰에 신고하시게? 뭐, 하고 싶으면 얼마든지 해보셔! 기왕이면 자세하게 설명도 해주라고! 여기 조폭들이 한 사십 명쯤 몰려와 있다고 말이야! 그런데, 이런 촌구석 경찰서에는 경찰이 몇 명쯤이나 있을라나?"

장 감독이 언뜻 질린 기색이 되고 마는 걸 보고는 철민이 나서지 않을 도리가 없었다.

"제가 김철민입니다만… 무슨 일입니까?"

선글라스사내가 느물거렸다.

"역시 주인공은 늦게 나서시는군? 뭐, 우리가 누군지는 알 것 없고, 그냥 당신한테 볼일이 좀 있어서 그러니까 잠깐 같이 좀 가줘야겠어!"

사내가 까딱 손짓하자, 두 명의 덩치가 재빠르게 철민을 향해 다가서며 대뜸 그의 양쪽 어깨를 잡아채 왔다. 철민이 움찔 놀라며 다급하게 덩치들의 손길을 피하려 하였으나, 다만 생각일 뿐 실제로는 몸이 얼어붙은 듯이 제대로 움직여지지가 않았다. 그때,

"무슨 수작이야?"

한 발 뒤쪽에 섰던 손강호가 나직이 외치며 앞으로 불쑥 나서는 동시에 빠르게 양손을 앞으로 쳐냈다. 예기치 못한 행동

이었고, 또한 번개 같은 손놀림이었다.

퍽! 퍼억! 둔탁한 소리가 나는가 싶더니 두 덩치가 그대로 바닥에 주저앉아 버렸다.

"끅!"

"끄윽!"

어디를 어떻게 맞았는지 덩치들은 목을 부여잡은 채로 꼼짝도 못하고서 고통스럽게 신음만 흘리고 있었다. 그런 그들의 얼굴이 진땀으로 번들거렸다.

선글라스사내는 흠칫 놀란 듯했다. 그러나 그는 이내 짜증스럽다는 듯이 내뱉었다.

"넌 또 뭐냐?"

그러나 손강호는 묵묵히 철민의 앞을 가로막고 서는 것으로써 대답을 대신했다.

"아, 이 새끼들이 진짜? 얘들아!"

선글라스사내가 와락 얼굴을 일그러뜨리며 거칠게 손짓하는 순간, 로비를 채우고 있던 사내들이 일제히 앞으로 다가들기 시작했다. 그 기세에 손강호와 철민, 그리고 그 뒤에 선 선수들이 일제히 주춤거리며 물러설 때였다.

"야, 이 새끼들아! 여기가 너희들 안방인 줄 알아?"

고함을 치며 계단을 내려오는 이는 이종찬이었다. 그리고 그의 뒤로 다시 이대헌과 진용철, 그리고 서진웅 등이 따라 내려오고 있었는데, 그들의 품에는 한 아름씩의 배트가 안겨져 있었다.

선수들 손에 배트가 들려지자 분위기는 금세 확 달라졌다. 비록 운동을 업으로 삼고 있는 선수들이라고 하지만 아무래도 체구와 거친 면에서 사내들에게 밀리는 분위기더니, 일단 배트를 손에 들고 나자 단숨에 기세가 역전되고 만 것이다.

상대적으로 사내들의 기세는 주춤하였다. 그러나 그런 것은 다만 잠시였을 뿐, 양상은 이내 다시 바뀌고 말았다. 사내들 중의 대여섯 명이 재빨리 바깥으로 나갔다가 돌아왔는데, 각기 한 아름씩의 쇠파이프를 안고 온 것이다. 사내들 사이로 빠르게 '연장'이 배분되었고, 로비는 대번에 살벌한 기운으로 가득 차고 말았다.

"잠깐만요! 대체 무슨 영문인지부터 좀 알려주십시오! 난 당신들이 누군지 알지도 못하는데, 도대체 나한테 무슨 볼일이 있다는 겁니까!"

철민이 당황과 공포에 눌려 있을 수만은 없다는 다급함과 각오로 소리쳤다. 그러자 짐짓 느긋하게 주위를 한차례 돌아보며 선글라스사내가 천천히 대답했다.

"이봐! 우리도 공사가 다~망한 사람들이야. 아무 볼일 없이 이런 촌구석까지 왔겠어?"

"그러니까 그 볼일이란 게 대체 뭐냐고 묻지 않습니까?"

"아, 거, 씨! 알 것 없다고 했잖아! 잠깐이면 되니까 그냥 순순히 따라 나오라고 하잖아! 자꾸 짜증나게 만들면, 볼일이고 나발이고 간에 일단 여기 있는 놈들부터 확 그냥 모조리 한두 군데씩 부러뜨려 놓고 다시 시작한다?"

　서슴없이 위협의 말을 내뱉는 사내의 짙은 선글라스 속에서 섬뜩한 눈빛이 번들거리는 듯했다. 그때 잠시 옆으로 물러나 있던 장 감독이 철민의 옆으로 서며 말했다.

　"안 될 말이오! 당신들이 무슨 짓을 벌인다 해도 영문도 모르는 채로 우리 김 팀장 혼자서 당신들을 따라가는 것은 절대로 용납할 수 없소!"

　선글라스사내의 미간이 확 좁혀졌다.

　"이런 쓰벌! 용납 못하면 어쩔 건데?"

　장 감독이 문득 툴툴거리며 웃었다.

　"허허허! 어쩔 거냐고? 한두 군데씩 부러뜨려 놓겠다고 했나? 하지만 그러려면 당신들도 부러질 각오를 해야 할걸?"

　"뭐?"

　"우린 프로야구팀이야! 방망이 휘두르는 게 직업인 사람들이지!"

　"큭! 그래서? 정말로 한판 벌여보겠다는 거야?"

　"그리고 우린 꽤나 자주 신문이나 TV에 오르내리는 사람들이기도 하지! 그래, 자네 말대로 여기는 촌구석이니까 신고를 해도 지금 당장에는 소용이 없을 수도 있겠어! 그런데 내일 아침에는 어떻게 될까? 프로야구팀 D불스, 조폭들에게 집단 테러를 당하다! 중앙 일간지마다 대문짝하게 기사가 나고, TV 뉴스에서는 아주 난리들을 치겠지? 그때도 경찰이 소용없을까? 우리가 조용히 있으라고 해도 오히려 경찰 쪽에서 그러지 못할걸? 그게 자네들이 바라는 건가?"

선글라스사내의 입꼬리가 슬며시 비틀렸다.

"어이, 감독 씨! 결론적으로 하고 싶은 얘기가 뭔데?"

"폭력을 써서 서로 간에 좋을 일이 없다는 거지!"

"니미! 그래서 어떻게 하자는 거냐고?"

장 감독이 차분한 얼굴로 말을 받았다.

"그 볼일이라는 거 말이야, 뭔지 모르겠지만 꼭 처리해야 하는 일이라면 다른 데로 갈 것 없이 지금 이 자리에서 처리하는 건 어떻겠나?"

3

"뭐, 댁들이 간섭만 안 하겠다면야 굳이 안 될 건 없어!"

잠시 머리를 굴린 선글라스사내는 의외로 순순하게 고개를 끄덕였다.

딱!

선글라스사내가 소리 나게 손가락을 튕기자 사내들의 후미쯤에서 누군가 앞으로 걸어나오는데, 대개가 덩치들인 중에서도 돋보이는 진짜 덩치였다. 0.1톤의 손강호가 오히려 작아 보일 정도였으니, 적어도 일백하고도 이삼십 킬로그램은 더 나가 보였다. 그런데다 머리는 한 오라기의 터럭도 없는 완벽한 무모(無毛)였으니, 그야말로 무모한 덩치였다.

'무모덩치'가 바로 몇 걸음 앞에 떡 버티고 서서 시선을 마주쳐 오는 순간 철민은 그대로 숨이 턱 막히고 마는 듯했다.

선글라스사내가 입꼬리로만 빙글거리며 말을 던졌다.

"볼일이란 건 아주 간단해! 그냥 그 친구하고 한판만 붙어주면 돼!"

"뭐라고요? 이 사람하고 싸움을 하란 말입니까?"

철민이 어이없어 급하게 반문하고 난 다음, 다시 변명이라도 하듯이 덧붙였다.

"도대체… 내가 왜 이 사람이랑 싸워야 한다는 겁니까? 무슨 오해와 착오가 있는 모양인데… 난 그냥 평범한 직장인일 뿐입니다. 싸움 같은 것과는 전혀 관계가 없는 사람이라니까요?"

그러나 선글라스사내는 냉소하며 몰아붙였다.

"잡소리는 필요없고! 여기가 마음에 안 들면 빨랑 말해! 다른 데로 끌고 가줄 테니까!"

철민이 당황스러운 중에 다시 막막해지고 마는데, 곁을 지키고 섰던 손강호가 성큼 앞으로 나섰다.

"싸울 상대가 필요한 것이라면 내가 상대해 주지!"

순간 선글라스사내가 차갑게 날을 세웠다.

"어이, 너 말이야! 소싯적에 어디서 좀 놀았나 본데, 아무 자리에서나 함부로 깝치는 거 아니다? 그러다가 니 뱃속의 창자들 바깥 구경시키는 수가 있어!"

그 말에 호응이라도 하듯이 앞줄에 섰던 사내들 네댓이 일제히 허리춤에서 뭔가를 뽑아 들었다. 시퍼렇게 날이 선 칼이었다, 날의 길이만 한 뼘 하고도 반 뼘은 더 되어 보이는. 순간 손강호의 어깨가 움찔하였다. 지켜보던 선수들의 얼굴에도 와락 두려움의 기색이 치솟았다. 이제야 상대들이 단순히 '깡'을 앞세워 맞서볼 수 있는 자들이 아니라는 사실을 절감한 것이리라.

그런데 로비 전체가 싸늘하게 얼어붙고 만 그때였다. 이종찬이 문득 앞으로 걸어나왔는데, 딱딱하게 굳은 얼굴에 미처 다 숨기지 못한 두려움이 남아 있는 채로 손강호의 옆으로 가서 우뚝 버티고 섰다. 그리고 그것이 신호이기라도 한 듯이 선수들이 일제히 앞쪽으로 간격을 좁혀들었다. 배트를 움켜잡은 그들의 두 손에는 잔뜩 힘이 들어가 있었고, 꽉 다문 입매에는 어느덧 두려움보다도 더 커진 각오가 야무지게 맺혀 있었다.

"야, 이 새끼들아! 진짜로 뒈지고 싶어?"

선글라스사내가 날카롭게 고함을 쳤다. 그러나 선수들에게서 별다른 반응이 없자 선글라스사내는 차갑게 입매를 일그러뜨리며 뒤로 물러나갔고, 그의 손짓에 따라 좀 전에 칼을 뽑아들었던 대여섯 명이 그를 따라서 함께 뒤로 물러났다. 대신 쇠파이프를 든 자들이 앞 열로 나서며 일제히 바닥을 내려치기 시작했다.

텅! 텅! 캉! 캉!

차가운 금속성이 로비의 공간 전체를 치 떨리게 협박해 드는 가운데, 선수들은 한 덩어리가 되어 주춤주춤 뒤로 물러설 수밖에 없었다.

철민은 이를 악물었다. 엄두는 도저히 나지 않았지만, 이러

다가 정말로 큰일이 나고 말겠다는 절박한 심정이 되다 보니,
'설마 죽이기야 하겠어? 몇 대 맞아주고 나서 나 죽었소 하고
퍼져 버리면 되는 거 아니야?' 하고 배짱 아닌 배짱을 억지로
짜내보았다.

그러나 그런 생각만으로도 정수리로는 소름 같은 느낌이 삐
쭉 치솟았다. 갑자기 생각이 혼란스러워졌다. 그리고 한편으
로는 그 혼란을 떨쳐 버려야겠다는 강한 욕구 같은 게 가슴을
뻐근하게 만들며 치밀어올랐다. 그러한 혼란과 욕구는 철민이
지난번 서울의 사무실 인근 상가의 지하주차장에서 이준혁,
혹은 조승태가 보냈을 사내를 통해 경험한 바 있는 것들이다.

화드득! 갑작스럽게 온몸으로 한 무더기의 긴장이 퍼져 나
갔고, 다시 두려움 따위와는 확연히 다른, 차라리 흥분에 가까
운 묘한 떨림이 부르르 지나갔다.

"팀장님?"

잔뜩 긴장하고 있는 와중에 와락 팔을 움켜잡는 완강한 손
아귀 힘에 손강호는 흠칫 놀라 소리를 뱉었다. 이미 몇 번 놀
란 바가 있긴 하지만, 이런 때의 철민의 완력이란 새삼 그를 놀
라게 만드는 것이었다.

"제가 어떻게 해볼 테니까, 다들 그만두라고 하세요!"

하고는 성큼 앞으로 걸어나가는 철민에게서 풍겨지는 느낌
은 손강호에게, 그리고 선수들 모두에게 처음 보는 듯이 낯설
었다.

"하겠소! 어떻게 하면 되는 거요?"

철민의 외침에 멀찌감치 물러나 있던 선글라스사내는 번쩍한 손을 치켜들었다. 그럼으로써 충돌 직전의 사태를 간단히 수습한 다음에 그가 무덤덤하게 뱉었다.

"일단 붙어! 내가 됐다고 할 때까지!"

4

양편이 로비의 양쪽 편으로 갈라서서 대치한 가운데, 철민과 '무모덩치'가 마주 섰다.

무모하리만큼의 거구였기에 느릴 것이라고 지레짐작을 했지만 막상 덩치의 움직임은 그렇게 느리지가 않았다. 한순간 불쑥 다가든 덩치에게 철민은 꼼짝없이 양어깨를 움켜잡히고 말았다. 그리고는 어떻게 해볼 사이도 없이 그대로 달랑 공중으로 들리고 말았다.

"엇?"

"어어~?"

손강호 등에게서 비명과도 같은 놀람의 소리들이 새어 나왔다.

그때까지 덩치의 얼굴에 약간이나마 남아 있던 경계와 긴장이 완전히 풀렸다. 철민이 너무 쉽게 잡혔고, 또한 그의 손아귀에서 마음대로 다루어지는 가벼움에 덩치는 차라리 즐기는 마음이 된 모양이었다. 철민을 공중에 띄워놓은 채로 무슨 애완동물 구경이라도 하듯이 바짝 얼굴을 들이대고 들여다보며 덩치는 싱긋 웃음기를 떠올렸다.

철민은 숨조차 제대로 쉬지 못할 지경이었다. 덩치의 솥뚜껑 같은 두 손은 마치 거대한 기계장치라도 되는 듯이 그의 어깨로부터 가슴까지를 엄청난 악력으로 틀어잡고 있었다. 살과 뼈를 한꺼번에 쥐어짜는 듯한 통증과 옴짝달싹도 하지 못하는 답답함은 그대로 절망이었다. 그런데 절망, 낯설면서도 익숙한 그 극한의 감정은 어느 순간에 곧장 분노로 치닫더니 숨 쉴 틈도 없이 정점에 달하며 그대로 폭발하고야 말았다.

"엇?"

덩치가 나직한 놀람을 뱉어내며 휘청 뒤로 물러섰다. 어떻게 된 일인지 확실치 않았으나, 철민은 순간적으로 덩치를 떨쳐 낼 수 있었다. 압박에서 풀려난 철민의 첫 느낌은 통쾌하다는 것이었다. 자신의 힘으로 그 엄청난 구속을 떨쳐 버렸다는 데 대한 통쾌함이었다.

지금의 상태가 흥분 상태인지, 아니면 오히려 차분한 상태인지는 사뭇 애매하였다. 방금 그런 힘이 어디에서 어떻게 나왔는지 그 자신도 알지 못하고 있다는 점에서는, 그런 명백한 오류에서는, 철민은 지금 필시 흥분 상태에 있는 것이리라. 그러나 이제 적어도 힘에서는 밀리지 않으리라는 점을 사뭇 냉철히 판단하고 있다는 것은 그가 차분한 상태에 있기 때문이 아닐까? 분명한 것은 지금 그의 머리가 차갑다는 것이다. 머리만큼은.

덩치가 얼떨결에 밀려나며 잠깐 휘청거리긴 했으나 이내 자세를 낮추며 그대로 돌진해 왔다. 어깨를 앞세운 태클이었다.

철민이 재빨리 옆으로 몸을 피했지만 한껏 벌린 덩치의 긴 팔과 우악스러운 손을 피해내지는 못하였다.

"윽!"

덩치의 두꺼운 팔뚝에 가슴을 맞은 철민은 답답한 신음을 토하며 뒤로 엉덩방아를 찧고 말았다. 이어 덩치의 무거운 체중이 그대로 철민을 덮쳐눌렀다. 철민은 악착같이 덩치의 양 손목을 움켜잡고 버텼고, 덩치는 체중으로 철민의 상체를 누르는 한편 팔뚝과 어깨로 철민의 목과 얼굴을 짓이기려 했다. 그런 때문에 코와 입이 막혀 버렸기에 숨을 쉬기 위해 철민은 힘겹게 도리질을 쳐야만 했다. 그런 중에 덩치는 다시 머리로 들이박고 팔꿈치로 찍는 등의 악착을 부렸다.

"흡! 푸~흡!"

도리질을 치며 겨우 잠깐씩 얼굴을 빼내 호흡을 하는 철민의 얼굴은 어느 틈에 코피가 터지고 입술이 터져 온통 피로 범벅이 되어버렸다. 손강호는 벌써 몇 번째나 몸을 들썩거리고 있었다. 그러나 지금은 그가 간단히 나설 수 있는 상황이 아니었다. 다만 그가 그나마 한 가닥 희망을 가져보는 것은, 철민이 피투성이가 되어 있는 중에도 고통을 못 견뎌 하는 모습이기보다는 오히려 악에 받친 듯한 모습이라는 점이었다.

"어?"

"어엇?"

어느 순간 양편 모두에서 놀라는 소리가 새어 나온 것은 두 사람의 자세가 갑자기 뒤집혔기 때문이다. 믿기 어렵게도 한

순간 철민의 작은 체구가 덩치를 타고 올라앉은 것이다. 졸지에 아래에 깔려 버린 덩치는, 다시 자세를 뒤집으려는 시도를 하기보다는 철민의 양 손목을 움켜잡고 버티는 데 급급한 모습이었다. 좀 전과는 정반대의 상황이 연출된 것이다. 그리고 지켜보는 눈들이 일제히 부릅떠졌다.

펙! 펙! 콱! 콱! 거침없는 난타였다. 철민은 좀 전에 당했던 것을 그대로 되갚아주기라도 하듯이 팔뚝과 어깨로 무모덩치의 목을 누른 상태에서 짧게 짧게 틈을 만들어 머리로 들이박고 양 팔꿈치를 찍어댔다.

"차앗! 으아아앗!"

용쓰는 소리와 함께 덩치의 거구가 파도처럼 출렁거렸다. 철민에게서 빠져나가려는 안간힘이었다. 그러나 덩치의 몸은 무력하게 들썩거리기만 할 뿐, 이렇다 할 반전을 만들어내지는 못했다.

펙! 펴억! 콱! 콰악! 얼마 지나지 않아서 덩치의 얼굴은 피투성이로 변하고 말았다.

"풉! 푸~흡!"

거칠게 숨을 토해낼 때마다 덩치의 입과 코에서 뿜어지는 피와 피거품은 주변 바닥까지 온통 벌겋게 물들였다.

그러나 누구도 싸움을 말리려 하지 않았다. 마치 집단 체면에 걸린 사교도(邪敎徒)들처럼. 유일하게 그 상황을 멈출 수 있을 것 같은 선글라스사내는 이마에 몇 가닥의 주름을 만들고 있을 뿐 '됐다'는 말을 하지 않았다.

철민은 지금 사뭇 몽환적인 느낌에 사로잡혀 있었다. 마치 옥방(獄房)에 있는 듯했다. 숱한 비명이 스러져 간 원혼의 방! 온통 붉게 물든 바닥을 가진 피의 방! 꿈속, 그 지옥의 방 말이다.

"그만!"

완전히 의식을 잃어버린 덩치의 얼굴에다 계속하여 주먹을 내리꽂는 철민을 뜯어낸 건 손강호였다.

선글라스사내는 끝내 '됐다' 는 말을 하지 않았다. 그는 부하들을 시켜 의식을 잃고 널브러져 있는 '무모덩치' 를 수습하여서는 곧장 버스를 타고 떠나 버렸다.

철민은 굳이 그들을 잡지 않았다. 새삼 붙잡고 영문을 캐묻는다고 해도 대답해 주지 않을 것이며, 알아야 될 일이면 언젠가는 저절로 알게 되리라는 그런 심정이 되었다.

5

"도대체 뭡니까?"

방에 들어서자마자 손강호는 참고 참았던 듯이 다짜고짜 따져 물었다. 뭐가 뭐냐는 건지 굳이 되물어보지 않아도 그의 의혹이 무엇인지, 또 그 의혹들이 얼마나 큰지에 대해서 철민은 능히 짐작을 해볼 수가 있었다. 그러나 대답을 해주기는 어려웠다. 곤란했다.

"손 대리야말로 뭡니까?"

"예?"

“아까 보니 손 대리야말로 과거가 절대 평범하지는 않았을
것 같던데요? 혹시 무슨 결격 사유 같은 게 있는 건 아닙니까?”
“결격 사유요? 그게 무슨……?”
“흠! 이거 아무래도 손 대리의 입사 서류부터 소급해서 찬찬
히 좀 따져 봐야 하는 거 아닌지 모르겠습니다?”
“예? 허! 나, 원, 참! 별……!”

6

철민과 선수들과의 관계는 갑자기 소원해진 것 같았다. 선
수들은 철민에 대해 마치 그동안 자신들이 알고 있던 사람과
는 완전히 다른, 그래서 도저히 융합할 수 없는 존재로 취급하
기로 의견을 모으기라도 한 듯했다. 식당에서도 헬스장에서
도, 심지어는 운동장에서 같이 경기를 하면서조차도 철민과
시선 마주치기를 피하는 모습들이었다.

“이봐, 김 팀장!”
철민이 저녁 식사 후 손강호와 함께 숙소로 올라가려는데
뒤에서 누군가 그를 불렀다. 이종찬이었다. 철민이 어색하기
도 하고 어렵기도 하여 가볍게 웃는 것으로 대답을 대신했더
니 이종찬은 인상부터 구겼다.
“사람이 부르는데 대답은 않고 왜 실실 쪼개고 있어?”
대뜸 시비조였다. 그런데 철민은 이상하게도 반발이 생기기

보다는 문득 우스운 생각이 들기에,

"흐흐흐!"

하고 그냥 생각없이 웃음을 흘리고 말았다. 순간 이종찬의 눈에 잔뜩 힘이 들어가는가 싶더니 돌연 그 역시도,

"흐흐흐흐!"

하고 웃음을 흘리고 마는 것이었다. 그리고 그 순간에 둘 사이에 꽉 막혀 있던 무엇인가가 확 뚫리는 듯하였다. 이상한 일이었다. 그러나 이상해도 좋았다.

"좋아!"

"예? 뭐가요?"

"뭘 따져? 선배가 좋다면 그냥 좋은 거지!"

"선배요?"

"왜? 끝까지 선배로 대접하기 싫다는 거야?"

"아니… 그런 건 아닙니다만……."

"근데 김 팀장, 어제 보니까 대단하데? 왕년에 어디서 힘 좀 쓴 거 아냐?"

철민이 하릴없이 웃다가 문득 생각이 나기에 슬쩍 물었다.

"그런데 이젠 박쥐라도 괜찮습니까?"

"뭔 소리야?"

"후배면 후배, 팀장이면 팀장 둘 중 한 가지만 해야 하는 거 아니었습니까?"

"흐흐흐! 김 팀장 이제 보니 은근히 뒤끝있네? 뭐, 그런 건 신경 안 쓰기로 했어! 그냥 이름이 팀장이려니 하고 말야! 손강

호 보고 '어이, 손강호!' 하고 부르는 거나 마찬가지로 '어이, 김 팀장!' 하고 부르면 되는 거지, 뭐! 그러니까 김 팀장도 괜히 튈 생각은 안 하는 게 좋아!"

"특별대우요?"

"예를 들어서 힘 좀 쓴다고 선배 앞에서 어깨에 힘을 준다거나… 뭐 그런 거 말이야! 미리 얘기해 두지만, 우리 세계에서 선배는 하느님과 동격이야! 좀 특별하거나 잘났다고 해서 감히 후배가 선배 앞에서 어깨에 힘줄 수 있는 그런 곳이 아니란 말이지!"

"하하하! 그렇군요!"

"거, 왜 자꾸 웃어?"

"후배는 마음대로 웃지도 못합니까?"

"어? 흐흐흐! 그런 건 아니지! 선배가 허락해 주면 뭐든 다 할 수 있지! 좋아! 앞으로 내 앞에서는 마음대로 웃어도 좋아!"

"감사합니다, 선배님! 하하하!"

"흐흐흐!"

두 사람의 실없는 모습을 지켜보고 있던 손강호의 얼굴에 소리없이 미소가 걸렸다. 씩!

7

오전인데도 운동장은 고래고래 외치고 웃는 소리로 시끌벅적하고 왁자지껄했다.

"고! 고! 고!"

"달려! 달리라고!"

"화이팅~!"

"와하하하하!

우열팀으로 나뉘어 동료를 안고 이어달리는 놀이가 벌어지고 있었다. 감독과 코치들은 보이지 않았고, 이종찬과 서진웅이 각각 우팀과 열팀의 주장을 맡아 놀이를 진행하고 있었다. 이기고 지는 것에 상관없이 웃고 떠들고 하면서 얼마나 열심인지, 선수들마다 이마에는 송골송골 구슬땀이 맺혀 있었다.

오후의 우열팀 경기에서도 모두들 열심이었다. 특히 고참 급들이 앞에 나서서 적극적으로 뛰고 구슬땀을 쏟으니 그 밑의 후배들이야 싫어도 하지 않을 수가 없는 분위기였다. 더하여 고참 급들은 공석인 주루 코치, 작전 코치, 배터리 코치, 투수 코치 등의 역할을 자임했다. 사실 그들이 일찍 은퇴했으면 이미 어느 팀의 코치로 자리를 잡고 있을 나이들인데다 최상급이라고 할 수 있는 경력과 경험을 가지고 있었으니, 후배들에게 그 이상 훌륭한 코치는 또 없을 것이다.

전훈은 이제 마지막 일주일을 남기고 있었다.

第三十五章

상춘(賞春)

몽상가

1

　의원으로서의 책임과 권한을 강조한 예인화 때문에라도 철민은 근 한 달여를 열심히 재활운동만 하였다. 그러나 벌써 몇 달째를 좁은 공간 안에만 갇혀 지내고 있었고, 더욱이 몸은 이제 회복을 넘어 회복 이상의 상태가 되었으니—의원은 모르더라도 철민 자신은 확연하게 실감하고 있는 터였다—철민은 더 이상 답답함을 견디기 어려운 지경이었다.

　철민의 답답한 심정을 알아주기라도 한다는 듯이 하루는 예인후가 수호천의 경내를 구경시켜 주겠다는 제안을 했다. 미리 얘기가 된 것인지 예인화도 선뜻 승낙을 하였기에 철민은 자못 설레는 마음으로 예인후를 따라나섰다. 수호천에 온 뒤 처음으로 정의대를 벗어나 보는 것이었다.

철민이 처음 수호천으로 오는 길에는 예인후가 '우리 집'이
라고 말했기에 꽤 부유한 가문인가 보다 하는 정도로만 짐작
을 했다. 그리고 '우리 집'이 바로 수호천이라는 것을 알고 나
서는, 또 그 일부에 불과한 정의대의 전각과 시설, 그리고 백여
명이 넘는 상주 인원을 보고 나서는 수호천의 전체 규모는 참
으로 대단하겠구나 하는 생각을 해왔던 참이다.

그런데 이제 예인후의 안내를 받아 수호천의 온전한 전경을
둘러보니 이건 대단한 정도가 아니라 참으로 엄청난 규모였
다. 숫제 읍(邑) 정도의 규모였다. 사방으로 크고 작은 전각들
이 숱하게 서 있었으며, 그 가운데에는 제법 커 보이는 시장까
지 있어서 많은 사람들로 북적이고 있었다. 그리하여 철민은
수호천이 천하제일세(天下第一勢)라고 하는 것에 대해 비로소
제대로 실감할 수가 있었다.

시장과 인접한 지역에는 술집과 찻집, 그리고 아마도 유곽(遊
廓)쯤으로 보이는 화려한 채색의 대문을 가진 집들이 여러 채
밀집해 있었는데, 그것들에 대해 예인후는 다소간 못마땅해하
는 것 같았다. 처음에 그런 곳들이 만들어진 까닭은 수호천을
찾는 외부인들을 위해서였는데, 언제부터인가는 오히려 수호천
내부의 사람들로 북적대는 유흥가가 되어버렸다고 했다.

유흥가를 지나치면서 예인후는 수호천에서 가장 자랑할 만
한 풍경을 구경시켜 주겠다고 했는데, 비취호(翡翠湖)라는 이
름을 가진 호수였다.

비취호로 가는 길목에는 사람들이 많았다. 봄이 한창 좋으

니 상춘객들이리라. 사람들 중에서는 예인후를 알아보고 아는 체를 하는 사람들이 흔했다. 역시 예인후는 수호천에서 제법 유명인사에 속하는 모양이었다.

"예 대주 아닌가? 비취호로 가는 모양일세?"

맞은편에서 오던 한 무리의 노인들 중에서 말을 걸었기에 예인후가 가볍게 허리를 숙이며 선선히 대답했다.

"예, 어르신! 벌써 둘러보고 오시는 길입니까?"

"웬걸? 호숫가로는 가보지도 못하고 그냥 초입에서 눈 구경만 하고 오는 길일세."

"아니, 왜요?"

"청룡단에서 길목을 막고 있으니 어떡하겠나?"

"청룡단에서요? 무슨 일이랍니까?"

"글쎄, 그냥 들어갈 수 없다고만 하니 우리네야 무슨 영문인지 알 도리가 있어야지."

노인들을 보내고 난 뒤 예인후는 잠시 망설이는 기색을 비쳤으나, 이내 다시 걸음을 옮겼다.

이윽고 앞쪽으로 한 폭의 그림 같은 풍경이 펼쳐졌다. 비취호는 호수라기보다는 좀 큰 연못이라고 부르면 좋을 아담한 크기였다. 그러나 이름처럼 초록빛으로 일렁이는 물빛과 호수 주변으로 조성된 숲의 무르익은 신록이 한데 어우러져 가히 감탄할 만한 풍광을 만들어내고 있었다. 호수를 빙 둘러 구불구불 오솔길이 환상이듯이 펼쳐져 있는데, 같은 녹색이되 막상은 구분이 되는 것이 마치 물빛과 숲 색의 아련한 경계를 이루고 있는 것 같아서 보는 사람으로 하여금 절로 감탄사를 흘려 내도록 만들었다.

예인후와 철민이 오솔길의 초입으로 들어서려는데 대여섯 명의 무사가 그들을 가로막았다. 철민이 오는 길에 미리 들었던 얘기가 아니더라도, 무사들의 회의 무복 왼 가슴에 작게 새겨진 청룡 형상의 무늬에서 그들이 바로 청룡단원들이라는 걸 곧바로 짐작해 볼 수 있었다.

"더 이상 들어갈 수 없습니다!"

청룡단원 중에서 하나가 예인후에게 가벼운 예를 표하며 말했다. 그러나 막상 그렇게 정중한 태도는 아니었다. 오히려 청룡단원들에게서는 다분한 경계와 얼마간의 도전적인 느낌마저 있었고, 더욱이 철민은 자신을 훑어보는 그들의 시선에서 언뜻 위협적인 분위기마저 느꼈다.

"들어갈 수 없다니, 대체 무슨 일이오?"

"그것은… 말씀드릴 수 없습니다!"

"들어갈 수 없는데, 그 연유를 말해줄 수는 없다? 봄을 맞아 많은 사람들이 찾아오는 비취호의 입구를 임의로 차단하고 있으면서 그 연유를 말해줄 수 없다는 것이오?"

예인후의 나직하게 가라앉힌 목소리에 확연한 무게가 실렸기에, 청룡단원들은 흠칫하는 기색들이 되고 말았다. 예인후가 다시 또박또박한 어조로 물었다.

"다시 묻겠소! 정의대주인 내가 저 안으로 들어갈 수 없는 이유가 무엇이오?"

청룡단원들이 감히 가볍게 대하지 못하고 그중 하나가 경직된 얼굴로 대답했다.

"안쪽에는 지금 저희 단주님이 계십니다."

순간 예인후의 검미가 꿈틀하였다.

"하면 상(桑) 단주가 사람들의 출입을 차단하라고 지시를 했다는 거요?"

"저희는 부단주님의 명을 받았습니다."

"음! 안쪽에 상 단주와 또 누가 있소?"

"단주님과 부단주님, 그리고… 위 소저가 함께 계십니다."

순간 철민은 예인후의 표정이 확연히 굳어지고 마는 것을 보았다. 그러나 철민은 이내 앞쪽으로 펼쳐진 오솔길로 시선을 옮길 수밖에 없었다. 그 오솔길의 모퉁이를 막 돌아서 나오는 한 쌍의 남녀 때문이었다.

연인들처럼 다정스레 대화를 주고받으며 나란히 걸어나오는 그들 남녀의 모습은 한순간 철민의 두 눈을 가득 채웠다. 초록의 호수와 신록의 숲과 마치 환상이듯이 구불구불 펼쳐진 작은 오솔길의 풍광들을 모두 제쳐 버리고 말이다.

2

위려려는 여전히 눈부셨다. 그리고 지금 그처럼 아름다운 천하제일미의 곁에서 나란히 거닐며 절세미녀의 화사한 시선을 온통 독점하고 있는 것만으로도 그 청년은 너무도 비범하였다.

키가 훤칠한 청년이었다. 제법 떨어진 거리이건만 짙은 눈썹과 시원스레 뻗은 콧날을 비롯해 이목구비의 윤곽이 그린 듯이 뚜렷하였다. 미남자인데다 참 사내답다 싶은 호쾌한 면모를 동시에 가졌다. 한마디로 멋졌다, 같은 남자인 철민이 봐도.

이 순간 전혀 '쓸데없는' 평가이겠지만, 철민은 청년이 예인후보다도 더 잘생기고 멋있다고 비교를 할 수밖에 없었다. 그냥 딱 보는 순간에 그렇게 느껴졌으니 그로서도 어쩔 도리가 없는 일이었지만, 그래도 예인후에게는 마치 배신을 한 것처럼 미안한 마음이 생겼다. 청년이 바로 그의 '라이벌'로 알려진 청룡단주 상군환임이 분명하였기에.

어쨌든 그 한 쌍의 남녀 상군환과 위려려가 나란히 걸어오고 있는 광경은 환상적이라고 할 만큼 잘 어울리는 그림이었지만, 한편으로 철민은 약간의 이질감 비슷한 느낌이 생기기도 했다. 그들, 너무나도 잘난 두 남녀가 자신과는 같은 세상의 사람들이 아닌 것 같다는. 그러나 철민의 느낌이 어떤가에는 전혀 무관하게 '같은 세상의 사람들이 아닌 것 같은' 두 사람은 주위를 조금도 의식하지 않는다는 듯이 자신들의 애기에만 온전히 빠져 있었다.

슬쩍 철민의 소매를 잡아당기며 예인후가 몸을 돌렸다. 그 몸짓에 서두르는 느낌이 있었기에, 그리고 사뭇 어두운 기색이었기에 철민은 그저 따라주었다. 그때였다.

"이게 누구신가? 예 대주 아니신가?"

뒤에서 나는 소리에 돌아보니 사내 하나가 새롭게 나타나 있었다. 하얀 이를 보이며 웃고 선 그 사내는 서른네다섯쯤 되었을까? 깔끔하게 다듬어진 턱수염이 인상적이었다.

"진(陣) 부단주님을 여기서 뵙는군요!"

예인후가 가볍게 고개 숙여 예를 표하였다. 그러나 사내는 예를 받는 둥 마는 둥 괜히 싱글거리며 이번에는 철민에게 관심을 보였다.

"이이가 바로 그 사람인가?"

그 호칭이나 어감에 대해 철민이 별로 유쾌한 느낌은 아니었는데, 예인후가,

"철 형, 인사하십시오! 청룡단의 부단주이신 진호양(陣豪亮) 대협이십니다."

하고 소개를 했기에 철민은 마지못해 고개를 숙였다.

"철민입니다."

그런데 진호양이 까딱이나 하는 듯 마는 듯 시늉으로만 고갯짓을 하고는 뻣뻣이 서서 싱글거리고만 있었기에 철민은 영 불쾌했다. 진호양의 나이가 그보다 몇 살 많다고 하더라도, 예인후의 상사이거나 선배라고 하더라도 그것이 철민 자신하고야 또 무슨 상관이란 말인가?

"말씀은 많이 들었소. 백강의 서열 십위라고……"

진호양이 아래위로 철민을 훑어보며 슬쩍 말끝을 끌었다.

'참 가지가지로 사람 기분 나쁘게 만드는군!'

철민이 절로 인상이 찡그려지는 걸 억지로 바로 하였다. 어쨌거나 예인후가 예의를 차리고 있으니 말이다.

"아! 그게… 그렇게 됐다고… 하더군… 요!"

철민의 말에 약간의 모호함이 담겼기 때문인지 진호양의 미간이 잠깐 찡긋하였다. 그러나 그는 이내 예인후에게로 시선을 돌렸다.

"우리 단주님과 위 소저께서 잠시 호젓한 시간을 보내시라고 호수로의 출입을 일시 통제하였는데, 그만 본의 아니게 예 대주에게 불편을 끼친 것 같으니 내 우선 사과부터 함세. 마침 두 분이 나오고 계시니 잠시만 기다렸다가 들어가 보시게."

그러나 말과는 달리 진호양은 별로 사과하는 얼굴이 아니었다. 오히려 그에게서 묘한 조롱기 같은 것이 느껴지는 건 철민이 기왕에 가지고 있던 불쾌감이 만들어낸 과잉의 느낌일까?

철민의 느낌이야 어떻든 간에 예인후는 무겁게 가라앉은 안색이 되어 있었다.

3

상군환과 위려려가 지나가고 있었다. 예인후와 철민에게서 몇 걸음 떨어지지 않은 옆이었다. 나직이 주고받는 대화에 열중해 있어서인지 두 사람이 다 예인후와 철민의 존재에 대해서는 미처 알지 못하는 듯 보였다. 그러나 아무리 청춘남녀가 달콤한 밀어를 주고받는 중이라고 해도 어떻게 정말로 모를 수야 있을까?

'모른 체하는 것이리라! 무시하는 것이리라!' 사실 철민은 위려려가 힐끗 스쳐 보는 눈길과 아주 잠깐 마주치기까지 했다. 그럼에도 그녀는 곧바로 눈길을 돌려 버렸다. 그러자 그 순간에 철민의 느낌도 문득 달라지고 말았다. 그들 두 사람은 더 이상 눈부시거나 환상적이지 않았다. 그저 잘난 여자와 잘난 남자일 뿐이었다.

'가만있어도 넘칠 만큼 충분히 잘났는데 굳이 티까지 낼 건 없잖아?' 불쑥 반발이 생기기도 했다. 위려려에 대해서는 묘한 배신감까지도 울컥 솟았다. 철민이 위려려를 처음 보던 날, 그녀와 예인후 남매의 사이는 사뭇 각별해 보였었다.

위려려를 대하는 예인후의 태도는 정중하고도 깍듯했고, 위려려 또한 시종 예의를 갖추었으며 진솔해 보였디. 더욱이 예인화에게는 친동생인 양 친밀하게 대하지 않았던가? 그런데 지금 보고도 모른 체하는 저 차가운 면모는 그녀의 이중성인가? 더 잘난 사내 앞에서는 덜 잘난 사내 따위 아는 척도 하지 않는 '잘난 여자'의 이기적 이중성!

상군환에 대한 인상 역시 퇴색되고 말았다. 철민이 그와는 눈길 한 번 마주치지 않았건만, 그의 비범함은 문득 사람을 위압하는 느낌으로 다가왔다. 그럼으로써 사람의 마음을 괜히 불편하게 만들었다.

나아가 철민은 예인후와 상군환을 다시금 비교해 보았다. 생각이 저절로 그런 쪽으로 가고 있었다.

단순한 비교였다. 상군환이 실로 대단한 배경을 지닌 데 반해, 예인후는 별로 내세울 만한 배경이 없다고 하지 않던가? 그리고 지금 저처럼 비범함이 넘쳐 위압적이기까지 한 상군환의 면모에 비하자면, 철민이 그동안에 익숙해지기도 했거니와 예인후의 면모는 차라리 평범한 것이었다.

그런데 그럼에도 불구하고 두 사람은 수호천 후기지수(後起之秀)의 명예를 두고서 경쟁을 벌이는 '라이벌'이라고 하지 않던가? 그렇다면 예인후에게도 상군환에 비해 뛰어난 점들이 있다는 것이리라. 그것들에 대해 철민이 실감을 하고 못하는 것과는 무관하게 말이다.

4

상군환과 위려려, 그리고 진호양을 위시한 청룡단원들이 모두 가버리고 난 다음에도 예인후는 여전히 망연한 모습으로 호수만 바라보고 서 있었다.

어느 틈에 서쪽의 먼 산머리에까지 가서 걸린 해가 서럽도록 진한 낙조를 만들어내고 있었다.

"호수 구경은 이 정도로 충분한 것 같고… 기왕 나온 김에 우리 술이나 한잔하러 갈까요?"

예인후가 술을 좋아하는 편이 아니며 이유없이 술을 마실 사람은 더더욱 아니란 것을 알고 있음에도 철민이 그렇게 슬쩍 말을 꺼내본 것은 예인후의 기분이 영 울적해 보여서다.

"그럴까요?"

선뜻 호응하는 예인후의 모습이 괜스레 짠해 보였기에 철민이 입맛까지 다셔 보이며 짐짓 너스레를 떨었다.

"쩝! 오늘따라 당기는데요? 그런데 지난번에 예 형이 한잔을 냈으니 이번에는 제 차렙니다? 흠! 어디가 좋을까요? 혹시 예 형이 아는 데가 없습니까?"

예인후가 애매한 얼굴로 고개를 가로젓는데, 역시나 주당과는 거리가 있는 모습이었다. 어쨌든 기왕에 기분을 띄운 입장이니 철민이 선뜻 예인후의 소매를 잡아끌었다.

"예서 이럴 게 아니라 우리 일단 내려가면서 정하도록 합시다!"

성큼성큼 앞서서 걸어가며 철민은 왠지 기분이 좋아졌다. 그런 이유 중에는 예인후의 앞에 섰다는 깃이 포힘될지도 몰랐다. 그러고 보면 그가 예인후의 앞에 서 보는 것은 지금이 처음이었다.

5

나란히 붙어선 두 개의 대문 앞에서 철민은 망설이고 있는 중이었다.

'어느 쪽으로 할까?' 대문 위쪽에 간판이지 싶은 것들이 붙어 있긴 한데, 읽을 수가 없으니 알아먹을 도리가 없었다. 다만 화려하게 채색된 문양들만으로도 양쪽이 다 술집이리라는 것은 분명해 보였다.

　예인후는 내내 혼자 생각에 잠겨 있는 모습이었다. 그런 그에게 어느 쪽이 좋겠느냐고 묻기도 그렇거니와, 철민이 사실은 처음으로 잡은 주도권을 조금이라도 더 누려보고 싶은 마음이 있었다. 대충의 분위기를 보아하니 오른쪽은 밝고 화려하였고, 왼쪽은 조금 어두운 대신에 은은하였다.

　'술 마시는 분위기라면 역시?'

　느낌이 오는 대로 철민은 왼쪽 대문을 밀치고 성큼 안으로 들어섰다. 그런데 내내 묵묵히 따라만 오던 예인후가 문득 흠칫하며 걸음을 멈춰 섰다.

　이쪽 집 분위기가 마음에 안 드나 싶어서 철민이,

　"예 형이나 저나 술맛을 따질 만큼 주당인 것도 아니고, 또 술집이야 거기가 다 거기일 테니 그냥 아무 데나 들어갑시다."

　하고는 짐짓 호기롭게 예인후의 소매를 잡아끌었다. 그러나 예인후는 사뭇 곤란하다는 얼굴로 버텼다.

　"이곳은 보통의 주루나 기루(妓樓)와는 다른 곳입니다."

　"달라요? 어떻게요?"

　조금 멋쩍은 듯한 얼굴이 되며 예인후가 대답했다.

　"예루(藝樓)라고 하는 곳입니다."

　"예루요?"

　"예. 예기(藝妓)라고 해서 술시중을 드는 기녀들이 모두 금기서화의 재주를 갖추었다고 하고, 그런 때문에 술값도 상당히 비싸다고 합니다."

　말투로 보아서는 막상 예인후 자신도 와보지 못한 곳인 모양이다. 철민이 기왕에 한쪽 발을 대문 안으로 들여놓고 있는 중이라 내쳐 호기를 부렸다.

　"그럼 우리 오늘 비싸게 한잔하도록 합시다!"

　"아니, 철 형. 굳이 그럴 것까지야……."

　"하하하! 제가 그렇게 빈털터리는 아니니 걱정할 것 없습니다. 어쨌든 오늘은 제가 내기로 하지 않았습니까?"

　철민이 짐짓 고집을 피운다는 듯이 힘주어 소매를 잡아끌자, 예인후가 당황해하며 조금쯤 더 버티다가는 못 이기는 체 주춤 대문 안으로 발을 들이고 말았다.

　'룸살롱 급?' 앞장서서 성큼성큼 걸으며 철민은 예루라는 곳에 대해서 그렇게 대충의 정의를 내려보았다.

　자박! 자박!

　오밀조밀하게 꾸며진 정원 사이로 난 좁은 길에는 바둑돌만 한 자갈이 수북하도록 깔려 있어서 걸을 때마다 소리가 났다.

　일부러 그렇게 만든 것인지 길은 몇 차례나 굽이돌게 되어 있었는데, 앞쪽 굽이 너머에서도 두런거리는 소리들과 함께 자박자박 자갈 밟는 소리가 자못 소란스레 들려왔다. 술자리를 파하고 나오는 손님들인지 삼십대 초, 중반쯤의 사내들 넷이 흐트러진 걸음걸이로 모퉁이를 돌아 나오다가 예인후를 발견하고는 저마다 인사를 건네고 반가운 체를 했다.

　"아니, 거기, 예 대주 아니시오?"

　"하하하! 예 대주도 이런 데를 다니는지는 내 미처 몰랐소이다!"

"그렇지요! 자고로 장부라면 풍류도 즐길 줄 알아야 하는 법이지요!"

"자! 그럼 천천히 즐기고 오시오!"

한마디씩 왁자하니 치례를 한 사내들이 다시 그네들끼리 두런거리며, 흐트러진 걸음걸이로 요란스레 자갈을 밟으며 사라져 가는 동안, 예인후는 내내 어색하고 계면쩍어하는 얼굴이었다. 그렇다고 딱히 부끄러워한다거나 거리껴 하는 기색은 또 아니었지만.

자갈길은 정원을 벗어나서 다시 전각 하나를 왼쪽으로 끼고 돌며 이어지고 있었다. 그런데 문득 오른쪽에 있는 또 다른 전각의 담벼락 아래에서 지금 시끌벅적한 소란이 벌어지고 있었다. 여러 사람이 모인 중에 한창 시비가 벌어지고 있는 모양이라, 철민이 문득 저도 모르게 피식 웃고 말았다.

'여기도 사람 사는 세상임에 분명하군!' 술집에서 시비가 흔하게 벌어지는 건 '여기'나 '거기'나 매일반인 모양이었다.

"놔! 이거 안 놔? 확 터져 버린다?"

이곳 업소의 '유니폼'인 듯 똑같은 모양의 청색 옷을 입은 사내들이 예닐곱이나 둘러싸고 있는 안쪽에서 거친 목소리가 터져 나오고 있었다. 청색 유니폼의 사내들에게 묻히다시피 해서 자세한 모습을 볼 수는 없었지만 참으로 특이한 목소리였다. 취기로 풀려 있긴 했지만, 상당히 맑은 청음에다 대체로 고음인데, 그 소리의 끝이 날카롭게 갈라지는 느낌이랄까? 뽀

족하면서도 날카로워 듣는 사람으로 하여금 대번에 경계심과 함께 묘한 불안감을 느끼게 하는 데가 있는 목소리였다.

"어허, 율 형! 아, 글쎄 오해라니까!"

"오해? 그러니까 뭐야? 지금 내가 말귀를 못 알아듣고 있다는 얘기야?"

"아, 거참! 서로 모르는 처지도 아닌데 정말 이럴 건가? 우리 입장도 생각을 좀 해줘야지!"

"흐흐흐! 서로 모르는 처지가 아니면? 니들이 날 알아? 니미! 놀고 있네! 어이! 나, 율도린(律都璘)이야! 니들이 진짜로 날 안다고?"

오가는 말 몇 마디를 대충 들어보건대, 특이한 목소리의 거친 시비에 대해 청의사내들은 시종 달래려는 투였고, 거기에 대해서 특이한 목소리는 더욱 배짱을 부리는 형국인 것 같았다.

그런데 시비의 형국이야 그렇거나 말거나, 손님은 왕이거늘! 정상적이라면 벌써 누군가는 나와서 그들을 맞아줬어야 하는 것인데, 다들 시비에 휘말려 있느라 그런지 도무지 '왕'을 맞아주려는 낌새조차 보이지가 않았다. 그렇다고 철민이나 예인후이나 처음 온 처지에 무턱대고 아무 곳으로나 갈 수도 없는 노릇이니, 아무 상관도 없는 그 시비를 잠시 구경하고 있을 수밖에 없었다.

율도린이란 자의 불만은 한두 가지가 아니었다. 술자리에 자신이 지정한 기녀가 들어오지 않고 대타로 다른 예기가 들어온 점이 우선 불만이고, 대타로 들어온 기녀가 고분고분하지 않았던 것이 다시 불만이고, 오늘따라 술맛이 영 이상한 것 같았기에 불만이고, 안주가 남이 먹다 남은 것을 다시 내온 것처럼 영 찜찜했기에 또한 불만이고, 그런 것들에 대해 따져 보게 이곳의 주인더러 잠깐 나와보라는데 청의사내들이 무조건 말리고 달래려고만 하고 있으니 이게 지금 사람을 어떻게 보고 하는 짓거리냐고 다시 불만이고, 하여간 줄줄이 불만이었고, 모든 게 다 불만이었다.

이렇거나 저렇거나 철민이 상관할 바는 결코 아닐 것이지만, 대충 감이 긁히기로 율도린이란 자는 딱 왈짜에다 전형적인 불한당이라는 느낌이었다. 조금 더 듣다 보면 율도린의 불만이 결국은 무슨 놈의 술값이 이렇게 많이 나왔느냐는 것이고, 노골적으로 술값을 못 내겠다고 아예 생떼를 쓰고 있는 것이었다.

철민이 괜히 언짢은 기분이 되고 마는데, 언뜻 보니 예인후 역시도 잔뜩 얼굴을 찌푸리고 있는 중이었다. 그런데 그때 마침 왼편 앞쪽에서 또 다른 청의사내 하나가 잰걸음으로 그를 쪽으로 다가와서는 넙죽 허리를 숙였다.

"어서 오십시오!"

"조용한 자리로 좀 부탁합시다!"

어쩔 수 없이 조금의 화가 담긴 철민의 목소리에 청의사내는 다시금 넙죽 허리를 숙여 보이고는 곧장 앞을 섰다. 그때였다.

“철 형, 예서 잠시만 기다려 주십시오.”

하고는 예인후가 곧장 성큼성큼 걸어가는데, 바로 시비가 벌어지고 있는 쪽이었다.

'말려야 하나?' 철민이 순간적으로 갈등을 일으킨 것은 당연했다. 그러나 한편으로는 문득 궁금해지기도 하는 것이었다. 갑작스럽게 벌어지려 하고 있는 이 상황이 과연 어떤 형태로 번져 갈지에 대해서. 변명 같지만, 그런 것이 단순히 싸움 구경 좋아하는 속물근성 때문은 아니었다.

다만 이 뜻밖의 상황이 바로 예인후가 벌이려는 것이었기에 선뜻 말리지 못하는 심정이랄까? 혹은 예인후가 하려는 것인 만큼 분명 그럴 만한 이유, 혹은 그럴듯한 타당성이나 있겠거니 하는 일종의 기대가 생긴 달까? 비록 그보다 세 살이나 어리긴 하지만 모든 면에서 한참이나 잘나 보이고 완성되어 보이는 예인후인 것이다.

6

“율 형!”

묵직한 목소리에 삐딱하게 풀려 있던 율도린의 태도가 한순간 확 돌변했다.

“대주님? 여길 어떻게……?”

대번에 고분고분해지고 마는 율도린을 잠시 바라보고 있던 예인후는 청의사내들 중 나이 지긋해 보이는 중년사내를 향해 물었다.

"율 형의 술값이 얼마나 됩니까?"

중년 사내는 예인후의 등장에 심히 안도가 된다는 기색이었다. 그러나,

"아, 예! 그것이……."

하고 말을 꺼내려던 중년 사내는 이내 흠칫하며 입을 다물어 버렸다. 율도린의 사나운 눈빛이 그에게로 꽂혀 있었다.

철민이 한 발 떨어진 곳에서 지켜보고 있던 중이었는데, 이럴 때는 조금쯤 거드는 게 좋겠다는 생각이 문득 들어서 중년 사내에게로 다가서면서 슬쩍 말을 건넸다.

"나중에 우리 것과 같이 계산해 주시오!"

"아, 예! 그렇게 해주신다면야… 정말 감사합니다!"

반색하며 넙죽 허리까지 숙이는 중년 사내에 대해 철민이 답례를 하고 고개를 들다 보니 문득 차가운 눈빛 하나가 그를 쏘아보고 있는 중이었다. 순간 철민은 자신도 모르게 흠칫 몸을 떨고 말았다. 새파랗게 날을 세운 눈빛이었다. 율도린이었다.

처음에는 공짜 술이나 얻어먹으려고 시비나 걸고 다니는 그저 그런 왈짜겠거니 했고, 예인후의 앞에서 고분고분한 모습일 때는 또 중키에 조금 마른 체구가 생각 외로 아담해 보인다 싶더니, 지금 다시 빳빳이 고개를 치켜들고 야멸치게 노려보는 눈빛과 정면으로 마주치고 보자 그만 기가 질리고 마는 것이었다. 그저 주눅이 드는 정도가 아니라 목덜미에 송송 소름

이 돋는 느낌이었다.

　서른쯤이나 되었을까? 검고 거친 피부에 매부리코와 얇은 입술, 그리고 길게 찢어진 눈매인데, 이마에는 나이와 어울리지 않게도 두세 줄의 주름이 제법 깊게 파였다. 무엇보다도 칼날같이 번뜩이며 금방이라도 달려들어 목줄기를 물어뜯을 것만 같이 섬뜩한 그 눈빛은 영락없이 상처 입고 굶주린 야수에게나 어울릴 법한 것이었다.

　"이봐! 누가 당신 신세지겠대? 남의 일에 함부로 끼어들지 말고 그냥 당신 일에나 신경 쓰셔! 일없으면 얌전히 꺼지든지?"

　율도린이 노려보며 으르렁대는 모습에서 살기가 뚝뚝 떨어지는 듯해서 철민은 저도 모르게 움찔 어깨를 움츠리고 말았다. 그러나,

　"율 형, 철 형에게 무례를 범해서는 안 되오!"

　무겁게 타이르는 예인후의 한마디에 율도린의 태도가 단박에 바뀌었다.

　"이거 미안하게 됐습니다. 제가 원래 못 배운 처지라 예의를 잘 차릴 줄 모릅니다. 초면에 모르고 무례를 범한 점, 너그러이 용서해 주십시오."

　정말로 용서를 비는 건지 슬쩍 비트는 건지 분간은 잘 안 되었지만, 이 상황에서 철민이 무엇을 또 어떻게 하랴.

　"아닙니다. 이만한 일에 서로 용서하고 말고 할 게 어디 있겠습니까?"

하고 마주 허리를 숙이는 수밖에.

"아무래도 술이 과한 것 같으니 율 형은 일단 돌아가 몸부터 추스르는 것이 좋겠소. 이곳 일은 제가 우선 수습을 해둘 터이니 그렇게 알고 그만 가보도록 하시오!"

누구에게나 그러하듯이 율도린에게도 예인후의 말은 사뭇 정중하였다. 그러나 정중함 중에 다시 거스르기 어려운 은은한 위엄이 서렸으니, 율도린이 뭐라 말대꾸를 하지 못하고서 넙죽 허리를 숙여 보이고는 순순히 정원 쪽으로 걸어갔다. 그 순순함이 못 미더웠던지 청의사내 하나가 뒤를 따라나섰다.

그런데 율도린이 정원 길로 접어들어 굽이지는 모퉁이를 막 돌기 전에 뒤따르던 청의사내를 돌아보며 뭔가를 말하였는데, 철민이 선 곳까지 들리지는 않았어도 율도린의 험한 인상과 또한 청의사내가 흠칫거리는 분위기상 아마도,

'술값은 나중에 와서 내가 직접 갚을 테니 일단 내 앞으로 달아둬? 알아들어?' 하는 정도인 것 같았다. 그리고 율도린은 마지막으로 힐끗 이쪽을 한번 돌아보고는 사라져 갔는데, 철민은 영 기분이 찜찜했다. 잠깐 번뜩인 눈빛이 마치 그를 노려본 것 같았기 때문이다. 꿈에 볼까 두려운 눈빛이었다.

7

금기서화의 재주를 갖추었다고 하더니, 술시중을 들러 들어온 두 명의 기녀는 제법 시도 읊고 비파도 타고 노래도 뽑고 하

며 흥을 돋우었다. 그러나 철민으로서는 그녀들이 잘하고 못하는 것을 떠나서 그게 무엇을 읊는 건지, 무슨 곡조를 타는 건지, 무엇을 노래하는 건지 도통 알지를 못하였다. 다만 얼굴이 예쁘고 목소리가 고우니 술값은 어쨌든 비싸게 나올 것 같았다. 걱정이 되는 건 아니었다. 지금 철민에게는 최소한 백 냥 이상의 전표가 있었으니 말이다.

한 백 냥쯤 될 거라며 철위강이 천 조각에다 꼼꼼하게 싸서 품속에다 넣어준 것인데, 한 번도 확인해 본 적은 없으나 철위 강이 그렇게 말했으니만큼 아마도 백 냥을 훌쩍 넘는 액수이리라. 철위강은 그런 사람이니까. 어쨌든 백 냥이면 대충 '천만 원'에 해당되는 거금이니 아무리 비싸다 해도 기껏 하룻밤 술값을 걱정하랴.

철민이 나름 술자리의 분위기를 살려보자고 웃고 얘기하고 너스레를 떨며 애를 쓰고 있는 데 반해, 예인후는 내내 표정을 굳힌 채 무게만 잡고 있어서 안 그래도 딱딱한 술자리의 분위기를 아주 잠수를 시키고 있는 중이었다.

'사람이 너무 곧아서 그런가, 아니면 정말 숫기가 없어서 그러나?' 철민의 눈치에도 불구하고 예인후는 도통 흐트러질 낌새가 없이 꼿꼿하기만 했다. 그런데 그런 예인후를 보면서 철민은 문득 묘한 우월감 같은 것을 느끼게 되었다, 우습게도.

솔직히 철민이 한때는 적어도 동년배들 중에서는 누구한테도 뒤지지 않는다는 엘리트 의식을 가지고 있었던 입장인데, 누차 강조를 하는 바이지만 '세 살이나 어린' 데도 불구하고 한두 가지도 아닌 모든 면에서 자신보다 뛰어나다는 인정을 하지 않을 수 없을 만큼 잘난 예인후였다. 그런데 지금 뜻밖에도 철민은, '잘난' 예인후보다 '더 잘난' 자신의 한 가지를 발견하고 있는 것이다.

'그렇지! 남자라면 모름지기 다방면으로 기본은 해야 하는 것이지! 어느 한 분야라도 크게 빠지는 것이 있으면 곤란하지!'

재주의 우월이라기보다는 관록이었다. 철민이 얘기를 특별히 재미있게 풀어내는 재주가 딱히 있는 편도 아니고, 더욱이 이쪽 세상의 관심거리에 대해 화제를 많이 가지고 있는 것도 아니었다. 다만 그저 업무상 '노래주점' 깨나 다니고 접대 차 '룸 살롱'에 몇 번 가보았던 관록으로 기녀들에게 '너 예쁘다!', '너는 잘빠졌다!'는 식의 헤픈 칭찬으로 기분을 맞춰주고, 이따금씩 걸쭉한 농담도 수월하게 건넸을 뿐이다.

좋은 게 좋다는 건 역시 만고불변의 진리인 모양이다. 어색하고 딱딱한 분위기보다는 실없지만 그래도 유들유들한 분위기가 낫다고 생각했던지 기녀들도 웬만하면 '까르르!' 대며 철민에게 장단을 맞춰주었다. 기녀들의 호응에 힘입어 철민은 가진 재주를 총동원하는 뻔뻔함을 발휘할 수 있었다. 맥주와 양주는 아니었지만 흉내로나마 폭탄주도 제조하고, '나이아가라'니 '타이타닉'이니 기녀들로서는 처음으로 들어봤을 이름의 술잔 쇼도 연출하고, 건배에다, 축배에다, 원(願)샷에다, 완(one)샷에다, '지화자 좋다!'에다, '구구팔팔이삼사!'까지……

"호호호!"

"하하하!"

간드러지고 호방한 웃음소리들이 간간이 터져 나왔다. 일찍이 본 적이 없었을 색다른 술자리 문화(?)가 기녀들에게는 물론 너무 곧거나 혹은 숫기가 없는 예인후에게까지 사뭇 흥미를 자아낸 모양이었다. 술잔이 몇 순배째 돌면서 제법 흥도 올랐고, 철민이 기분 좋게 취기가 오른다 싶을 즈음에는 예인후의 얼굴도 많이 밝아져 있었다. 철민은 괜히 흐뭇하였다. 그모든 것이 자신의 주도하에 이루어지고 있다는 괜한 생각에.

"본 천에서 백강의 서열 십위 안에 드는 인물들에 대해 질문한 적이 있지 않습니까?"

기녀들을 내보내고 남은 술로 마지막 한잔씩을 채우며 예인후가 문득 물었다. 철민이 얼큰한 중에도 불쑥 관심이 솟는 말이었다.

"그때 예 형 외의 나머지 세 사람에 대해서는 나중에 말해주겠다 했었지요?"

예인후가 빙그레 웃으며 말했다.

"그 세 사람 중 두 사람을 철 형이 오늘 보셨습니다."

"예?"

"상군환과 진호양! 그 두 사람이 바로 백강의 서열 이위와 사위에 올라 있습니다."

"아! 청룡단의 단주와 부단주 말입니까?"

예인후가 고개를 끄덕일 때 철민이 다시 물었다.

"그럼 남은 한 사람은 누굽니까? 아! 그러고 보니 그 한 사람이야말로 바로 백강의 서열 일위라는 건데……."

그러나 예인후는 가볍게 고개를 가로저었다.

"그가 과연 누구인지는 저도 알지 못합니다."

"같이 수호천의 인물인데도 말입니까?"

"그가 본 천의 인물이라는 소문이 강호에 나 있긴 하지만, 소문의 진위에 대해 지금까지 본 천의 누구도 공식적으로 언급한 적이 없습니다."

철민은 고개를 끄덕일 수밖에 없었다. 수호천의 정의대주인 예인후가 그렇다니 그런 것일 수밖에 없었다.

第三十六章
이건 (罰)이야!

몽상가

몽상가

1

전지훈련을 끝내고 시범경기가 시작되기까지의 틈새에 선수들에게 삼 일간의 휴가가 주어졌다. 철민과 손강호의 경우에는 아무래도 다른 선수들과 입장과 처지가 다른지라 일단은 서울의 구단 사무실부터 들르기로 했다.

사무실은 그대로여서 예전과 다름없는 풍경에 똑같은 사람들이었다. 그런데도 왠지 낯설었다. 하긴 몇 가지의 '사소한' 변화가 있긴 했다. 우선은 철민과 손강호의 책상이 없어졌다.

당연한 일인가? 그러나 직원들의 책상 유리판 아래에 끼워진 전화번호부에서조차 현장지원팀이라는 조직명만 있고, 그 아래로 철민과 손강호의 이름은 아예 빠져 있었다. 그걸 보는 순간 당혹감과 진한 허탈감이 밀려드는 건 두 사람 다 어쩔 수가 없었다.

　손강호는 이사를 하겠다고 했다. 이참에 아예 구단의 연고지인 E시로 거처를 옮기겠다는 것이다.
　'하긴 전세도 그쪽이 훨씬 싸긴 하지!'
　철민이 덩달아서 이사를 해볼까 하는 생각을 하기도 했으나, 결국은 잠깐의 고민으로만 끝을 냈다. E시까지가 서울에서 출퇴근하기에 그리 힘든 거리도 아닌데, 이사하기 번거로워서라도 일단은 참기로 했다. 사실은 아직까지 애매한 데가 좀 남아 있기 때문이었다, 그가 있어야 할 위치에 대해서. 그리고 아주 약간의 미련 같은 게 있기도 했다. 정 가는 구석이라고는 도무지 없이 삭막하고 황량하기만 한 서울이었지만, 그래도.

2

　토요일 저녁이다. 철민은 하루 종일 하는 일 없이 오피스텔에서 뒹굴다가 저녁 한 끼라도 제대로 챙겨 먹어야 되겠다 싶어 입고 있던 추리닝 바지에다 셔츠 차림 그대로 집을 나섰다.
　딩동! 엘리베이터가 왔기에 철민이 타고서 1층을 누르는데, 복도 저쪽에서 정장 차림의 남자 하나가 급한 걸음으로 왔다. 엘리베이터의 문이 막 닫히고 있는 중이었기에 철민이 몸에 익은 대로 열림 버튼을 눌러주었는데, 그때 복도 반대편에서도 다시 청년 둘이 급한 걸음으로 오는 것이었다. 순간 철민은 가슴이 철렁하였다.

'그놈들?' 철민이 지난번 N시 리조트 사건을 퍼뜩 떠올렸다. 그사이 세 사람은 성큼 엘리베이터 안으로 들어섰는데, 정장 차림이 문 쪽에 섰고 청년 둘은 철민을 가운데로 두고 양쪽 벽으로 붙어 섰다.

아니나 다를까, 엘리베이터가 움직이기 시작하자 정장사내가 싱긋 웃으며 말을 건넸다.

"김철민 씨! 잠깐 시간 좀 내주셔야겠습니다!"

철민이 잔뜩 긴장하는 중에도 여차하면 반항을 해보리라는 각오를 다지는데, 정장사내가 문득 인상을 굳히며 느긋하게 경고했다.

"괜히 쓸데없는 짓 할 생각은 마소!"

"당신들 누구요?"

철민의 떨리는 물음에는 대답하지 않고 정장사내는 슬쩍 상의 자락을 젖혀 보였다. 허리춤 위로 삐죽이 솟은 칼자루가 보였다. 순간 철민은 온몸에 팽팽하게 쟁여놓았던 긴장과 힘을 풀썩 놓아버리고 말았다. '제길!'

두 청년이 재빨리 철민의 양쪽으로 붙어 서며 팔짱을 꼈다. 그런데 바로 그 순간에 가슴 저 밑바닥으로부터 무언지 모를 반발이 불쑥 솟는 바람에 철민이,

"이것 좀 놓고 합시다!"

하고 청년들의 팔을 떨치며 양쪽으로 밀쳐 버렸다. 그런데 순간적인 반발로 표출한 철민의 그 몸짓은 제법 거칠고 완강

하여서 청년들은 각기 벽에 어깨를 부딪치면서 일시 당황하고 마는 모습들이었다. 그러나 청년들은 곧바로 철민을 되잡아왔다. 그에 철민이 다시금 대항을 하려고 하는 순간,

"죽고 싶어?"

왼쪽의 청년이 차갑게 뱉었다. 동시에 철민은 옆구리를 슬쩍 찌르는 무언가의 뾰족한 끝을 느꼈고, 그것이 바로 칼끝이라는 사실을 직감하는 순간 그의 몸은 덜덜 떨리기 시작했다. 도저히 통제할 수 없는 떨림이었다.

딩동! 엘리베이터가 멈추었다. 1층이 아닌 2층이었다. 아무도 내리지 않았고, 탈 사람도 없었지만 엘리베이터는 문이 열린 채로 계속 머물렀다. 열림 버튼을 누른 채로 정장사내가 조금은 누그러진 얼굴로 말했다.

"김철민 씨! 당신도 대충의 눈치는 챘겠지만, 당신이 협조를 안 해주면 칼침을 놔서라도 데리고 가야 하는 게 우리 입장이야. 그러나 그래서야 서로가 좋을 게 없지 않겠어? 당신은 괜히 몸상하고 우리도 조금쯤은 곤란해질지 모르고 말이야! 그러니까 순순히, 곱게 가자고!"

"어디로 가는지는 알아야 할 거 아니오?"

철민의 목소리에 여전히 가는 떨림이 섞였다. 정장사내가 짐짓 인상을 구기며 투덜거리듯 뱉었다.

"아, 씨바! 가보면 저절로 알게 될 걸 왜 자꾸 물어? 안 잡아먹어! 그렇게 대단한 일도 아니고, 금방 당신 두 발로 멀쩡히 걸어나오게 해줄 테니까 겁먹지 말고 그냥 가기만 하면 돼!"

이자들이 당장에 날 어떻게 해보겠다는 건 아닌 것 같지만, 그렇더라도 이대로 무작정 끌려갈 수는 없는 일이다. 조금의 여유를 가지며 바쁘게 머리를 굴린 끝에 철민은 겨우 생각 하나를 쥐어 짜낼 수가 있었다. 말 그대로 궁여지책이었다.

"그렇더라도 무작정 따라갈 수는 없소!"

"그래서? 못 가겠다고?"

언뜻 날카로워지고 마는 사내의 눈빛을 흠칫 피하며 철민이 억지로 목소리를 냈다.

"누구 내가 아는 사람과 같이 간다면 또 몰라도……."

"뭐? 이 양반이 지금 나하고 장난치자는 거야?"

"방금 그렇게 대단한 일도 아니고, 무사히 보내줄 거라고 하지 않았소? 그렇다면 한 사람을 더 데리고 간다고 해서 안 될 것도 없지 않소? 내 말이라면 크게 따져 묻지 않고 웬만하면 그냥 들어줄 사람이 하나 있는데, 일절 다른 얘기 안 하고 그냥 같이 좀 가달라고만 하겠소."

그리고 철민은 다시금 짐짓 결연한 빛으로 덧붙였다.

"하여튼… 나 혼자는 죽어도 못 갑니다. 그리고 저 CCTV에 지금 이 장면들 다 찍히고 있을 테니까 만약에 나한테 무슨 일 있으면 당신들도 무사하지는 못할 거요!"

피식 사내가 비웃었다. 그리고 문득 엘리베이터에서 내리더니 복도 저쪽으로 걸어갔다.

잠시 후 돌아온 사내는 철민에게 같이 가려는 사람의 이름과 관계, 전화번호 따위를 꼼꼼히 물었다. 철민이 지목한 사람은 당연히 손강호였다. 그냥 좀 와달라고 했을 때, 이유를 묻지 않고 선뜻 와줄 만한 사람은 그밖에 없었다.

"간단히만 말해! 만약 조금이라도 잔머리 굴렸다간 이자까지 붙여서 확실하게 대가를 치르게 해줄 테니까!"

사내는 다짐을 받고서 철민의 핸드폰에다 직접 번호를 누른 다음에 다시 철민에게 넘겼다.

"손 대리! 접니다!"

"아, 팀장님!"

"지금 좀 이쪽으로 와줄 수 있습니까?"

"예? 지금 바로요? 무슨 일이십니까?"

"아, 그게… 전화로 말하기는 좀 그런데… 일단 좀 와주면 안 되겠습니까?"

"아, 예. 알겠습니다. 그러죠, 뭐. 거기가 어딥니까?"

손강호는 정말로 이것저것 따지지 않고 그냥 선뜻 오겠다고 했다.

3

철민이 사내들과 함께 처음에는 승용차에 타고 있었는데, 얼마 안 있어 승합차량 한 대가 와서 그리로 옮겨 탔다. 그리고 다시 이십여 분이 지났을 즈음 철민의 핸드폰이 울렸다.

"팀장님, 도착했습니다만, 어디 계십니까?"

"제 오피스텔 입구 쪽 도로변에 검은색 콤비 한 대 서 있죠?

한 17인 승쯤 되는데…….”

“아, 예! 봤습니다!”

“거기에 타고 있습니다.”

“예, 알겠습니다. 그리로 가죠.”

손강호는 끝까지 이것저것 따지지 않을 모양이었다.

잠시 후, 차 문을 연 손강호는 차 안에 타고 있는 일곱 명의 건장한 사내를 발견하고 멈칫하는 기색이 되었다. 그러나 이내 쓱 내부를 한번 훑어보고 맨 뒷좌석에 있는 철민을 발견하고는 크게 의아해하거나 꺼려하는 기색도 없이 성큼 차에 올라탔다.

‘과연 손강호다!’ 철민은 언뜻 그런 감상을 떠올렸다. 하지만 그것이 구체적으로 손강호의 어떤 점에 대한 감상인지는 막상 에매한 데가 있었다. 우직함에 대한 감상인지, 대범함에 대한 감상인지, 좋은 감상인지, 나쁜 감상인지.

“미리 사정을 얘기하지 못해서 미안합니다!”

옆자리에 와서 앉는 손강호에게 철민이 나직이 말했다. 정말로 미안해서 하는 말이었다. 손강호가 흘깃 주변의 사내들을 훑고 나서 역시 나직한 소리로, 그러나 짐짓 털털한 체 싱긋 웃으며 말을 받았다.

“사정을 얘기할 형편이 못됐겠는데요?”

“정말로 혼자 온 겁니까?”

“혼자 오라면서요?”

손강호는 정말로 혼자서 온 것이었다. 아무런 의심도 없이 덜렁.

'물론 아무런 힌트도 주지 못한 것이지만 그래도 그렇지! 그렇게 갑자기 무작정 오라고 했을 때는 최소한의 의심 정도는 해봤어야 하는 거 아닌가?' 철민이 한편으로 은근히 원망도 생기는 것이었다. 손강호를 이런 와중으로 끌어들이고자 했던 데는, 그가 조금이라도 눈치를 채고 어떤 방도를 취해줄 것이라는 간절한 기대가 있었던 것인데, 이렇게 되면 괜히 둘 다 속수무책으로 위험에 빠져 버린 격이다.

그렇더라도 어쨌든 고맙기는 했다. 아니, 무진장 고마웠다. 아무 대책 없이 왔더라도, 이렇게 선뜻 와준 것만으로도, 그리고 자신을 위험에 끌어들인 것에 대해 원망하는 마음이 없을 수는 없을 텐데, 이렇게 겉으로라도, 또 말이라도 태연하고 덤덤하게 해줘서.

그리고 참으로 든든했다. 배짱인지 둔한 건지 모르겠지만, 손강호는 떨지 않고 있었다. 철민 자신은 아직도 가슴이 콩닥거리고 있는데 말이다. 그럼으로써 다가올 위험에 대해 속수무책일망정, 그 위험을 손강호와 함께할 수 있다는 사실만으로도 정말 든든했다. 손강호에게는 너무 미안하지만.

4

철민과 손강호가 사내들에게 이끌려 간 곳은 어느 체육관이

었다. 그리고 지금 그들의 앞에는 로프로 둘러쳐진 사각의 링
이 있었다.

"전화 받아보소!"

정장사내가 철민에게 핸드폰을 건넸다.

"김철민 씨?"

전화 저편에서 차분한 목소리가 철민을 확인했다.

"당신 누굽니까?"

"김철민 씨! 이제 두 번쨉니다."

"뭐요?"

"1전 1승 1KO승인 당신의 두 번째 경기라는 겁니다."

억양없이 마치 책을 읽는 듯한 그 목소리가 의미하는 바에
대해 철민이 잠시 의아해지고 말았으나, 이내 퍼뜩 떠오르는
게 있었다.

"당신… 지난번 리조트에서의 일도 결국 당신이었소?"

"그렇습니다."

"이보시오? 당신 지금 대체 무슨 짓을 벌이고 있는 겁니까?"

전화기 저편에서는 잠시간의 침묵을 두었다. 그리고 돌아온
대답은 사뭇 냉담한 느낌이었다.

"벌(罰)입니다!"

"……?"

"벌 모릅니까? 이것은 김철민 씨에게 내리는 벌입니다."

난데없고도 영문 모를 소리에 철민이 차라리 벙벙해하다가
이내 따져 물었다.

"벌이라니? 도대체 내가 무슨 잘못을 했기에 벌을 준다는 거요? 그리고 설령 내가 무슨 잘못을 했더라도 그렇지, 당신들이 대체 뭐길래 무슨 권한으로 내게 벌을 주고 말고 한단 말이오?"

전화기 저쪽의 말투가 문득 바뀌었다.

"어쨌든 당신은 우리에게, 아니, 내게 잘못을 했어! 그리고 내게는 그 잘못을 벌할 권한은 몰라도 벌을 줄 수 있는 힘이 있지! 아주 충분하게 말이야!"

같은 목소리인데 말투를 바꾸는 것만으로 마치 전혀 다른 사람이 말하는 것 같았다. 가슴이 갑자기 격하게 뛰놀았기에 그것을 추스르느라 잠시간 애를 먹은 다음에야 철민은 겨우 말을 꺼낼 수 있었다.

"무슨 얘긴지 모르겠지만… 하여튼 그렇다고 칩시다! 당신 말대로 내가 무슨 잘못을 했고, 그 잘못에 대한 벌을 받아야 한다고 칩시다! 하지만 그렇더라도 지난번 리조트에서 당신은 이미 내게 벌을 준 셈 아닙니까?"

"노! 노! 그건 단지 시작에 불과할 뿐이지!"

"시작에 불과하다고? 혹시 그때 내가 이겼기 때문이요? 그때 내가 졌다면 끝이 났다는 거요? 그도 아니면 뭘 어떻게 해야 끝이 난다는 거요?"

그렇게 묻고 난 뒤 철민은 곧바로 후회했다. 말도 안 되는 상대의 황당한 수작에 어이없이 끌려 들어가고 만 것처럼 영 찜찜한 느낌이었다.

"이기고 지는 건 별 상관이 없어! 오히려 난 당신이 이기길 바라!"

"내가 이기길 바라다니, 그건 또 무슨 소리요?"

"사실 벌은 아직 시작되지도 않았어! 아직까지는 다만 준비 과정일 뿐이지! 당신이 제대로 벌을 받도록 하기 위한 준비 과정 말이야!"

순간 철민은 황당하다는 느낌보다는 무언지 모를 암담한 느낌에 휩싸이고 말았다. 도대체가 말이 안 되는 상황이고 억지인데, 막상 상대의 목소리와 말투에서는 그로 하여금 아무 데로도 도망치지 못하도록 옭아매고 매몰차게 몰아가는 어떤 구속과 압박이 있는 것만 같았다. 순간 울컥 참기 어려운 반발이 치밀었다.

"이게 지금 무슨 말도 안 되는 수작이야? 당신이 무슨 짓을 하든지 그거야 당신 마음이지만, 난 조금도 관심이 없어! 그리고 당신하고 놀아줄 만큼 한가하지도 않아! 시파! 그러니까 벌을 주든 지랄 염병을 떨든 당신 혼자서 놀라고!"

철민이 내뱉은 말 중에 욕이 섞였으나 상대는 나직한 웃음소리로 받았다.

"흐흐흐!"

그 음울한 웃음소리에서는 또 다른 느낌이 났다. 마치 구석에 몰린 쥐를 가지고 노는 고양이의 느낌이랄까? 비슷한 느낌의 목소리로 그가 이어 말했다.

"말하지 않았나? 내겐 힘이 있다고. 세상의 모든 건 힘 있는 사람이 결정하고 움직이는 법이잖아? 당신은 그냥 따라올 수밖에 없어! 원래는 말이야, 오래 끌고 갈 생각은 아니었어. 금방 재미가 없어질 줄 알았거든? 그런데 알고 보니 당신 꽤나 흥미로운 구석을 가진 사람이더라고? 그래서 생각이 조금 달라졌어. 당신에게 조금 더 기회를 주기로 한 거지. 그 흥미로운 구석들을 조금 더 다듬을 기회를 말이야. 지난번 경기의 내용을 바탕으로 오늘 경기의 상대자를 구했지. 그리고 오늘 경기의 내용과 결과에 따라서 다시 다음 경기의 상대가 정해질 거야. 사실 이런 일은 내게도 꽤나 수고로운 일이야. 하지만 재미있지 않아?"

"이! 당신 도대체 누구야? 나한테 진짜로 원하는 게 뭐야?"

"흐흐흐! 벌을 내리는 거라니까? 당신이 제대로 벌을 받기를 바라는 거라니까? 사실은 이런 저런 욕심이 조금씩 더 생기고 있는 중이지만… 어쨌든 당신은 열심히 하기만 하면 돼. 내가 판단해서 이 정도면 준비가 되었다 싶을 때, 그때 진짜 벌을 주도록 할 테니까."

"못하겠다면? 그렇게는 절대로 못하겠다면 어쩔 거요!"

철민의 단언에 전화 저편에서는 예의 그 음울한 웃음소리부터 전송해왔다.

"흐흐흐!"

그리고 이어지는 목소리는 차라리 부드러웠다, 그 안에 담긴 내용에 비해 너무도 잔잔하여 절로 소름이 끼칠 만큼.

"못하겠다고? 절대로? 이런, 이걸 어떻게 하나? 나는 절대로

하도록 해야만 하겠는데? 할 수 없군! 또 다른 벌칙을 추가하
는 수밖에! 뭐, 이렇게 하지. 지금부터 당신이 경기를 거부한
다든지, 혹은 경기를 치르더라도 영 성의가 없어 보인다든지
할 때마다 거기에 대한 벌칙으로 당신의 신체 한 군데씩을 손
봐주는 걸로. 그래, 우선은 가볍게 손가락이나 발가락부터 하
나씩 자르는 걸로 시작을 해볼까? 아니, 아니지! 당신한테 그
런 벌칙을 줬다가는 아무래도 벌을 받는 데 지장이 있을 테니
까… 흠! 이렇게 해야겠네. 당신과 가장 가까운 사람들에게 그
벌칙을 대신 주는 걸로 말이야. 굳이 믿어달라고는 안 하겠는
데, 나한테 그 정도 일쯤 처리하는 건 문제도 아니거든? 아! 그
리고 한 가지 더! 이런 상황이 영 마음에 안 들 거라는 건 충분
히 이해가 되고도 남지만, 그렇더라도 부디 가볍게 행동하지
는 말기를 바라. 이를테면, 경찰에 신고한다든지 하는 것 말이
야. 아! 물론 그건 어디까지나 당신 마음이야. 그리고 역시 굳
이 믿어달라고는 안 하겠는데, 경찰도 당신을 지켜주지는 못
해. 언제까지 완벽하게는 말이야. 참고로, 나도 경찰이나 뭐
그런 쪽에 대해서는 상당히 잘 아는 편이야. 소위 말하는 전문
가쯤 된다는 거지. 아아, 이런이런! 또 한 가지가 더 있었군. 당
신이 보호자로 데리고 온 그 친구 말이야. 원한다면 앞으로도
계속 보호자 노릇 할 수 있게 해주지. 물론 그럴 경우에 아까
내가 말했던 벌칙의 최우선 적용자가 될 각오는 해야 하겠지
만. 그런데 그 친구, 그래도 계속 당신의 보호자 노릇을 하려고
할까?"

짜라짜라짠짠짠~! 짜라짜라짠짠짠~! 곁에 섰던 사내들 중 누군가의 핸드폰이 요란한 음을 토해냈다.

"예! ……예! ……알겠습니다. 잠시만 기다리십시오!"

공손한 태도로 전화를 받은 사내 하나가 문득 손강호에게로 다가섰다. 그리고 방금 철민이 전화 속의 상대에게 들었던 그대로의 내용에 대해 물었다. 얘기를 듣는 손강호의 표정이 딱딱하게 굳어졌다. 그러나 얘기를 다 듣고 난 다음 그의 입에서는 간단한 한마디가 뱉어졌다.

"있소!"

사내가 다시 확인했다.

"그럴 용의가 확실히 있다는 거요?"

손강호가 차분하게 다시 대답했다.

"그렇소!"

간단하고도 분명한 인정이었다. 순간 철민은 숨이 턱 막히는 느낌을 받았다. 가슴속에서 뭔가 뜨거운 것이 확 번지고 있었다.

"좋아! 재미있군!"

전화 저쪽의 목소리가 짧은 감회를 전해왔다.

5

정장사내가 철민을 보며 링을 가리켰다. 링으로 올라가라는 독촉이었다. 곧바로 사내 셋이 철민과 손강호에게로 다가왔

다. 손강호는 반사적으로 경계 자세를 취했으나, 사내들의 손
이 슬쩍 허리 뒤쪽으로 돌아가는 걸 보고는 철민도 손강호도
곧추세워 놓았던 긴장을 맥없이 풀어버리고 말았다. 이어 두
사람은 사내들에게 떠밀리다시피 주춤주춤 링 쪽으로 물러났
다.

'옥방이다. 바로 그곳에 선 느낌이다!' 결국 상황의 강요에
못 이겨 링에 올라서고 만 철민의 첫 느낌은 그랬다. 그에게
지금 링은 다른 어떤 의미도 아닌, 오로지 싸움을 하기 위한 공
간일 뿐이었다.

어느 틈엔지 맞은편 코너에도 사람 하나가 올라와 있었다.
벗은 상체, 그리고 맨발에 흰색 트렁크 하나만을 입었는데, 가
무잡잡한 피부만으로도 사내는 몹시도 강인해 보였다. 매부리
코 밑에 기른 짧은 수염, 그리고 쏘아보는 듯한 날카로운 눈빛
이 매서운 서른쯤의 사내였다.

손강호는 지그시 이마를 찌푸렸다. 상대는 마른 몸매였으나
탄탄했다. 잘 다듬어진 몸매였다. 관상용의 근육은 없었으나,
이른 바 실전용의 몸이었다. 아무나 그런 걸 구별해서 볼 줄
아는 건 아니겠지만 손강호는 그런 걸 볼 수 있는 범주에 속했
다.

쿵쾅! 쿵쾅! 쿵쾅! 철민의 가슴이 세차게 방망이질 치고 있
었다. 상황에 순응할 수밖에 없다는 건 분명했다. 거부하거나
도망칠 수 있는 여지는 조금도 없다고 인정할 수밖에 없었다.

그렇더라도 두려움과 후회, 다급함과 원망 따위가 뒤죽박죽으로 마구 뒤섞이고 있었다. 어쩔 수 없다고 인정은 하는데, 도저히 각오가 서지 않았다. 이대로는 도저히 엄두조차 내볼 수가 없었다.

'해야 하는데… 해야만 하는데… 할 수밖에 없는데……'
치열함이 필요했다. 절실함이 필요했다. 할 수밖에 없다는 쪽으로 스스로를 몰아가기 위한. 그것이 긴장이든, 흥분이든, 혹은 또 다른 무엇이든 말이다.

부들부들! 다리에서부터 시작된 떨림이 온몸으로 번져 가고 있었다. 애써 두 다리에 힘을 주어 버티어 섰지만 떨림은 더욱 거세져만 갔다.

"괜찮습니까?"

링 사이드에 있던 손강호가 안쓰럽게 물었다. 그러나 철민은 대답을 하기조차 힘든 형편이었다. 손강호의 얼굴이 아련하게 보였다, 마치 꿈속처럼.

덜덜덜! 덜덜덜덜! 떨림은 이윽고 걷잡을 수 없으리만큼 증폭되고 있었다. 그리고 어느 순간 철민은 마침내 한계에 도달하고 말았다. 그렇다고 여겨졌다. 두 다리에는 아예 감각이 느껴지지 않았다. 그대로 주저앉고 말 것만 같았다.

그러나 문득 차분해진 것은 바로 그 순간이었다. 철민은 문득 집중하였고, 곧바로 의외로 담담하게도 모든 주어진 상황을 받아들이는 상태로 되었다. 아니, 이번에도 그렇다고 여겨졌다. 그렇더라도 그의 온몸은 여전히 떨리고 있었다. 그러나 그것은 더 이상 애써 통제하고 추슬러야 할 대상은 아니었다. 그대로 두어도 괜찮은 상태였다. 그것은 차라리 순수한 흥분 같은 것이었다.

건너편 코너의 콧수염사내가 링을 가로질러 왔다. 가까이서 보니 사내의 인상은 훨씬 더 강인하고도 매서웠다.

"안 맞으면 다른 걸로 바꾸십시오!"

사내가 손에 들고 있는 걸 내밀었다. 손가락이 개방되어 있는 격투용 장갑이었다. 손강호가 내키지 않으나마 받아 들면서 흘깃 사내의 귀를 살폈다. 철민은 바닥으로 시선을 떨어뜨리고 있었다. 사내의 말이 빨라졌다.

"룰은 간단합니다. 먼저 3분 경기에 1분 휴식입니다."

"3회전이요?"

손강호가 처음으로 물은 데 대해 사내는 간단히 고개를 저었다.

"몇 회로 정하지 않고, KO나 탭 아웃이 날 때까지 계속합니다."

"뭐요?"

손강호가 눈을 부릅떴지만, 사내는 자신이 할 말을 계속하였다.

"심판은 없고, 특별히 금지되는 행위도 없습니다."

"세상에 그런 법이 어디 있소? 지금 경기를 하자는 게 아니라 뒷골목 싸움이라도 하자는 거요? 당신 깡패요?"

손강호의 목소리가 격해질 때, 사내의 눈빛이 문득 차갑게
가라앉았다.

"이건 TV 중계에 나오는 격투기 경기가 아닙니다. 룰은 정
하기 나름이란 뜻이죠. 그리고 난 깡패가 아닙니다. 대전료를
받고 격투기 시합을 하러 왔을 뿐입니다. 당신들이 누군지, 또
내게 대전료를 주는 사람이 누군지 알지 못하고 알 필요도 없
습니다. 다만 정해진 룰대로 경기를 하고, 정당하게 그 대가를
받아가면 그만인 거죠. 알겠습니까?"

미처 예상하지 못했던 말이고, 또한 태도였기에 손강호는
일시 말문이 막히고 말았다. 사내가 말을 잘랐다.

"다른 이의가 없다면 곧바로 시작하죠!"

6

땡! 공이 울렸을 때, 손강호는 마치 예상을 하지 않고 있었
던 것처럼 새삼 다급한 심정이 되고 말았다.

"어떻게 하죠?"

철민이 해야 어울릴 말을 오히려 그가 뱉으며 손강호는 안
절부절못하였다. 철민이 나가도록 두지도 못하겠고, 그렇다고
못 나가게 할 무슨 방법이 있는 것도 아니었다.

그러나 막상 철민은 손강호에게는 한번 시선을 주지도 않은
채로 몸을 돌렸고, 이어 휘청거리는 듯한 걸음걸이로 곧장 링
의 가운데를 향해 나갔다.

“아, 옷은……!”

뒤에서 손강호가 허둥대며 중얼거리다가는 제풀에 말을 끊고 말았다. 얼마나 정신이 없었던지 철민의 복장이 추리닝 바지에다 셔츠를 입은 그대로라는 것을 이제야 깨달았기 때문이다.

“시작합니다!”

가볍게 주먹을 내밀었으나 철민이 응하지 않자 사내는 그렇게 말로 시작을 선언했다.

원을 그리며 도는 사내의 스텝은 경쾌하면서도 빨랐다.

툭! 툭! 가볍게 던지는 잽이었지만 그때마다 철민의 머리가 휘청휘청 젖혀질 정도로 위력적이었다.

팟! 한순간 머리 높이로 차고 올라온 사내의 발이 매서운 바람 소리를 내며 철민의 머리끝을 스치고 지나갔다. 낌새도 차리지 못하고 있다가 뒤늦게 움찔 몸을 웅크릴 뿐인 철민에 대해, 사내는 펄쩍 뛰어 멀찍이 물러서며 경중경중 뛰듯이 스텝을 밟았다. 마치 혼자서 몸이라도 푸는 듯했다. 혹은 잔뜩 주눅 든 철민에게 몸을 풀 기회를 주는 한편, 이제 곧 인정사정 봐주지 않고 본격적으로 공격을 시작할 것이라고 선전포고를 하는 듯도 했다.

팟! 파앗! 사내가 본격적으로 펀치와 킥을 내기 시작했다. 그러나 철민은 맞받아치거나 피할 엄두를 내지 못하는 듯이 다만 자세를 낮춘 채 양팔을 끌어당겨 가슴과 얼굴을 감싸는 것으로 대응하고 있을 뿐이었다.

픽! 퍼억! 가드 위로 가해지는 타격이긴 해도 그 충격이 상당한 듯 철민의 몸은 마치 작살 맞은 물고기처럼 펄떡거렸다.

'붙잡기라도 해야 하는데……'

손강호의 절박한 생각은 별별 데로 다 미쳤다. 그러나 다만 생각일 뿐이었다. 바람처럼 자유자재로, 번개처럼 빠르게 치고 빠지는 사내를 철민이 붙잡기란 가능한 일이 아니었다. 애초부터 철민과는 격이 다른 상대인 것이다.

"가만있지 말고 좌우로 돌아요! 돌아!"

"또 가만히 있는다! 돌아! 돌라고!"

"고개 들고! 상대를 보라고!"

"주먹! 맞고만 있지 말고 같이 주먹 내라고!"

손강호의 고함은 점점 째지는 것으로 되어갔다.

너무도 분명하게 일방적이었으나, 사내에게는 세차게 몰아붙여 끝장을 낼 생각이 없는 것 같았다. 그렇다고 경기를 즐기려는 의도이거나, 굳이 철민을 조롱하려는 의도인 것 같지도 않았다.

'돈을 받기로 한 조건에 최소한 1회는 넘겨야 한다는 조항이라도 있는 건가? 손강호의 생각이 그런 데까지 미칠 때였다.

땡! 공이 울렸다.

"휴우~!"

손강호는 길게 한숨을 내쉬었다. 끝없이 계속될 것 같던 3분이 결국은 흐른 것이다. 그러나 철민은 공 소리를 못 들은 듯했다. 상대가 멈칫 공격을 멈추고 자신의 코너로 걸어가는 것을 보고서야 비로소 그것이 1회가 끝났다는 의미라는 것을 안 듯이 뒤늦게 비칠비칠 자신의 코너로 돌아오는 것이었다.

"괜찮습니까?"

"괜찮은 걸로 보입니까?"

물은 말도 좀 그랬지만, 숨을 몰아쉬며 하는 철민의 대꾸에도 얼마간의 원망이 섞였다고 손강호는 느꼈다. 그러나 바로 그 순간에 퍼뜩 관심을 끌어당긴 한 가지 사실 때문에 손강호는 미처 미안해하거나 안쓰럽다는 생각을 하지 못했다.

바로 호흡이었다. 거칠기는 하지만 철민의 호흡은 그런 대로 결을 유지하고 있었고, 더욱이 지금 빠르게 안정을 찾아가고 있는 중이었다. 그것은 사뭇 의외로운 일이었다. 링에서 3분을 버틴다는 것은 선수들에게도 결코 쉬운 일이 아니며, 더욱이 일반인이라면 아주 녹초가 되게 마련이다. 아무리 소극적으로 뛴다고 해도 치열한 긴장감만으로도 엄청난 에너지가 소모되는 곳이 바로 링이기 때문이다.

"계속할 수 있겠습니까?"

하는 물음에 힐끗 손강호를 쏘아본 철민은 대답 대신 흠뻑 젖은 셔츠를 훌러덩 벗어던졌다.

"더워 죽겠네!"

1분의 휴식 시간은 너무 짧고 할 말은 많았다. 손강호는 빠르게 정리를 했다.

"무작정 뒤로 밀리면 안 됩니다. 맞더라도 같이 펀치를 내줘야 합니다."

그러나 철민은 대답 대신 설레설레 고개만 내저었다.

"정 안 되면 카운터라도 내십시오! 상대의 펀치나 킥이 날아온다 싶으면 무조건 같이 펀치를 내는 겁니다. 어차피 맞는 건 마찬가지겠지만, 최소한 상대가 마음대로 공격을 하지는 못할 겁니다."

시간에 쫓긴 손강호의 말이 더욱 급해졌다.

"어쨌든 상대가 지치기를 기다려 그라운드로 가야 합니다. 상대는 아무래도 그라운드에 약점이 있는 것 같거든요."

철민이 결국은 참지 못하여 톡 쏘고 말았다.

"나는 안 지친답니까? 그리고 상대가 그라운드에 약한지 강한지 어떻게 압니까?"

손강호가 뭐라고 말을 받으려고 하는데 '땡!' 하고 공이 울렸다. 손강호가 링 사이드로 나가며 빠르게 뱉었다.

"불평은 나중에 하고, 일단은 시키는 대로 하십시오!"

철민은 결국 카운터에 집중할 수밖에 없었다. 그러나 상대는 카운트의 빈틈을 역으로 노릴 만큼 능수능란했고, 그런 때문에 철민은 금세 몇 대의 펀치를 얼굴에 허용해 코피가 터졌다.

품! 푸흡! 당장에 호흡에 장애가 왔다. 그러나 철민은 계속 카운터를 시도했다. 그것만이 그에게 주어진 유일한 제시였기에 더욱 절실하게 집중을 할 수밖에 없었다.

'혈도?' 절실함이 고조되던 중에 철민은 문득 그렇게 떠올렸다. '왜?'의 전제도 없이 그냥, 느닷없이 떠오른 단어였다. 아니, 명제(命題)였다. 뒤이어 그의 머릿속으로 주마등처럼 장황하게 스쳐 지나가는 것들이 있었으므로.

"혈도는 운기의 통로가 된다는 점에서 무공의 근간이 되는 것이지만, 그 이전에 인체의 주요 급소라는 점에서도 지극히 중요하죠. 즉, 혈도를 앎으로써 최소의 힘으로도 적에게 최대의 충격을 가할 수 있고, 혹은 고통을 극대화시킬 수도 있죠."

그리고 다시 불쑥 떠오르는 이름 하나. '예인화!'
순간 철민은 저도 모르게 고개를 흔들었다.
후드득! 코에서 흘러내리던 핏줄기가 허공으로 뿌려졌다. 그런 중에도 주마등의 광경은 계속되었다. 불쑥 나서며 번개처럼 쳐내는 양손. 목을 부여잡으며 그대로 주저앉아서는 꼼짝도 하지 못하고 고통스럽게 신음하는 두 명의 사내. 그 광경의 주인공은 바로 손강호였다. '천돌(天突)!' 찰나간의 주마등은 그렇게 끝이 났다.
왼 무릎을 차올리며 동시에 오른 주먹을 뻗는 상대에 대해 철민은 오히려 그의 내각을 파고들며 주먹을 뻗었다.
퍽! 처음으로 타이밍을 제대로 맞춘 카운터였다. 쳤다기보다는 상대의 목젖 아래 어림을 찌른 느낌이 제법 묵직하게 와 닿았다.

"컥!"

단말마와도 같은 화급의 비명을 토하며 상대가 무너졌다, 목을 부여잡은 채로 맥없이.

"어어?"

"저거… 왜 저래?"

갑작스럽게 벌어진 상황에 링 주변에서 놀란 소리들이 터져 나왔다.

그러나 손강호는 아무 소리도 내지 못했다. 그저 두 눈을 크게 뜨고서 멍한 표정을 짓고 있을 뿐이었다.

승부가 끝난 뒤의 침묵은 어색했다. 철민과 손강호에게도, 그리고 사내들에게도. 그때 한쪽 구석에서 전화 통화를 하던 정장사내가 걸어와서 철민에게 전화기를 건네주었다.

"김철민 씨, 기대했던 것 이상으로 일이 점점 더 흥미로워지는 것 같군요. 좋습니다. 오늘은 이만 가셔도 좋겠습니다. 다음번에 다시 연락드리죠."

전화기 저쪽의 목소리는 정중했다. 그런 중에 다시 약간은 들뜬 듯한 느낌이기도 했다.

7

"사람이 왜 그렇게 무모합니까?"

건물을 나와 도로변으로 나서자마자 불쑥 뱉는 철민의 소리에 손강호가 짐짓 눈을 부릅떴다.

"무슨 말씀입니까?"

"아니, 처음에야 뭘 몰라서 그랬다고 하더라도, 사정이 어떻다는 걸 알고 났으면 앞뒤도 좀 재보고 그래야지, 무턱대고 보호자를 하겠다고 나서면 어떡하겠다는 거냐고요?"

"나 참! 처음부터 무턱대고 끌어들인 사람이 누군데? 아, 뭐, 어쨌든 간에 기왕에 저질러진 일인데, 이제 와서 따져 본들 무슨 소용이겠습니까? 일단 가는 데까진 한번 가보는 거지요, 뭐. 안 그렇습니까? 하하하!"

짐짓 호탕하게 웃어젖히는 손강호에게서 철민은 문득 어떤 이름 하나를 떠올렸다. 그리고는 이내 피식 웃고 말았다. 느닷없이 떠오른 그 이름에 대해. '철위강!'

"그런데 대체 이게 다 무슨 일입니까?"

손강호의 당연한 의문에 대해 철민으로서도 속 시원히 말해 줄 만한 건 없었다.

"저도 잘 모르겠습니다."

"아무래도 보통 일은 아닌데, 뭐 짐작될 만한 거라도 있으면 말씀해 보십시오. 제가 한번 알아보도록 할 테니까요."

"알아봐요? 어떻게요?"

"본래 저런 쪽 바닥이란 데가 사실은 그렇게 넓은 편이 못 되어서 한두 다리만 건너면 이렇게 저렇게 서로 얽혀 있게 마련이거든요."

"그래서요?"

　"그게… 제가 예전 한때… 그쪽에 맺어놓은 인연들이 아직 조금쯤은 남아 있는데… 단서가 될 만한 게 있다면 어떻게 된 사정인지 알아볼 수도 있을 것 같아서……."
　손강호의 목소리가 슬며시 잦아들었다, 괜히 눈치라도 보듯 철민을 힐끗거리며.

第三十七章
오해는 마십시오!

1

시범경기가 시작되었다. 시즌 개막을 앞두고 각 구단에게는 동계훈련의 성과를 점검하고 팀 운영 방향을 최종적으로 정비하는 기회이며, 시즌 개막을 고대해 온 야구팬들에게는 각 구단의 전력을 비교 평가해 보고 금년 시즌의 판도를 미리 가늠해 보는 자리가 될 것이다.

그러나 대개의 팀들이 희망과 각오를 다질 때, 불스의 분위기는 무겁기만 했다. 금년 시즌을 위해 알차게 준비했다고 할 만한 것이 없었으니, 그들에게 이번 시범경기는 얼마나 잘할 수 있는지의 가능성을 확인하는 기회가 아니라, 전 시즌에 비해 얼마나 전력이 차이 나는지를 확인해야 하는 힘겨운 시간이 될 공산이 컸다.

스포츠 매체들도 연일 발 빠르게 시즌 전망에 관한 분석 기사와 각 구단 동향에 대한 기사들을 내보내고 있었다. 시즌 전망에 대해서는 3강 4중 1약으로 보는 게 전반적이었으니, 주로 3강의 감독들에게 인터뷰 요청이 많았고, 그중에서도 관심의 초점은 단연 K 드래건스의 성백호 감독이었다.

K 드래건스는 명실공히 대한민국 최고의 재벌인 국제그룹을 오너로 둔 만큼 전력 확보를 위해 매년 막대한 자금을 투자해 왔고, 그 결과로 매 시즌 거의 예외없이 포스트 시즌에 진출하는 발군의 성적을 거두고 있는 막강 팀이었다. 다만 매번 우승의 문턱에서 주저앉기를 벌써 다섯 시즌이나 계속하고 있었으니, 금년에야말로 우승을 하고야 말리라는 오너의 강력한 의지로 팀 전력을 대대적으로 보강한 바 있다. 그중에서도 역점을 둔 것이 네 번의 한국시리즈 우승으로 현역 감독들 중에서는 최다 우승 경험을 가진 성백호 감독의 역대 최고 대우 영입이다.

직전 시즌까지 몇 년간이나 D 불스의 감독을 맡았던 성 감독은 자리를 옮기면서 D 불스의 주요 코치들을 함께 데리고 갔을 뿐만 아니라, FA와 용병 재계약 포기, 트레이드 등으로 시장에 나온 D 불스의 전년시즌 1, 2, 3 선발을 그야말로 '싹쓸이'로 쓸어갔다. 그런 과정에서 프로야구의 근간을 흔들 우려가 있다거나 전력의 지나친 편중이라는 타 구단들의 우려와 반대가 있었지만, 수십억의 자금 투입 앞에서는 무색하기만 했다. 그런 이유들로 인해 성 감독이 더욱 스포츠 매체들에게 관심의 초점이 되는 측면도 있을 것이다.

　보도된 성백호 감독의 인터뷰 내용 중에는 D 불스 선수들의 신경을 긁는 내용도 있었다.

　Q:작년까지 D 불스의 감독이지 않았나? 불스의 금년 시즌 전력을 간단히 평가한다면?

　A:불스의 경우 익히 알려진 바와 같이 최근 몇 년간 오너의 구단에 대한 투자 의지가 거의 없었다. 그런 탓에 팀 전력이 지속적으로 하향곡선을 그려왔는데, 금년 시즌에는 특히나 FA 포기와 용병 재계약 포기 등으로 아예 차 떼고 포까지 떼버렸으니 그야말로 허수아비가 되어버린 감이 있다.

　Q:차와 포를 뗀 허수아비라고 했는데, 결과적으로는 그 차와 포를 드래건즈가 다 가져간 셈이 되지 않았나? 불스의 전임 감독으로서 거기에 대한 소회가 있을 법한데…….

　A:솔직히 마음이 편치는 않다. 그러나 프로야구다. 능력과 의지가 없는 구단은 좋은 선수들을 보유하기 어렵고, 반대로 능력있고 의지가 있는 구단이 좋은 조건으로 좋은 선수들을 확보하는 건 지극히 당연하고도 바람직한 것이다. 그런 맥락에서 내가 감독으로서 데리고 있던 선수들이 보다 합당한 대우를 받고 맘껏 능력을 발휘할 수 있는 새로운 환경에서 뛸 수 있게 된 것에 대해서 다행으로 생각한다.

2

　　팀당 14경기의 시범경기 중 12경기를 치른 시점에서 예견되었던 3강 4중 1약의 판도는 얼추 맞아들어 가고 있었다. 그런 중에 특히 두 팀의 성적이 괄목할 만했다. 바로 K 드래건스와 D 불스다. 드래건스는 11승 1패의 압도적 성적을 내고 있었고, 반면에 불스는 12 전패를 당하고 있었다.

　　시범경기의 성적이 정규 리그의 성적으로 그대로 이어지는 것은 대개 아니라고 한다. 오히려 시범경기에서 성적이 좋으면 막상 정규 시즌에서 성적이 좋지 않다는 얘기가 있기도 하다. 시범경기에 크게 의미를 두지 않는 이들은 '이겨도 그만 져도 그만이다!' 고 평가절하를 하기도 하고, 보통은 상대 팀에게 미리 전력을 노출시키지 않는 정도가 적당하다고도 한다. 그러나 아무리 그렇더라도 역시 정도의 문제는 있을 수밖에 없는 것이었다.

　　'아무리 시범경기라도 전패를 당한다는 건 있을 수 없다!' 불스 선수들의 심정이 딱 그랬다. 남은 두 경기 중에서는 반드시 한 게임이라도 잡아야 한다는 다급함이 없을 수는 없었다. 더욱이 마지막 2연전이 하필이면 드래건스와의 경기였다. 선수들 사이에서는 묘한 분위기가 돌았다. 조급한 중에 다시 울분 같은 것이 하나의 공감대를 이루어갔다.

　　마지막 두 경기, 드래건스와의 2연전에서 불스의 선수들은 그야말로 시범경기답지 않게 분발했다. 그러나 역부족이었다. 전력의 차이를 절감하며 두 경기를 다 패하고 말았다. 시범경기 전패. 비참한 기록이었다.

그러나 대기록이었다. 스포츠 매체들은 좋은 기사거리를 얻었다. 다른 일곱 팀에 비해 D 불스의 전력 격차가 너무 크게 벌어졌다고 했다. 그럼으로써 금년 시즌 프로야구에 대한 흥미도가 크게 저하될 것이며, 장기적으로는 흥행 실패와 다시 야구계의 공멸이란 최악의 시나리오가 펼쳐질지 모른다고 우려했다. 그러한 우려는 자연적으로 비난을 이끌어냈다. 프로야구계는 총체적인 자성(自省)을 말했지만, 결국 비난의 화살은 대성그룹으로 향했다.

3

정규 시즌으로 돌입하기까지 사 일간의 휴식 중 마지막 날. 내일의 홈 개막경기를 앞두고 선수들은 홈 숙소에 집결했다. 모두가 무기력한 분위기인 중에 장동국 감독만 오히려 태연해 보였다.

"시범경기는 시범경기일 뿐! 의기소침할 필요는 없다! 시작은 내일부터다! 당장의 승패보다 더욱 중요한 것은 우리의 방식으로 우리 스스로 만족할 수 있는 야구를 해나가는 것이다!"

그러나 장 감독의 그 말은 차라리 안 하느니만 못했다.

"우리의 방식이라니요? 그게 도대체 어떤 겁니까?"

"시범경기에서 했던 그런 터무니없는 경기 방식을 말하는 겁니까?"

"감독님은 시범경기 결과가 만족스러우십니까?"

선수들의 그간 속으로 삭이고 있던 불만과 울분들이 한꺼번에 터져 나왔다.

사실 시범경기 내내 장 감독의 경기 운영에 대해서는 선수들의 불만이 많았다. 특히 마운드 운용에 있어서의 감독의 방침은 차라리 파격적이었다. 1회나 2회 정도만 맡기면 좋을 계투 전담 투수들을 포함해서 누구라도 일단 마운드에 올라간 이상에는 무조건 3회는 던지고 내려와야 한다는 방침을 고집던 것이다. 결과론적일지 모르지만 그러한 고집이 시범경기 전패라는 기록으로 이어졌다는 게 선수들의 생각이었다. 물론 경기 운영에 관한 것은 어디까지나 감독의 권한이니, 전패의 기록만 세우지 않았더라도 선수들이 이처럼 노골적인 불만을 토로하지는 못했을 것이다. 그러나 적어도 14전패의 참담한 기록 앞에서는, 드래건스와의 마지막 경기에서 선수들이 기필코 그 경기만은 잡아야겠다고 전의를 불태웠을 때만큼은 장 감독도 그 턱도 아닌 고집을 부리지 말았어야 했다. 적어도 그때만큼은 그 고집에 예외를 두었어야만 했다. 그러나 장 감독은 끝내 그러지 않았다.

드래건스와의 마지막 경기에서 드래건스가 전력을 다했다고 보기는 어려웠다. 그들은 정상적 로테이션대로 투수를 냈고, 선수들의 기량을 골고루 평가하는 차원에서 타순을 짰을 뿐이다. 물론 그럼에도 원체 화려한 진용이긴 했지만. 반대로 불스는 마지막 경기 하나라도 건지기 위해 배수진을 치다시피 했다. 에이스인 채병두를 위시해서 팀 내 최고의 투수들을 출전시켰다. 선발로 나선 채병두는 컨디션이 좋았고, 타선도 분발해서 3회 말 불스는 2—0의 우위를 잡았다. 그런데 4회에 들어서자마자 감독은 느닷없이 채병두를 마운드에서 내렸다. 채병두는 잘 던지고 있었고 구위도 괜찮아서 적어도 6회나 7회까지는 무난히 끌고 갈 것 같았는데도 말이다.

납득할 만한 이유는 없었다. '시범경기니까 전력을 노출하지 않기 위해서' 따위의 이유를 댈 만한 처지는 더욱이 아니었다. 이유가 있다면 다만 감독의 고집이었다. 자신이 세운 마운드 운용 방침에 끝까지 예외를 두지 않겠다는 고집. 그 고집이 선수들의 분발에 찬물을 끼얹었고, 결국 시범경기 전패라는 결과로 이어진 것이었다.

"경기 운영에 관한 한 감독님의 고유 권한이고, 또한 감독님이 시범경기에서 그런 방식을 고수하신 것에는 분명 무슨 이유가 있었을 거라고 생각은 합니다. 그러나… 저희 선수들도 작게는 십 년, 저 같은 경우는 삼십 년 가까이 야구를 해오고 있습니다. 그런데 저희들끼리 아무리 얘기를 해봐도 감독님의 그런 방식에는 도저히 동의를 할 수가 없다는 쪽으로 의견들이 모아졌습니다. 그래서 감히 부탁드리겠습니다. 감독님께서 말씀하신 대로 시범경기는 시범경기일 뿐입니다. 그러나 내일부터는 시범경기가 아닌 정식 시즌입니다. 이제부터는 적어도 저희들이 이해할 수 있는 선에서 지침을 내려주시기 바랍니다!"

이종찬의 말이었다. 그의 목소리는 힘이 있는 중에도 차분하여 선수들의 격앙된 분위기를 상당 부분 가라앉혔다. 그러나 그 말에 대해 장 감독이,

"결론부터 말하자면, 이번 시즌에서 나는 우리 팀의 실정에 맞는 몇 가지 새로운 방식을 도입할 것이다. 특히 마운드의 운용 방식에서는 기존과는 아주 다르다고 할 수 있는데, 그러나 여러분은 이미 전훈 때부터 그러한 방식들을 일부 적용해 왔으니 이제는 서서히 익숙해져 가는 단계라고 할 수 있겠다."

하고 받자, 기껏 진정되어 가던 분위기는 다시금 격앙되고 말았다. 이종찬의 표정도 무겁게 변했다.

"그만두십시오! 훈련과 실전이 같을 수는 없고, 이론만으로 야구가 되는 것도 아닐 겁니다. 실험은 훈련에서 끝나야 한단 말입니다. 우리는 감독님의 마루타가 아닙니다. 다시 한 번 말씀드리지만, 상식적인 선에서 팀을 운영해 주십시오. 그러지 않는다면 저희들은 감독님의 방식에 따를 수 없습니다."

장 감독의 표정 또한 확연히 굳어졌다. 그리고 한동안이 침묵을 지킨 끝에 그가 입을 열었다.

"길게 얘기하지는 않겠다. 이유 여하를 막론하고 선수들의 공감을 얻지 못하는 방식은 결코 성공할 수 없다는 건 분명하다. 또한 분명한 건, 내 방식이 여러분의 공감을 얻지 못하고 있다는 것이다. 좋다! 여러분의 공감과 신뢰를 얻지 못한 이상

나는 물러나 있을 테니 이제부터는 여러분의 방식대로 한번 해보라!"

장 감독의 목소리는 의외로 담담했다.

"지금 사퇴라도 하시겠다는 겁니까?"

이종찬이 날카롭게 눈빛을 세우며 물었다. 그러나 장 감독은 간단히 고개를 가로저었다.

"그건 아니다. 그렇게 쉽게 그만둘 것 같았으면 처음부터 이 자리를 맡지도 않았다. 다만 여러분의 일치된 생각을 우선 존중해 주겠다는 것이다."

이종찬은 곧바로 누그러졌다.

"오해는 마십시오. 저희들이 감독님의 권한을 침해하겠다는 것은 결코 아닙니다. 다만 상식적인 선에서 너무 벗어나지는 말아달라는 것이니 그 점만 받아주신다면 팀의 운영과 경기 방식에 관한 것은 어디까지나 감독님의 권한입니다."

"잘 알겠다. 일단은 그렇게 시작해 보자. 여러분이 공감하는 범위 내에서 나도 여러분도 최선을 다해보자."

이종찬이 선수들을 한번 돌아보고 난 다음에 장 감독을 향해 깊게 고개를 숙였다.

"감사합니다, 감독님."

4

"좀 알아봤습니다."

손강호는 자못 심각하다는 표정이었다.

"뭘 말입니까?"

무엇에 관한 얘긴지 대충 짐작을 하면서도 철민은 괜히 의아한 체를 했다.

"어쩌다가 그런 놈들과 얽히게 된 겁니까?"

"……?"

"그놈들, 수동이파라는 조직에 소속된 놈들이었습니다."

"수동이파요? 조직이라고요? 그럼 놈들이 무슨 조폭이라도 된다는 겁니까?"

손강호가 무겁게 고개를 끄덕였고, 그제야 덩달아서 무거운 표정이 된 철민이 다시금 물었다.

"무슨 파라고 하면… 규모가 큰 겁니까?"

"조직원 수가 서른 명쯤 된다고 하니 중소 규몹니다. 생긴 지 한 십오 년쯤 되는데, 최근 몇 년간 상당히 빠른 성장세를 보이고 있답니다."

좀 더 구체적인 얘기를 듣고 나자 철민은 새삼 두렵고 불안해졌다.

"그럼… 경찰에다 신고를 하는 게 좋겠죠?"

손강호가 곧바로 고개를 가로저으며 반문했다.

"무슨 혐의로요?"

"예?"

"신고를 하려면 놈들에 대한 무슨 혐의가 있어야 할 것 아닙니까? 경찰의 속성에 대해서 저도 조금은 아는데, 그쪽은 철저히 결과 위줍니다. 신고를 해도 확실한 피해 사실이나 뚜렷한 범죄 사실이 없으면 적극적으로 나서주지도 않을뿐더러, 나선다고 해도 이런 경우에는 좋은 게 좋다는 식으로 몰고 가기 십상일 겁니다. 그저 양쪽 불러다 이런저런 얘기나 좀 들어보고 난 다음에, 놈들에게는 기껏해야 몇 마디 주의나 줄 게 뻔하다고요. 그러니 오히려 놈들을 자극시키는 결과밖에 더 되겠습니까?"

"지금까지 우리가 당했던 일들은 피해도 아니고 범죄도 아니란 겁니까?

"물론 우리 입장에서야 그렇지만, 경찰의 입장에서는 확실하거나 뚜렷한 게 없다는 겁니다. 게다가 팀장님은 무슨 일로 놈들과 얽히게 되었는지 그 인과관계조차도 명확하지가 않다면서요?"

"그럼 방법이 없다는 겁니까? 계속 이런 식으로 놈들에게 끌려 다녀야 한다는 겁니까?"

철민의 말이 저도 모르게 따지듯이 되고 말았다. 모진 놈 곁에 섰다가 벼락 맞는다더니 손강호가 꼭 그 꼴이었다. 철민도 그런 걸 모르지는 않지만, 답답하고 다급하고 불안한 마음에 누구라도 붙잡고 싶은 심정이다 보니 저절로 말이 그렇게 나오고 만 것이다.

"너무 걱정하지 마십시오! 놈들이 당장에 무슨 일을 또 저지를 것 같지는 않고, 그리고 아무리 생각해 봐도 팀장님이 그런 놈들과 크게 얽힐 건수가 없으니 나중에 알고 보면 별 심각한 일이 아닐 수도 있습니다. 이를테면 어디 술집 같은 데서 팀장님도 모르는 사이에 어떤 또라이 같은 놈의 기분을 좀 상하게 했다거나 하는, 뭐 그런 재수없는 일이 있었을 수도 있는 거 아닙니까? 알고 보면 세상에는 별의별 또라이들이 진짜로 많거든요. 하여튼 간에 제가 좀 더 알아보겠습니다. 어쨌든 간에 그런 놈들과 관련이 된 이상에는 무조건 신중하게 대처하는 게 좋으니까 말입니다."

말끝에 손강호는 자신을 한번 믿어보라는 듯이 슬쩍 웃음기를 비치고는 방을 나갔다. 딴에는 위로를 한답시고 일부러 만들어 짓는 웃음이었지만, 철민에게는 넉넉하게 와 닿았다. 물론 손강호라고 무슨 뾰족한 수가 있으랴마는, 그래도 왠지 위로가 되고 안심이 되는 기분이었다. 이런 일에도 기꺼이 그를 걱정해 주고 편을 들어주는 사람이 있다는 사실만으로도.

사실 그가 지금 믿고 의지할 수 있는 사람은 손강호뿐이었다.

'아!' 철민은 뒤늦게 자신이 손강호에게 단 한 마디도 고맙다는 말을 하지 못했다는 데 대해 언뜻 생각이 미쳤다.

第三十八章
영구불멸의
대기록을 세우라!

몽상가

정규 시즌이 개막되고 8개 구단이 치열하게 각축을 벌이는 가운데 4월 한 달간 각 일간지의 스포츠 면이나, 스포츠 신문의 야구 면에서는 주로 두 개 구단에 관한 기사가 실리고 있었다. 극과 극을 달리고 있는 두 구단이었다.

황소 저력을 보이다!

시범경기에서 전패를 당했던 불스가 정규 시즌이 개막하자마자 깜짝 3연승을 거두고 있다. 의욕적으로 신진들을 중용했고, 팀 내 베테랑 선수들의 관록과 투지 넘치는 플레이가 조화를 이루며 팀 전체의 분발로 이어지고 있다. 불스가 거둔 뜻밖의 3연승은 많은 야구 관계자들이 우려했던 구단 간 극

심한 전력 편차의 우려마저도 씻어내고 있다.

용의 승천이 하늘 높은 줄 모른다!

드래건스가 지난 주말 전년도 한국시리즈 우승팀인 로얄스를 홈으로 불러들여 2연전을 모두 승리로 장식했다. 두 팀은 지난 삼 년간에 걸쳐 우승과 준우승을 도맡아온 최고의 라이벌이다. 그리고 금년 시즌에서도 당연히 2강으로 꼽히며, 주말 경기 이전까지의 양 팀 격돌에서도 3승 3패로 막상막하의 팽팽한 명승부를 펼치며 1위 다툼을 벌이고 있던 중이었다.

이번 2연전에서 승리함으로써 드래건스는 6연승을 달렸으며, 2위인 로열스와의 승차를 네 경기 차로 벌려놓았다. 드래건스에게 이번 연승이 더욱 의미가 큰 것은, 바로 로얄스와의 힘의 균형을 깼다는 데 있다. 양 팀 에이스들끼리의 대결이 포함된 총력전에서의 승리인 것이다. 작년까지 잇단 한국시리즈에서의 고배로 패배의식에 젖어 있던 드래건스는 완전히 분위기를 전환하고 자신감을 되찾았다.

황소 추락 중!

개막 깜짝 3연승 이후 불스가 연패 가도를 달리고 있다. 초반에 좋은 활약을 펼쳤던 신진들이 신인의 한계를 극복하지 못하고 경기의 고비 때마다 잦은 실책을 범한 것이 연패의 단초가 되었다. 불스의 코치진은 서둘러 중견과 고참 선수들 중심으로 팀을 재편했으나, 쉽게 연패의 고리를 끊지 못하고 있다. 그리고 선수 구성을 어떻게 짜든 객관적인 팀 전력에서 불스가 절대 열세인 건 분명한 사실이어서, 어쩌면 불스의 연패가 생각보다 오래갈 수도 있다는 분석들이 속속 나오고 있다.

황소 뿔을 꺾이다!

연패의 고리를 끊지 못하고 있는 불스가 파이터스와의 어제 경기에서 마침내 기록을 세웠다. 14연패. 시범경기에 이어 다시 세우는 연패 기록이며, 더욱이 팀 최다 연패의 불명예 기록이다.

요즘의 불스는 마치 뿔 꺾인 황소 같다. 패배가 거듭되면서 선수들은 아예 자신감을 상실한 것처럼 투지나 승부욕을 찾아보기 어렵다. 파이터스와의 이번 3연전만 해도 그렇다. 2차전에서는 불스의 선발투수가 간만에 선전하여 앞선 상태로 7회를 마무리 짓고 마운드를 내려왔으나, 계투진이 한순간에 무너져 버렸다. 거기에 야수들이 터무니없는 실책을 범하며 다 잡은 고기를 놓치고 말았다.

3차전은 더욱 허탈했다. 불스는 7일간의 긴 휴식을 가진 에이스 채병두를 선발로 투입했다. 연패의 고리를 끊어보려는 안간힘으로 선발 로테이션을 무너뜨리면서까지 파이터스의 5선발 유형종과의 승부를 맞춘 것이다. 채병두는 지난 시즌에는 불스의 4선발이었으나 금년 시즌 에이스의 중책을 맡고 있는데, 그나마 올 시즌 불스가 올린 몇 안 되는 승리는 대부분 채병두가 거둔 것이다. 그러나 이날 채병두는 3회까지만 대거 5실점하며 무기력하게 강판당하고 말았다. 컨트롤의 난조에다 야수들의 잇따른 실책이 더해졌다.

불스를 회생시킬 대안은 없는가? 현재로선 백약이 무효다. 무엇보다도 마운드가 터무니없이 약하다. 전년 시즌의 1, 2, 3 선발이 모두 팀을 떠났으나 마운드의 보강은 없었다. 따라서 선발진이 취약할 수밖에 없다. 선발진이 견디지 못하니 불펜에 무리가 따르고 결국 난타를 당하는 것은 당연하다. 그렇다고 내부에서 수혈받을 재원도 마땅히 없다. 구단에서 전력 보강을 위한 투자를 하지 않은 것이 벌써 몇 년째이기 때문이다. 타선도 약하기는 마찬가지다. 팀 타율은 최하위고, 팀 홈런도 꼴찌다. 병살타 1위, 득점권 타율 8위, 대타 성공률 7위 등 각종 연결 지표도 최악이다.

더 나쁜 것은 패배의식이다. 불스의 선수들은 경기 내내 무기력해 보인다. 마치 모래주머니를 매단 듯이 한없이 무거워 보인다. 한 점이라도 리드를 당하게 되는 경우에는 만회하려는 투지 대신에 또 졌다는 체념부터 보인다. 패배의식이다. 패배를 당연하게 받아들이는 패배의식에 길들여지게 된다면 그때 불스는 정말로 회생 불능의 길로 들어설지도 모른다. 현재 불스는 이미 패배의식의 초입쯤에 접어든 것 같다.

가장 큰 문제는 구단이다. 어떻게 하든 팀을 활성화시켜 보겠다는 의지가 도대체 보이지 않는다. 만약 다른 팀이 지금 불스와 같은 상황을 맞았다면, 구단이나 감독은 분명 강도 높

은 쇄신책을 내놓거나 아예 일찌감치 팀 리빌딩으로 방향을
잡았을 것이다.

불스 구단의 의지를 촉구하는 바이다! 이건 불스만의 문제
가 아니다. 한국 프로야구 전체의 문제다. 이대로 가다간 한
국 프로야구의 궁멸을 얘기하는 것도 결코 먼 훗날의 얘기가
아니게 될 것이다.

2

등판 준비를 하라는 사인을 받고 이대헌은 불펜으로 나가
슬슬 몸을 풀기 시작했다. 5회까지 세 점만 내주며 그런 대로
잘 버티던 선발 서진웅이었는데, 6회 들면서부터 급속히 흔들
리고 있었다.

6회 초. 스코어 0—6. 무사(無死)에 주자 1, 2루에서 이대헌
은 마운드를 물려받았다. 구원 등판이다. 그러나 자신에게 정
말로 '구원'이 기대되는 건 아니라는 걸 이대헌은 잘 알고 있
었다. 사실 불스의 모두가 패배에 익숙해져 있지만, 그런 중에
서도 그는 좀 더 분명하게 패전 처리용이었다.

한때는 이대헌도 불같은 강속구를 뿌리는 파이어볼러였다.
그러나 한참이나 빛이 바랜 과거의 일일 뿐, 지금의 그는 최고
구속이 겨우 130대 중반에 불과한, 그렇다고 타자들을 농락할
현란한 기교를 갖추지도 못한, 그저 관록과 임기응변에 기대
어 겨우 한 이닝 정도를 버텨주는, 혹은 기껏 아웃카운트 한 개

를 잡는 용도쯤으로 활용되는 처지였다. 보이는 곳에서는 노장, 안 보이는 곳에서는 퇴물 소리를 듣는 그런 투수임을 스스로 인정할 수밖에 없는 것이다. 씁쓸한 자조를 씹으며 이대헌은 셋 포지션(Set Position)에 들어갔다.

딱! 초구에 적시타였다. 주자 일소 2루타. 스코어는 0—8로 벌어졌고, 여전히 노아웃. 이대헌은 힐끗 더그아웃을 보았다. 감독은 차라리 무덤덤하였다. 하긴 감독은 다만 더그아웃을 지키고 있을 뿐이었다. 대부분의 작전 지시는 두 코치로부터 나오고 있었다.

'그럴 수밖에 없는 입장이다!' 시범경기 전패 후 사실상의 항명으로 감독을 그런 입장일 수밖에 없도록 만든 장본인 중의 한 사람으로서 이대헌은 그렇게 이해했다. 그리고 감독의 곁에서 물끄러미 자신을 바라만 보고 있는 유승곤 수비코치의 의중에 대해서도 나름대로의 이해를 했다. '어차피 패전 처리용이니까!'

투 쓰리 풀 카운터에서 결정구로 던진 커브가 제대로 먹히지 않아 비어 있던 1루가 채워졌다. 주자 1, 2루. 이대헌은 드래건스 더그아웃을 보며 가볍게 인상을 찡그렸다. 2번 타순에서 대타가 나오고 있었다.

성백호 감독의 철저한 승부 근성에 대해서는 누구보다도 잘 아는 이대헌이었다. 한때는 그런 것이야말로 프로 근성의 표본이라고 여겼던 적도 있다. 그리고 방금 전까지만 해도, 다른 선수들은 몰라도 그는 솔직히 성 감독에 대해 그렇게 큰 배신감 같은 것을 느끼지는 않았다. 19연패. 불스가 한국 프로야구 사상 최다 연패 기록을 경신하는 이 경기에 불스의 전임 감독으로서 한 점의 안타까움도 없이 철저하게 승리를 추구하는 모습에서도 말이다. 역시 그런 냉철함이야말로 진정한 프로라고 할 테니까. 그러나 지금 상황에서 굳이 대타를 기용하는 처사에 대해서는 문득 너무 야박하다는 느낌을 가지지 않을 수가 없었다.

누가 보더라도 이미 한참이나 기울어 버린 게임이다. 드래건스의 선발투수는 방어율이 일점 대인 에이스인데다 시즌 개막 후 거둔 3승 가운데 2승을 완투로 따냈을 만큼의 이닝이터(Inning Eater)였다. 그러니 불스의 타선이 뒤늦게 분발한다고 해도 한 점을 뽑아내는 것조차 기대 난망이었다.

그런 때문에 그라운드의 야수들이나 불스 더그아웃의 분위기가 벌써부터 포기하는 것으로 되어 있는 것이다. 그리고 그런 상황이라면 드래건스의 타자들도 큰 걸 노릴 터였다. 시간을 끌지 않고 게임을 빨리 진행해 주려는 선수들끼리 통하는 일종의 배려다. 상대 투수가 고참 급이라면 더욱 그렇다. 다만 대타는 그런 데서 예외다. 예외일 수밖에 없다. 대타란 게, 두세 경기에 한 번 타석에 설까 말까 하니, 그때 뭔가를 보여주지 않으면 다음의 기회가 보장되지 않으니 누구를 배려할 처지가 아닌 것이다.

아니나 다를까, 새카만 후배인 대타는 끈질기게 물고 늘어지고 있었다. 유인구는 골라내고, 스트라이크 존으로 걸치는 것은 얄밉게도 커트해 냈다. 그리고 결국 포볼을 골라냈다. 이대헌은 스멀거리며 일어나는 짜증을 참기가 어려웠다. 노아웃 만루였다. 그런데 그 때 드래건스는 다시 대타를 기용하고 있었다. '이 자식들이 정말?

허를 찌르는 커브와 몸 쪽 직구로 투 나싱을 잡았으나, 뒤이은 세 개의 유인구에 타자는 끝내 배트를 내지 않았다. 다시 투 쓰리 풀 카운트.

'그래, 먹고 떨어져라!' 6구는 바깥쪽 꽉 차는 직구였다.

딱! 경쾌한 소리와 함께 각 베이스의 주자들이 스타트를 끊었다. 짧게 밀어 친 타구가 1루 선상을 타고 직선 타구로 날아갔다. 이대헌은 주먹을 불끈 쥐었다. 1루수가 잡을 수 있는 공이었다. 그리고 1루를 찍고 2루로 송구하면 단번에 3중살(三重殺)도 가능해 보이는 타이밍이었다. 그런데,

"아!"

1루수가 뱉어내는 안타까운 소리가 마운드까지 들렸다. 1루수 최준덕의 글러브에 맞고 튕긴 공이 우측 펜스 쪽으로 구르고 있었다. 야수들 중 누구도 백업을 나오지 않고 있었으므로 최준덕은 공을 쫓아 전력으로 달려갔다. 그러나 서둘러 공을 잡으려다가 중심을 잃으며 미끄러지고 말았고, 다시 한 번을 더 더듬고 나서야 3루를 향해 송구를 할 수 있었다. 이대헌에게 그 모든 광경들은 마치 슬로비디오를 보는 듯이 선명했다. 답답한 느낌까지도.

"개새끼들!"

딱히 누구에게 하는 욕은 아니었다. 그냥 모두가 다 짜증스러웠다. 스코어 0—11. 주자 3루. 노 아웃. 여전히 6회 초였다. 한 발짝도 진도를 나가지 못하고 있었다. 도무지 끝날 것 같지 않은 악몽처럼.

타석에는 4번 타자가 섰다. 용병 호간(Hoguan)이다. 흑마왕이라는 별명이 붙었을 만큼 사뭇 거친 성정을 지닌 그의 시커먼 거구가 타석을 꽉 채웠다.

더그아웃을 본 포수 진용철이 글러브를 한참 바깥쪽으로 댔다. 거르자는 사인이다.

"제길! 이 와중에 또 뭘 하자는 거야?"

이대헌이 혼잣말로 투덜거렸으나, 그 역시도 정면승부를 바라지는 않았다. 호간은 목하 홈런 선두 경쟁을 펼치고 있는 중인데, 거기에 공헌자가 되고 싶은 생각은 조금도 없었다.

팡! 초구가 외곽 높은 곳으로 가서 박혔다. 그런데 호간의 배트가 따라 나올 듯하다가 멈칫 멈추었다. 순간 이대헌은 새삼 짜증이 확 일었다. '자식이, 곱게 보내주겠다는데?'

진용철은 좀 더 확실하게 바깥쪽으로 빼라는 사인을 보냈다. 그러나 이대헌은 초구와 같은 코스로 2구를 뿌렸다.

붕! 호간의 배트가 맹렬하게 돌았다. 딱! 공이 까맣게 허공을 날아가더니 우측 폴대를 살짝 비켜서 관중석으로 떨어졌다. 대형 파울 홈런! 순간 이대헌은 안도하기보다는 차라리 확 폭발하고 말았다. '이 새끼 봐라?'

마스크 사이로 잔뜩 인상을 그린 진용철은 아예 자리에서 일어섰다. 확실한 피치아웃의 요구였다.

패액! 힘껏 뿌린 공이 한가운데 높은 쪽으로 날아가다가 홈 플레이트 앞에서 갑자기 타자의 몸 쪽으로 확 휘었다. 역 회전 볼이었다. 진용철이 화들짝 놀라 몸을 던지며 최대한으로 글러브를 뻗었다.

"왓!"

얼굴을 향해 날아드는 공에 호간이 외마디 다급한 비명을 내지르며 벌러덩 뒤로 나자빠졌다.

틱! 호간의 헬멧을 스쳐 맞은 공은 진용철의 글러브로 겨우 들어갔다. 진용철은 마스크부터 벗어던졌다. 그리고 재빨리 호간의 앞쪽을 막아서며 양팔을 벌렸다. 호간이 투수에게로 달려가는 사태를 막으려는 몸짓이었다. 성질이 웬만큼 눅진한 타자라 해도 방금 정도의 노골적인 빈볼이면 순간적으로 돌아버릴 텐데, 호간은 용병 중에서도 거칠기로 유명 짜하니 한바탕 주먹다짐이라도 일어날 판이었다. 그리고 진용철이 재빨리 움직인 데는 일단 심판을 진정시키려는 의도도 있었다. 빈볼로 판정되면 투수는 곧바로 퇴장을 당하게 된다.

심판이 이대헌을 불렀다. 이대헌은 일부러 다른 데를 보고 있는 척하다가 심판의 부름에 어깨를 으쓱해 보였다, 전혀 고의가 아니었다는 듯이. 심판의 표정이 굳어지는 걸 보고 진용철이 다가가 고개를 저어 보이는 한편으로, 타석에 주저앉은 채로 마운드를 노려보고 있는 호간에게는 1루 쪽을 가리켰다. 얼른 1루로 나가라는 의미였다. 그런 너스레가 통했는지 호간이 툭툭 엉덩이를 털고 일어서더니 털레털레 1루를 향해 걸어갔다. 그 순순함에 대해 진용철과 심판은 차라리 의아하다는 기색이 되었고, 양쪽 벤치도 곤두세워 놓았던 긴장을 풀었다. 그런데 그때, 1루 선상 중간쯤에서 호간이 돌연 투수 마운드를 향해 돌진했다.

"펙유! …유바스터드! …펙! …펙! …하우대어유! …펙! …펙!"

속사포처럼 쏟아내는 거친 소리. 무슨 뜻인지는 모르겠지만, 중간중간에 반복적으로 끼는 '펙!' 소리만으로도 욕이었다. 욕 중에서도 '쌍욕'.

그러나 이대헌은 지금 '쌍욕'에 열받을 상황이 아니었다. 호간은 그대로 한 마리의 곰이었다. 거대한 검은 곰 한 마리가 미친 듯이 달려드는 기세에 이대헌은 그대로 얼어버렸다.

쾅! 머릿속에서 폭음이 울렸다. 윙! 하는 소음과 함께 아주 잠깐 사방의 모든 것이 한데 뒤엉켜 돌아갔다. 그리고 그는 의식을 잃고 말았다. 딱 한 방이었다. 이대헌의 몸은 잠시간 공중에 떴고, 곧이어 바닥으로 나가떨어져서는 움직이지 않았다. 그대로 기절이었다.

순식간에 벌어진 상황에 모두가 멍하니 바라보고만 있었다. 포수 진용철도, 1루수 최준덕을 포함한 내야수들도. 호간은 몸을 돌려 드래건스의 더그아웃 쪽으로 걸어갔다. 마치 아무 일도 없었던 것처럼 태연스레.

"야! 이 개새끼야! 거기 서!"

고함이 터져 나온 것은 오히려 외야 쪽이었다. 소리치며 이종찬이 호간을 향해 달려갔다.

"뭣들 하고 있어? 저 깜둥이 새끼 잡아!"

다시 터져 나온 이종찬의 고함에 불스의 야수들이 그제야 화드득 놀란 것처럼 우르르 내달리기 시작했다.

그러나 그때는 이미 벤치에서 몰려나온 드래건스 선수들이 호간의 뒤로 방어벽을 치고 있는 중이었다. 뒤늦게 불스 벤치에서도 우르르 달려나왔다. 그리고 양 팀의 선수들은 곧장 한데 엉켰다. 왁자하니 고함들을 치고, 몇 군데서는 밀고 당기는 몸싸움도 벌어졌다. 그러나 막상은 시늉일 뿐이었다. 보여주기 위한 벤치 클리어링 그 이상도 이하도 아니었다.

호간과 이대헌은 함께 퇴장 명령을 받았다. 호간은 제 발로 걸어서 유유히 더그아웃을 빠져나갔고, 이대헌은 응급차에 실렸다.

다음날. 각종 스포츠 매체에는 간만에 불스에 관한 기사가 톱으로 다루어졌다.

황소 KO 되다!

3

황소여! 더욱 분발하라! 앞으로 누구도 깨지 못할 영구불

　불스의 구단 홈페이지 커뮤니티에는 실망과 분노를 넘어 조롱과 조소가 난무했다.

　불스도 한때는 구름 같은 관중을 몰고 다니던 전국구 인기 구단이었다. 그런 만큼 최근 몇 년 동안의 침체에도 불구하고, 그리고 올해 들어서 급속한 관중 이탈에도 불구하고 골수팬들은 아직도 남아 있었다. 그러나,

　'3승 19패에 승률 0.136!'

　4월 한 달간 불스가 거둔 성적이 그렇고, 게다가 그중 19패는 한국 프로야구의 최다 연패 기록을 경신한 새 기록이고 보면, 이제나저제나, 혹시나 하며 참고 참아왔던 불스의 골수팬들마저도 마침내 폭발하게 만든 것이었다. 불스에 대한 팬들의 분노는 오프라인에서 더욱 직접적으로 표출되었다. 일부의 극성팬들이 선수단이 탄 버스를 가로막고 야유세례를 퍼붓는 소동까지 벌어진 것이다.

第三十九章
아오지

몽상가

1

철민은 손강호와 함께 아오지에 틀어박혀 있는 중이었다.

아오지! 그것은 불스 선수들이 2군 캠프를 말하는 은어였다. 풍기는 이미지 그대로 오지라는 의미가 배어 있다. 불스의 연고지인 E시로부터 차로 두 시간, 서울로부터는 장장 세 시간여를 쉬지 않고 달리면 벌판 한가운데에 외로이 위치한 아오지에 닿을 수 있다.

아오지의 인근에는 작은 농촌 마을만 몇 개 있을 뿐 도시적 편의시설이라든지 오락시설은 전무하다. 선수들이 할 수 있는 것이 야구 말고는 아무것도 없는 셈이다. 그래서 아오지다.

그렇다고 아오지의 환경이 나쁘다는 건 아니다. 오히려 다른 구단에서 부러워할 정도의 시설이다. 주경기장과 실내 연습장, 체력 훈련장, 숙소, 식당 등 훈련을 할 수 있는 모든 환경을 다 갖추고 있다. 요즘 불스가 처해 있는 상황과 형편을 생각하면 연결시키기가 어려울 정도인데, 불스가 한창 잘나갈 때 상당한 거액을 투자해 만들어졌기 때문이다.

'틀어박혀 있다' 는 것에는, 철민과 손강호가 둘 다 자발적으로 아오지에 들어왔다는 의미가 내포되어 있다. 특히 손강호는 본격적으로 몸을 만들기 위해 적극적으로 원한 경우다. 그리고 그는 정말로 열심이었다. 아오지의 누구보다도.

철민 역시도 자발적으로 선택을 한 만큼 아오지의 생활에 크게 불만이 있는 것은 아니었다. 다만 작은 불만이 있다면, 손강호가 자신의 훈련에 열심일 뿐만 아니라 전훈 때처럼 철민에게도 훈련에 동참하라고 연일 성화를 댄다는 점이었다. 철민으로서는 처음만큼 새롭지도 흥미롭지도 않아 시들해져 있는 중이었는데도 말이다. 그렇더라도 손강호가 성화를 댈 때면 못 이기는 척 웨이트트레이닝을 하는 시늉도 하고, 배트도 휘두르고 캐치볼도 같이하곤 했다.

철민의 경우에 서울로 복귀한 뒤 한동안은 사뭇 애매한 처지였었다. 구단 사무실에서 며칠 얼쩡대 보기도 했지만 영 어색하고 불편했다. 그리고 어색하고 불편한 건 사무실 사람들도 마찬가지인 듯했다.

사실 당연했다. 사무실이란 데가 결국은 명시화된 조직 체계로 돌아가는 곳인데, 그는 그곳의 조직표에 없는 사람이었

다. 직원이 아닌 선수인 것이다. 그렇다고 1군 선수단을 따라
다니는 것은 또 그랬다. 기껏 신고선수인 주제에 말이다. 언젠
가 이종찬이 쏘아붙였던 소리가 새록새록 떠오르기도 했다.

"당신, 박쥐 아냐?"

참담한 분위기 속에서 최악의 시즌을 치르고 있는 팀의 소
식은 생생히 접하고 있었지만, 그가 해야 할 일은 없었고 할 수
있는 일도 없었다. 차라리 '틀어박혀' 있는 게 여러모로 마음
은 편했다. '여러모로'라고 하는 것들 중에는 한 가지의 당면
한 이유도 있다. 그에게 '벌'을 주려는 존재들 말이다. 그때
이후 그들에게서는 아무런 연락이 없었지만, 그렇더라도 늘
위협을 받고 있는 느낌을 떨칠 수는 없었다. 그러다 아오지에
틀어박히면서부터 사뭇 안전지대에 들어와 있는 것 같은 느낌
을 누리고 있는 중이었다.

아오지의 책임자는 유원철 2군 감독이다. 그러나 그는 선수
들 사이에서 감독보다는 소장으로 통한다. 선수들이 뒤에서
그렇게 부른다는 걸 유 감독 자신도 익히 알고 있는 눈치였지
만, 그다지 거슬려 하지는 않는 것 같았다.
사실 금년 시즌부터는 캠프의 운영 경비가 대폭 삭감되어
2군 리그에조차 참여하지 못하고 있는 형편이었으니, 올 시
즌 들어서면서부터 유 감독은 선수들의 훈련과 일과에 대해

이렇다 할 개입을 하지 않고 있었다. 혹은 개입을 하지 못하고 있었다. 그럼으로써 현재의 아오지는 부상 선수들에 대한 재활, 유망주에 대한 육성 등과 같은 2군 캠프로서의 본연의 기능이나 역할은 상당 부분 포기된 것 같았다.

선수들은 체계적인 훈련 프로그램 없이 제각기 독자적인 스케줄을 짜서 훈련을 하고 있었다. 굳이 훈련을 하라는 분위기도 아니었고, 제반 규칙만 어기지 않는 범위 내에서 각자 알아서 훈련하라는 분위기였다.

좋게는 독자 훈련, 나쁘게는 방치되고 있는 분위기랄까? 하긴 구단의 입장이야 어려운 형편에도 불구하고 그나마 폐쇄하지 않고 이런 정도로 시설을 유지해 주고 있는 것만으로도 고마운 줄 알라는 것일 수도 있었다.

그렇더라도 선수들은 열심이었다. 그들은 타의에 의해 갇힌 것이 아니었으니 마음만 먹으면 언제든지 탈출을 할 수가 있었다. 그들은 스스로를 아오지에 가두고 때를 기다리고 있는 중이었다. 관중들의 환호를 받으며 당당히 1군 경기에 나갈 그날을.

2

손강호는 일주일에 하루, 일요일만큼은 꼬박꼬박 외출을 했다. 그런데 혼자 남아 있기 심심하다는 이유로 철민이 따라붙을라 치기라도 하면, 손강호는 사뭇 단호하게 '절대 NO!' 를 외쳤다. 자신에게도 혼자만의 충전 시간이 필요하다는 이유였으며, 철민더러는 가고 싶으면 따로 가라는 것이었다.

철민은 차라리 유폐를 택했다. 혼자 외출해서 특별히 가고 싶은 곳도, 하고 싶은 일도, 먹고 싶은 것도, 보고 싶은 것도, 만나보고 싶은 사람도 없으니 차라리 아오지에 틀어박혀 잠이나 자는 게 낫다는 심정이었다.

유폐(幽閉)! 하루 종일 밥 먹고 잠자는 일 외엔 아무것도 하지 않고 방에만 틀어박혀 있는 정말로 재미없는 행위! 그러나 아오지와는 참 그럴듯하게 어울리는 정의(定義)였다.

두어 번의 일요일이 지나갔을 즈음에는 철민이 유폐에 제법 익숙해졌을 뿐 아니라 스스로 받아들이는 경지로까지 발전할 수 있었다. 불스의 연패 소식이라든지, 혹은 개인적인 자질구레한 감상들 따위에 대해 잠깐이라도 스스로를 유폐시키는 경지.

그러나 다시 맞은 오늘의 유폐는 유감스럽게도 끝까지 '경지'를 누리지 못했다. 오후 무렵 걸려온 전화 때문이었다. 그 한 통의 전화는 애써 도달해 있던 그의 '경지'를 한순간에 와장창 깨뜨려 놓았다.

"오랜만입니다, 김철민 씨?"

핸드폰을 통해 전해오는 목소리는 불투명하고도 모호했으며, 익숙하지 않았다. 그러나 정중하지만 억양이 없어 마치 책을 읽는 듯한 독특한 어투에서 철민은 상대가 누구인지를 대번에 알 수 있었다.

“내가 잘 지냈든 말든 당신한테 그런 관심 받고 싶지 않소!”

“하하하! 그 심정이야 충분히 이해할 만하지만, 그러나 김철민 씨는 지금 벌을 받고 있는 중이란 걸 잊지 마십시오. 각설하고, 김철민 씨의 세 번째 경기가 준비되었습니다.”

“그딴 장난질은 이제 그만하시오! 지난번에는 어쩔 수가 없었지만, 이제는 당신들 마음대로 사람을 가지고 놀도록 두지는 않을 테니까! 당신들이 조폭 조직인 수동이파라는 사실도 이미 알고 있소!”

“호오? 그렇습니까? 수동이파를 알아낸 걸 보니 제법 조사를 해보신 모양이군요?”

그러더니 전화 저편에서는 갑자기 말투를 바꿨다.

“그럼 이건 어때? 내가 그까짓 수동이파 같은 조직쯤은 열 개, 아니, 백 개라도 마음대로 움직일 수 있는 사람이라면?”

마치 전혀 다른 사람이 말하는 것 같은 그 말투가 철민에게 낯설지 않았다. 사람을 꼼짝 못하게 옭아매고 압박하는 느낌에서.

“당신이 무슨 김두한이라도 돼? 대한민국 깡패들의 총 보스라도 되냐고?”

철민이 불쑥 내뱉은 반발에 전화 저쪽은 잠시 침묵했다. 아니, 나직하게 웃는 소리가 들린 것 같기도 했다.

“내게 충분한 힘이 있다고 말했을 텐데? 확인시켜 줄까?”

확 와 닿는 음울한 느낌에 철민은 감히 대답을 하지 못했다.

“호호호! 누구로 할까?”

그제야 철민이 반사적으로 외쳤다.

"그게 무슨 소리요?"

"이런, 그새 잊었나 보군. 당신이 벌 받기를 거부한다든가, 혹은 성의를 보이지 않을 때는 또 다른 벌칙을 주기로 하지 않았나? 당신과 가장 가까운 사람들의 신체 한 군데씩을 못 쓰게 만들어주는 걸로 말이야!"

"이! 당신, 도대체 누구요? 도대체 나한테 왜 이러는 거요?"

"흐흐흐! 이제야 제대로 기억이 돌아온 모양이군. 아아, 그래도 질문은 한 번에 한 개씩만 하는 게 좋아. 그리고 두 번째 질문에 대해서는 이미 충분히 답을 한 것 같고. 내가 누구냐고? 훗! 어쩌면 당신이 이미 짐작하고 있을 바로 그 사람인지도 모르지."

순간 철민우 저도 모르게 흠칫 어깨를 움츠리고 말았다. 동시에 발작적으로 소리를 지르고 말았다.

"당신이 무슨 짓을 벌인다고 해도 난 더 이상은 하지 않을 거야! 도대체 언제까지 무작정 당신의 놀음에 놀아나라는 거야?"

"그래?"

전화 저편의 목소리가 차갑게 가라앉았다.

"무작정 계속할 수는 없다? 그래, 하긴 나도 뜸을 길게 들이는 건 별로 좋아하지 않지. 좋아, 그럼 과감히 중간 생략을 해보면 어떨까?"

"……?"

"한 방에 바로 본론으로 직행하자는 거지. 그래, 그것도 괜찮겠어. 흠! 이렇게 하지. 딱 한 판만 더 하는 걸로 말이야. 만약 그 한 판에서 이긴다면 당신이 진짜 벌을 받을 준비가 된 걸로 쳐주지."

"그 진짜 벌이란 게 대체 뭐요? 그것 역시 누군가와 싸워야 하는 거요?"

"그건 그때 가서 다시 얘기하는 걸로 하고, 우선은 이번 한 판에만 집중하도록 하지. 한 방에 본론으로 직행하는 대신, 이번 한 판은 결코 만만치 않은 상대를 새로 고를 테니까 말이야. 그럼 두 달쯤 시간을 주도록 하지. 그동안 당신은 최선을 다해서 준비를 해보라고. 그리고… 훗! 이런 말은 좀 그렇긴 하지만, 이 한 판에서 당신이 꼭 이기길 바라. 처음부터 다시 시작하는 건 나도 정말 싫거든? 아! 그리고 한 가지 굿 뉴스! 이 한 판에서 이기기만 한다면, 그다음의 진짜 벌 역시 단 한 판으로 끝이야. 결과에 상관없이 무조건 말이지. 그러니까 당신은 이번 한 판만 이기면, 나하고 다시 이런 불유쾌한 이야기를 할 일도 없어진다는 거야. 어때? 한번 열심히 해봐야겠다는 생각이 갑자기 팍팍 들지 않나?"

3

"그게 도대체 말이 되는 소립니까? 절대 안 됩니다!"

외출했다가 어두워지고 난 다음에야 돌아온 손강호는 철민으로부터 몇 마디만 듣고도 잔뜩 인상부터 썼다.

"말이 안 되기야 뭐 처음부터 그랬던 거 아닙니까? 그런데 그게… 저쪽에서 한 판만 더 하면 된다고 하니까, 그다음이 진짜이긴 하지만 그때는 결과에 상관없이 무조건 끝이라니까… 그냥 '이판사판으로 한번 해봐?' 하는 생각이 들기도 하더라는 겁니다."

"이판사판이라고요? 허, 참! 두어 번 정말 소 뒷발질에 쥐 잡는 식으로 운 좋게 이겼다고 해서 팀장님이 정말로 무슨 대단한 격투가나 된 것 같습니까? 천만의 말씀입니다. 제가 보기에 그 두 명의 상대는 기껏 뒷골목에서나 힘 좀 쓴다는 어깨거나, 혹은 겨우 일이 년 격투기 맛을 좀 보았을 뿐인 말 그대로 초짜들입니다. 제대로 된 실력자들이 결코 아니라는 겁니다. 격투기란 게요, 절대로 그렇게 만만한 게 아닙니다. 놈들의 진짜 의도가 무언지 모르겠지만, 어쨌든 이번에는 진짜로 실력있는 상대를 내보내겠다고 미리 예고까지 했다는 거 아닙니까? 팀장님의 완력이 제법 대단하고, 그리고 뭐, 운동신경도 좀 있다고 치자고요. 그렇지만……."

말을 하다가 손강호는 제풀에 흥분이 치미는 모양이었다.

"제기랄! 솔직히 격투기의 '격' 자도 모르지 않습니까? 그저 완력 좀 있다고, 운동신경 좀 있다고 그것만으로 진짜 실력자들과 상대가 될 것 같습니까? 다시 요행이 있을 것 같습니까? 천만의 말씀입니다. 아예 생각도 하지 마십시오. 병신 되는 거 한순간입니다. 평생 불구로 살고 싶습니까?"

손강호의 말이 대개는 다 맞는 말이라고는 해도, 그 말 중에 섞인 역정에 대해서는 철민으로서도 불쑥 반발이 생기고 마는 것이었다.

"안 되면? 달리 무슨 수가 있답니까?"

그러자 손강호는 흠칫 표정을 굳히더니 무겁게 대답했다.

"알아보고 있는 중입니다. 하여간에 제가 어떻게 하든 무슨 수라도 만들어볼 테니까 조금만 더 기다려 보십시오!"

"저쪽에서 두 달 뒤를 말했는데, 그때까지는 그 '무슨 수' 가 확실히 생기는 겁니까? 믿고 무작정 기다리기만 하면 다 해결 되느냐 말입니다."

손강호는 결국 잔뜩 굳은 얼굴로 침묵하고 말았다. 그러고 나니 철민으로서도 마음이 가벼울 수는 없었다. 나오는 대로 쏘아붙이다 보니 턱없는 '닦달'을 해댄 셈이었다. 손강호가 얼마간 역정을 부렸다고는 해도 그게 다 누구 때문인데……

"혹시 손 대리도 격투기를 했었습니까?"

미안하고 어색한 침묵을 깨볼 요량으로 철민이 그냥 생각없이 뱉은 말이었다. 손강호는 시큰둥한 반응이었지만, 기왕에 꺼낸 말이라 철민이 다시,

"지난 전훈 때 리조트에서 손짓 한 번으로 깡패 둘을 가볍게 해치웠지 않습니까? 그런 실력이면 손 대리에게 훈련을 좀 받아봐도 좋을 것 같은데?"

하고 말을 보탰다. 그러고는 이내 참 싱거운 말을 했다 싶어 져서 계면쩍은 웃음을 피워 올리고 말았다. 그런데 막상 손강

호는 정색을 했다.

"그때야 상대가 방심하는 틈을 노려서 급소를 쳤을 뿐입니다. 정식으로 링에 올라가 격투를 하는 것과는 완전히 다르지요. 더욱이 제대로 실력을 갖춘 상대라면 그런 잔재주로는 어림도 없습니다. 팀장님이 정말로 격투기를 배우실 생각이 있다면… 제가 아는 훌륭한 사범을 소개해 드릴 수는 있습니다. 그러나 아무리 좋은 사범에게 열심히 배운다고 해도 별 소용은 없을 겁니다. 기껏 두어 달 배워가지고서야 표시도 안 날 테니 말입니다."

"하긴……."

철민이 짐짓 호응하는 체 짧게 받고는 문득 우스워져서 '하하하!' 하고 소리 내어 웃고 말았다. 손강호가 슬쩍 인상을 그렸다.

"지금 웃음이 나옵니까?"

"그럼 웃지 어떻게 합니까? 웁니까?"

"허허… 허허허!"

손강호가 어이없다는 듯 실소를 흘리더니 문득 그치며 물었다.

"정말로 그쪽에서 수동이파 같은 조직은 열 개, 백 개라도 움직일 수 있다고 했습니까?"

第四十章

정글

1

　어김없이 일요일은 다시 돌아왔다 그러나 철민은 이번 일요일에도 유폐의 경지를 누리지 못했다. 아침 식사를 마치자마자 다짜고짜 서두르고 나선 손강호 때문이었다.

"오늘은 저랑 같이 갑시다!"

"언제는 절대 안 된다더니? 그리고 이렇게 일찍부터 어딜 가자는 겁니까?"

　철민이 말은 따지듯이 했지만, 손강호가 다시 재촉하기도 전에 못 이기는 체 따라 나설 채비를 했다. 손강호가 그러는 데는 필시 그럴 만한 이유가 있겠거니와, 근 한 달여 만에 아오지를 탈출한다는 데 대해서 벌써부터 약간의 설렘마저 생기는 것이었다.

기대했던 서울은 아니었다. G시, 서울 인근이긴 했지만 철민으로선 처음으로 가보는 자그마한 도시였다. 시의 중심을 관통하는 대로에서 서너 블록쯤이나 물러나 있는, 그래서 변두리의 느낌이 풍기는 5층짜리 상가, 그 꼭대기 5층에 있는 체육관이었다.

'태권도는 빠졌네?'

체육관에 대한 철민의 첫 느낌은 그랬다. 합기도, 특공무술, 복싱, 타이복싱, 삼보, 유술, 격투기, 에어로빅. 문과 유리창에 잔뜩 붙은 광고 문구를 보고 언뜻 떠오른 느낌이었다.

안쪽으로 들어서자 생각했던 것보다는 상당히 넓은 공간이었으나, 시설은 그렇게 훌륭해 보이지 않았다. 솔직히 좀 허름했다. 다만 한쪽 구석의 사무실 벽면에 붙여 만든 진열대 위에 즐비한 상패와 트로피들은 제법 그럴듯했다. 비록 대부분 금칠이 바래긴 했지만.

"팀장님, 이쪽은 일전에 말씀드렸던 제 후뱁니다! 그리고 유 관장, 이쪽은 나하고 같이 일하는 우리 팀장님!"

라고 간단히 소개만 시킨 뒤 손강호는 곧바로 후배에게 답답한 사정을 늘어놓기 시작했다.

"…더 자세한 사정은 말하기가 좀 곤란하고, 어쨌거나 격투의 '격' 자도 모르는 양반이 당장 두 달쯤 뒤에 제대로 된 실력자와 한판을 붙어야만 하는 사정이라는 거지. 도대체가 말이 안 되는 상황이라는 건 나도 잘 알지만, 오죽 답답했으면 너를

다 찾아왔겠냐? 그래도 너라면, 왕년에 한국챔피언 타이틀까지 거머쥐었고 지금은 또 쟁쟁한 후배들을 길러내고 있는 전문 격투가로서 혹시 무슨 수가 있지 않을까 하는 심정으로 말이다. 그 뭐지? 원 포인트 레슨? 정 안 되면 그런 거라도 어떻게 좀 안 될까?"

유 관장은 처음에는 무슨 농담이라도 듣는다는 듯이 실실 웃고만 있더니, 손강호가 계속해서 심각한 표정이자 이윽고는 정색이 되었다. 몇 번 고개를 갸웃거린 끝에 그가 입을 뗐다.

"무슨 일인지는 모르겠지만, 어쨌든 선배님께 그럴 만한 사정이 있다고 하시니 뭐, 일단 간단히 테스트나 한번 해보도록 하죠. 저기… 팀장님, 일단 옷 좀 갈아입으시고 링으로 올라가시겠습니까!"

간단히 테스트나 한번 해보자고 하더니 막상 링에 서자 유 관장은 아주 제대로 붙어보자는 기세였다.

"들어와 보세요! 아니면 제 쪽에서 들어갑니다!"

말이 끝나자마자 그대로 태클을 들어오는 유 관장에 대해 철민이 화들짝 놀라며 엉덩이를 쭉 빼며 버텼다. 그러나 돌연 허리가 꺾이며 몸이 공중으로 붕 뜨고 말았다.

쿵! 바닥에 엉덩방아를 찧은 충격이 찌르르하게 온몸을 타고 돌았으나 고통을 호소할 여유는 없었다. 곧바로 상체를 덮쳐누르는 유 관장에 대해 철민은 반사적으로 두 팔을 붙잡고 버텼다. 그래도 테스트라고 유 관장은 철민의 얼굴로 주먹을 내리꽂지는 않았다. 대신 곧장 직각으로 몸을 틀더니 묘한 자세로 철민의 팔을 구속했다.

"어, 엇?"

철민으로서는 어떻게 된 줄도 모르는 사이에 오른팔이 강하게 당기며 당장에 고통이 밀려들었다.

"암바라는 겁니다."

유 관장이 약간은 거칠어진 숨으로 말했다.

'암바라고?' 철민도 알고 있었다. 아니, 안다기보다는 TV를 통해 열심히 본 적이 있다. 한때 절실한 이유로 말이다.

"……?!"

얼굴과 목을 누른 유 관장의 두터운 다리 때문에 호흡에 제약이 왔다. 머리를 들지는 못하고 겨우 옆으로 틀어서 보니 유 관장은 양 무릎으로 그의 팔을 조이는 한편, 양손으로 그의 손가락과 손목을 꺾은 상태로 잡아당기고 있는 중이었다.

팔이 늘어나는 고통이라고 해야 할지, 아니면 빠지는 고통이라고 해야 할지 하여간 고통스러웠다. 더욱이 꼼짝도 못하게 제압당한 터라 도무지 어떻게 해볼 수가 없었다. '진짜 실력자'의 '제대로 된 기술'에 걸리고 만 것이다.

'항복할까?' 철민이 사실은 진작에 '항복!'을 외치고 싶었지만, 여기까지 그를 데리고 온 손강호의 정성과 체면, 그리고 선배의 부탁을 차마 거절하지 못하고 기꺼이 테스트를 해주고 있는 유 관장의 성의를 생각해서라도 조금쯤은 버티는 시늉이라도 해주는 게 예의다 싶어서 '그래, 조금만 더! 아주 조금만!'을 되뇌고 있는 중이었다.

"억지로 버티면 먼저 팔꿈치의 인대가 늘어나고, 그다음엔 인대 파열, 최악의 경우에는 팔꿈치 관절이 빠지는 아주 위험한 기술입니다."

유 관장이 친절하게 설명했다. 그러나 너무 차분한 그의 목소리에서 철민은 차라리 반발을 느꼈다. '그래서 어쩌라고?

"조금만 더 버텨보죠!"

"그러시겠습니까?"

싱긋 웃는 듯하더니 유 관장은 곧바로 양다리에다 상체의 체중을 실었다.

"윽!"

곧바로 철민의 입에서 비명이 새어 나왔다.

"무리하실 필요 없습니다. 암바는 서브미션의 기본 기술이지만 가장 강력한 기술이기도 합니다. 아무리 노련한 선수라도 일단 제대로 걸린 이상에는 탭 아웃을 치지 않을 수가 없죠."

사실 그때 철민은 누구의 정성과 체면, 혹은 성의에 대해 예의를 차리자는 입장에서는 이미 넘어서 있었다. 다만 문득 솟구친 반발, 혹은 어떤 오기 같은 것이랄까? 고통에 대한 오기, 그를 괴롭히는 것에 대한 오기.

게다가 고통이 더 이상 가중되지는 않고 있다는 데서 생긴 아주 약간의 여유가 있기도 했다. 한편으로 '혹시 마비가 와서 고통이 잘 느껴지지 않는 건 아닐까? 괜한 미련 떨다가 정말로 인대가 늘어나기라도 하는 건 아닐까?' 하는 걱정도 있었지만.

철민이 무턱대고 버티자 유 관장은 힐끗 링 밖의 손강호를 쳐다봤다. 손강호가 잔뜩 미간을 찌푸렸다가는 천천히 고개를 가로저었다. 아니, 막 가로저으려는 바로 그 순간이었다.

파드득! 마치 낚시에 걸린 물고기가 마지막 힘을 다해 파닥거리는 것처럼 철민의 몸이 순간적으로 몸부림을 쳤다.

"어, 헛?"

유 관장이 탄성인지 놀람인지 모를 소리를 뱉어냈다. 얼떨결에 암바가 풀려 버리고 만 것이다. 그런 중에도 유 관장은 재빨리 자세를 바꾸며 다시 철민의 왼쪽 다리를 공략했다.

그러나 이번에는 철민도 재빨리 반응하여 쉽게 다리를 제압당하지는 않고 힘겨루기를 하며 제법 버텨냈다. 물론 반격을 노릴 엄두까지는 감히 내지 못했고, 다만 죽자 사자 버티는 것에 불과했다.

손강호는 사뭇 놀랍다는 표정이 되어 링 위의 광경에 몰입해 있었다. 링 위의 두 사람은 엎치락뒤치락하는 중이었는데, 두 사람의 몸에서 비 오듯 떨어지는 땀방울로 인해 바닥이 흥건할 정도였다.

손강호가 잘은 모르되 대충은 보는 눈은 있었기에, 지금 유 관장이 의도적으로 다양한 서브미션의 기술들을 철민에게 걸고 있다는 것 정도는 알 수가 있었다. 아마도 그 스스로 말한 바와 같이 이런저런 쪽으로 제대로 테스트를 해보려는 모양이다. 기술이 걸릴 때마다 철민은 위태위태해 보였다.

그러나 어떻게 파닥거리고 버둥거리면서 용하게도 버텨내고 있었다. 물론 그런 '용함'은 어디까지나 유 관장이 '테스트만' 하고 있기에 가능한 것일 테지만. 그렇더라도 손강호는 새삼 감탄을 하게 되었다. 철민이 정말 체력 하나는 대단하다는 데 대해. '저런 정도였나?

"그만! 됐습니다! 이제 그만하시죠!"

외치는 유 관장의 숨결이 사뭇 거칠었다.

"잘하면 아주 말이 안 되지는 않겠는데요?"

"응? 뭔 소리야? 알아듣게 좀 얘기해 봐!"

유 관장의 말에 손강호는 흥분이 된다는 듯이 목소리가 커졌다.

"일단 타격 부분은 빼고 그라운드 위주로만 테스트를 해봤는데, 한마디로… 투박합니다. 다만……."

"다만?"

손강호가 얼른 추임새를 넣었지만, 유 관장은 슬쩍 철민에게 질문을 던졌다.

"혹시 싸움… 많이 해보셨습니까?"

"예?"

"다른 뜻은 아니고, 예전 학교 다닐 때라든지……."

"아! 전혀 아닙니다. 전 흔히 말하는 범생에 속했는걸요."

유 관장이 설핏 고개를 갸웃거리는 걸 보고는 손강호가 짐짓 타박을 했다.

"뭐야, 사람 답답하게?"

"아, 죄송합니다, 선배님!"

"죄송할 것까진 없고 하던 말이나 계속해 봐. 한마디로 투박한데, 다만 어떻다는 거야?"

"예. 다만… 적응력만큼은 정말 대단합니다."

"적응력?"

"뭐라고 할까요? 상대의 기술에 대해, 아니, 상대 그 자체에 대해서 상당히 빠르게 익숙해진다고 할까요? 보신 대로 제가 서브미션의 기본적인 기술들을 거의 다 한 번씩은 건 셈인데, 그런 기술들에 대해 백지인 상태에서 그 정도로 버텨냈다는 건 정말 대단한 일입니다. 순간순간의 상황에 대한 대처 능력이 아주 뛰어나다는 거지요."

"순간순간의 대처 능력이 뛰어나다? 운동신경이 뛰어나다는 얘긴가?"

"운동신경이라기보다는… 뭐라고 할까요? 그 이전의 반사 신경 같은 거라고 할까요? 사실 격투기에게 그런 건 굉장히 중요한 재능입니다. 솔직히 나이만 몇 살 어렸으면 제자로 삼아서 한번 제대로 가르쳐 보고 싶은 마음이 들 정돕니다."

"뭐야, 그럼 우리 팀장님이 격투기에 천재적인 재능이 있다는 소리야?"

반신반의하는 표정으로 묻는 손강호에 대해 유 관장은 애매한 웃음으로 받았다.

“글쎄요. 하하하!”

“뭐야, 그 웃음은?”

“아니, 그러니까 제 말씀은… 하하하! 이것 참…….”

짐짓 곤란하다는 체를 하던 유 관장이 다시 정색을 하며 말을 이었다.

“재능이 있다고 하더라도, 그 재능이 진정한 실력이 되기 위해서는 피나는 노력과 긴 시간이 투자되어야 하는 법입니다. 그런 점에서 이분의 재능은 선배님께서 말씀하신 사정에 대해 당장의 답이 되지는 못할 겁니다.”

손강호가 힘없이 고개를 주억거리는데 유 관장이,

“다만 정말로 피할 수 없는 사정이시라면…….”

하고 슬쩍 덧붙였다. 그 말끝에 담긴 뉘앙스에 손강호가 재빠르게 반문했다.

“그렇다면?”

“재능보다는 이분이 가진 또 다른 능력 쪽으로 주목하고 접근하는 게 훨씬 더 현실적일 것 같습니다.”

꿀꺽! 손강호의 목젖이 소리를 내며 꿈틀하였다.

“모든 운동에서 다 중요하겠지만, 격투 종목에서는 특히나 중요한 게 바로 체력입니다.”

“체력?”

손강호의 반문에 언뜻 맥이 빠져 보였다.

“링은 정글이나 마찬가집니다. 정글에서 가장 중요한 건 뭐니 뭐니 해도 결국은 체력입니다. 체력이 뒷받침되지 못하면 아무리 기술이니 힘이니 정신력이니 해도 결국은 아무 소용이 없게 되거든요. 이분은 저하고 대략 오 분여 동안 경기를 했습니다만, 기본기가 없으니 아마 저보다 두 배는 힘들었을 겁니다. 그런데도 지금 이런 정도로 멀쩡하다는 건, 기본 체력이 강함은 물론이고 체력 회복 속도 또한 놀라울 정도로 빠르다는 얘기죠. 솔직히 저런 체형에서 어떻게 그런 체력이 나올까 지금도 의아할 정돕니다."

그러나 손강호는 별 감흥이 없는 듯이 약간은 시큰둥해져 있었다.

"우리 팀장님이 보기보다 체력이 좋다는 건 나도 알고 있어. 하지만 그렇다고 해서 뭐가 달라지겠어? 제대로 격투기를 하는 상대하고 붙었다가는 펀치나 킥 한 방에, 혹은 기술 한번 잘못 걸리면 그냥 끝 아니겠어?"

"물론 타격 한 방으로, 혹은 관절기 한 번으로 끝날 수도 있겠지요. 그렇지만 어떻게 해서든 승부를 후반으로 끌고 갈 수만 있다면, 그때는 얘기가 달라질 수 있다는 겁니다. 솔직히 웬만큼 실력 차가 크게 나지 않는 경우라면, 또 한쪽에서 의도적으로 피하고 버틸 작정을 한다면 초반에 승부를 결정짓는다는 게 생각처럼 쉬운 일은 아니거든요."

손강호가 입술이 마르는 모양으로 혀로 침을 적시며 다시 물었다.

"그러니까, 뭐야? 우리 팀장님이 체력전으로만 끌고 가면 어떤 상대하고 붙더라도 한번 해볼 만하다는 얘기야, 지금?"

끝내는 대들 듯이 하고 마는 손강호의 기세에 유 관장은,

"아이고, 선배님도 참! 제 얘기가 그런 얘기가 아니지 않습니까? 그걸 어떻게 또 그렇게 갖다 붙이십니까?"

하고 짐짓 펄쩍 뛰는 시늉을 해 보인 다음에 다시 찬찬히 말을 이어 나갔다.

"실력있는 현역 선수와 맞붙는다면 당연히 무럽니다. 그러나 꼭 붙어야만 한다면, 구태여 기술을 익힌다든지 하는 쪽으로 시간을 낭비하기보다는 차라리 이분이 지금 가지고 있는 체력의 강점을 승부수로 삼아 더욱 중점적으로 단련을 하는 게 최선일 거라는 말씀입니다. 선배님도 동감하시겠지만 실전에서는 그렇지 않습니까? 완전히 자기 것이 아닌 어설픈 기술은 차라리 안 쓰는 것보다 더 못하죠. 그리고 다만 한 가지 기술이리도 완전히 자기 것으로 마드는 게 겨우 두 달 만에 가능한 일은 아니지 않습니까?"

손강호가 이번에는 뭐라고 쉽사리 토를 달지 못하고 있는데, 유 관장이 문득 정색으로 철민에게 권하였다.

"저희 체육관에서 훈련을 하시겠다면 제가 할 수 있는 데까지는 도움을 드리겠습니다."

철민이 당황스러울 수밖에 없는데,

"팀장님, 그렇게 하십시오. 일이 그렇게까지 되지는 않겠지만, 어쨌든 우선 할 수 있는 데까지는 대비를 해두는 게 좋지 않겠습니까?"

하고 손강호가 덩달아서 권했다.

잠시의 궁리를 더한 끝에 철민이 사뭇 조심스럽게 말을 꺼냈다.

"오늘 여러 가지로 좋은 말씀과 배려를 해주셔서 정말 고맙습니다. 그렇지만 지금 당장은 많이 혼란스럽고 마음의 준비도 안 돼 있어서 뭐라고 말씀을 드리기가 좀 그러네요. 일단은 돌아가서 차분히 생각을 좀 정리를 해봐야 할 것 같습니다."

유 관장은 사람 좋은 웃음으로 선선히 받았지만, 손강호는 가만히 인상을 구기고 말았다. 철민이 다시 체육관을 찾는 결정은 안 하리라는 짐작을 하면서.

2

'체력이 나의 강점이라고? 강점을 승부수로 삼아 더욱 중점적으로 단련시키라고? 강점? 강한 점? 흐흐흐! 기획 능력, 보고 능력, 업무 처리 능력, 개뿔! 한때는 그런 게 다인 줄 알았는데, 그런 걸로 S급 인재였었는데, 신발끈! 지금 그런 따위는 쥐뿔만큼도 소용이 안 된다는 건가? 지금 필요한 건 오로지 힘, 체력, 치받는 능력, 철저히 물리적이고 신체적인 능력뿐이란 말인가? 신체적인 것 중에서 내가 가장 잘하는 것? 내게 가장 익숙한 것? 호흡?

깊은 밤. 세상은 죽은 듯이 조용했다. 아니다. 한 종류의 소리만이 생생했다.

쌕! 쌔액! 규칙적으로 반복되고 있는 소리. 이층침대 아래

칸에 누운 손강호의 숨 쉬는 소리다. 그러나 생각이 생각을 만들고, 다시 또 생각을 만드는 중에 어느 순간에는 그 소리마저도 죽어버렸다. 철민은 그대로 두었다. 그것들이 꼬리에 꼬리를 물거나 말거나, 혹은 머리에 머리를 물거나 말거나.

'흐흐흐! 호흡이라……. 딴은 그렇군. 사십팔흡지(四十八吸止), 구십육흡지호지(九十六吸止呼止)까지 신물 나게 했었는데. 아니지. 신물 나는 정도가 아니라 정말 치 떨리게 했었는데… 치뿐이랴. 죽고 또 죽고 골백번도 더 죽어가면서까지, 나중에는 그냥 무의식중에 하는 정도로까지 했던 것인데. 흐흐흐! 비록 꿈속이었지만. …꿈? 꿈속이었다고? 아무리 꿈속이었다고 해도 그 정도로 했다면 머릿속에 아주 인이 박혔을 만도 한데?

사실은 철민이 이전에도 꿈속에서의 그 행위를 한두 번쯤 시도해 보지 않았던 것은 아니다. 꿈이 아닌 현실에서 말이다. 그리고 그 결과 그 행위가 다만 귀신 씻나락 까먹는 짓이라는 걸 아주 간단하고도 분명하게 확인했을 뿐이다.

'한번 다시 해봐? 한 번 더 해본다고 돈 드는 것도 아니잖아? 그리고 지금은 사정이 다르잖아? 일체유심조(一切唯心造)라는 말도 있으니, 절실하다면 혹시 될 수도 있는 거 아냐?

쌕! 쌔액! 규칙적으로 반복되는 손강호의 숨소리가 다시 들렸다. 철민은 누운 채로 천천히 숨을 들이켰다. 깊숙이 흡(吸)! 그리고 멈추었다. 지(止)! 다시 들이마시고, 멈추고. 내쉬는 숨은 없고 오로지 들이쉬고 멈추었다가 다시 들이쉬는 과정의

반복. 흡! 지! 흡! 지! 이전에 시도했을 때보다는 좀 더 익숙해진 것 같았고 느낌도 좋았다.

그러나 한계는 금방 왔다. 흡! 지! 흡! 지! 기껏 예닐곱 번이나 했을까? 가슴은 더 이상 숨을 밀어 넣을 공간이 없이 잔뜩 부풀었고, 고개가 저절로 젖혀졌다.

'안 돼! 더 이상은 못하겠다!' 포기와 동시에,

"컥! 커억! 푸아아아~!"

하는 소리가 절로 터져 나왔다.

"제기랄! 시파! 닝기리! 신발끈! 될 리가 없잖아?"

제풀로 성질부리는 소리에 손강호가 언뜻 잠에서 깬 모양이었다.

"우… 웅! 뭡니까?"

그러나 잔뜩 잠에 전 목소리였기에 철민은 굳이 대답하지 않고 차라리 가만히 있는 쪽을 택했다. 손강호의 호흡이 이내 골라졌다.

쌕! 째액! 그 소리를 제외하고 세상은 다시 죽었다.

'더 절박한 것! 잔혹하고도 악랄한 저주! 무차별적으로 가해지는 채찍질과 몽둥이질! 끔찍한 고통! 치 떨리는 공포! 당장 죽을 것만 같은 절박함! 그런 것들이 있어야만 가능할까? 그러나 그런 것들은 역시 꿈속에서나 가능하리라! 아니, 꿈속에서조차 싫다! 꿈속이 아니라면 그건 바로 지옥이리라!'

생각이 생각을 만들고, 다시 생각을 만들고, 또다시 또 다른 생각을 만들고, 제외되었던 소리조차도 다시 죽고 말았다. 철민은 또한 그대로 두었다. 무엇이 죽든지 말든지, 또 다른 무엇이 꼬리에 꼬리를 물든지 말든지, 머리에 머리를 물든지 말든지, 꼬리가 머리를 물든지 머리가 꼬리를 물든지, 물리든지, 말든지…….

'호흡 말고 잘하는 건? 익숙한 건? 매봉? 도깨비방망이? 흐흐흐! 호흡 말고, 도깨비방망이 말고 잘하는 건? 익숙한 건? 헤드록! 헤드록? 흐흐흐!'

촤르르르! 장면들이 스치고 있다. 생생하게. 영화의 장면들을 모아놓은 듯이. 그가 헤드록을 걸고 있는 장면들이었다.

'나는 지금 꿈을 꾸고 있는 걸까, 아니면 깨어 있는 걸까? 꿈일까? 현실일까? 몽상일까? 그냥 생각일까?' 묘한 상태였다. 비몽사몽이라고 하더니 지금이 꼭 그런 것 같았다. 장면들과 의식들이 제멋대로 교차하고 겹치고 뒤섞이고 있었다. 서로 꼬리를 물고, 또 머리를 물고 있었다. 아니, 그냥 저절로 흘러가고 있었다.

'내가 익숙한 건… 싸움이 아닐까?' 그러고 보니 스치는 장면들은 죄다 싸우는 장면들이었다. 숱한 싸움이었다. 그리고 그 하나하나가 치 떨리는 싸움이었다. 그러고 보니 그는 꿈속에서만 싸움을 한 건 아니었다. 스치는 장면들 중에서는 현실에서의 것도 있었다. N시의 리조트에서의 싸움, 그리고 링 위에서의 싸움.

부르르! 삐죽 소름이 돋았다. 그렇더라도 꿈인지, 현실인지, 몽상인지, 그냥 생각인지는 흘러가고 있었다. 제멋대로. 저절로.

'호흡 말고, 도깨비방망이 말고, 헤드록 말고 잘하는 건? 익숙한 건? 재활체조! 재활체조?'

문득 얼굴 하나가 스쳐 나왔다. 예쁘고 맹랑하고 당돌한 얼굴이었다. '예인화! 아! 예인화!' 그러나 얼굴은 멈추지 않고 흘러가 버렸다. 무정하게도.

'재활체조다!' 사람의 형체가 움직이고 있었다. 그 사람은 두 다리를 굳건하게 버티고 선 채로 부지런히 양팔을 움직이고 있었다. 주먹으로 치고, 손바닥으로 때리고, 손가락으로 찌르고, 잡아채고, 꺾고, 밀고 당기고, 복잡한 손놀림이었지만, 이상하게도 생생하고 또렷했다.

사실은 익숙했다. 어느 순간 선명해진 그 사람은 바로 철민 자신이었다. 그 부지런하고 복잡한 손놀림은 바로 이십사초(二十四招) 재활체조(再活體操)였다. 온통 재활체조만이 가득했다. 손놀림이 겹치고 있었다. 두 개에서 네 개로, 네 개에서 여덟 개로, …스물네 개로… 이윽고는 온 공간을 가득 채우며.

'아아! 가득하다! 가득하다! 아득하다! 아득하……! 아득……! 아……!' 꼬리가 잘리고 있었다. 머리가 잘리고 있었다. 죽어가고 있었다. 꿈도, 현실도, 몽상도, 생각도, 모든 것이 죽고 있었다. 하얗게.

第四十一章
투귀(鬪鬼)

1

　예인후의 비취초 나들이를 한 다음날 철민은 수호천을 떠날 것을 말했다. 그러나 예인후는 간곡히 만류했다. 조만간 윗선에서 찾을 것 같다며 자신의 입장을 생각해서라도 잠시만 더 기다려 달라는 것이었다. 그 윗선이 누구인지에 대해서 예인후는 말하지 않았지만, 철민은 언뜻 위려려를 떠올렸다. 엉뚱하게도.

　그러나 철민이 어쨌든 지난 몇 달간이나 예인후 남매에게 큰 은혜를 입었고, 그것이 결국은 수호천에 신세를 진 것이기도 하니, 예인후의 말대로 그의 ‘윗선’에다 인사치레 정도는 하고 떠나는 것이 최소한의 도리일 것 같았다.

　하지만 언제라는 기약이 있는 것도 아니었으니, 며칠이 지나지 않아서 철민은 다시금 답답함을 참기 어려운 지경이 되고 말았다. 그렇다고 그와는 처지가 달라 늘 바빠 보이는 예인후를 자꾸 귀찮게 할 것도 못되었고, 그렇다고 이제는 환자도 아닌 주제에 의원인 예인화를, 더군다나 다 큰 처녀―그에게는 여전히 '애'일 뿐이지만, 이곳의 누구도 그녀를 애라고 여기지 않으므로―인 그녀를 시도 때도 없이 오라 가라 하는 모양새도 영 그랬다.

그런저런 까닭으로 철민은 혼자서 틈을 보아 살짝살짝 바깥 구경을 다니곤 했다. 다만 예인후 남매가 직접 말을 하지는 않았지만 혹시 예기치 못한 실수라도 하지 않을까 염려하는 눈치가 있었기에, 외지거나 사람들의 왕래가 뜸한 곳은 피하고 사람들이 빈번히 오가는 곳 위주로만 다녔다. 사실 이곳의 사람들 구경하는 것만으로도 철민에게는 제법 괜찮은 볼거리가 되었다.

2

철민이 큰길을 따라 쉬엄쉬엄 걷던 중인데, 마침 길가에 선 한 그루 큰 나무의 축축 늘어진 가지들이 이루고 있는 무성함이 제법 보기에 좋았다. 둘레가 두어 아름은 족히 되어 보이는 고목인데, 특히나 그 아래에 넙적하니 자리 잡은 바위는 잠시 쉬어가기에 안성맞춤이었다.

철민은 바위에 걸터앉은 채 지나가는 사람들의 모습에다 느긋하고도 망연한 눈길을 던져 놓고 있는 중이었다. 그때 등 뒤쪽에서 누군가 다가온다는 걸 알았지만, 마침 노곤하기도 하던 참이라 그냥 지나가겠거니 했지, 설마 하니 그 사람이 딱 엉덩이 하나 걸칠 만큼 남은 바위의 나머지 반쪽을 냉큼 차지하며 털썩 주저앉을 것이라고는 미처 생각지 못했다.

등을 맞대고 앉은 형국이니 철민이 반사적으로 힐끗 돌아보다 말고는 반쯤이나 돌아갔던 고개를 얼른 다시 되돌리고 말았다. 그것은 반사작용과 같은 것이었다. 불편하고 불안하고, 이윽고는 불길하게까지 순식간에 번지고 마는 느낌에 대한. 그자였다. 굳이 얼굴을 확인할 것도 없이 다만 느낌만으로도. 상처 입고 굶주린 야수의 느낌을 지닌 자. 바로 율도린이었다.

율도린에 대해서는 지난번 술집에서 만났을 때의 인상이 참으로 강렬하였기에 철민이 예인화에게 물어본 바가 있었다.

율도린은 수호천에서 제법 이름이 난 인물로 투귀(鬪鬼)라는 별명을 가지고 있는데, 귀신처럼 싸움을 잘한다는 의미로 붙여진 별명은 아니라고 했다. 다만 그 성정이 거칠고 호전적인 데가 있어서 상대를 가리지 않고 시비를 거니 싸움이 잦은 데다가 일단 한번 싸움이 붙었다 하면 마치 악귀나찰처럼 변하여 자신이 끝장이 나든 상대가 끝장이 나든 하여간에 끝장을 보고 만다고 해서 그런 별명이 붙었다는 것이다.

율도린이 스물도 되기 전에 투귀의 별명을 얻었거니와, 서른의 나이가 된 지금까지 숱한 문제와 말썽을 일으켜 오고 있

음에도 수호천 차원에서 크게 문제를 삼거나 이렇다 할 징계
가 취해진 적은 없었는데, 그런 데는 우선 이십 년 전의 정마대
전(正魔大戰)에서 목숨 바쳐 싸운 그의 부친의 공적이 감안된
덕분일 것이라고 했다. 또 다른 이유라면, 율도린이 싸움을 자
주 한다고는 해도 그의 독종 근성에 굳이 정면 대응을 하는 상
대를 만나는 경우는 거의 없었으므로 대개는 멱살잡이 정도로
그칠 뿐이고, 어쩌다 제대로 싸움이 붙는다고 해도 막상 그의
무공 수준으로야 자신이든 상대든 기껏 몇 군데 터지고 부러
지는 정도일 뿐, 정말로 크게 문제 삼을 일이 벌어지지는 않기
때문일 것이라고 했다.

어쨌든 그처럼 거칠고 호전적인 율도린이었지만, 그가 예외
적으로 인정하고 존경을 바치는 인물이 하나 있었으니, 바로
예인후였다. 그들 둘 사이에 어떤 특별한 인연이 있는지 자세
히 아는 사람은 없었지만, 율도린은 오직 예인후에게만큼은
거의 무조건적으로 호의적이며 순종적이었다. 아무리 지독한
싸움을 하는 중이라고 해도 예인후가 중재를 나선다면 적어도
그 자리에서만큼은 일단 상대에게 머리를 숙이기까지 할 정도
였다.

예인후 또한 수호천 내의 문제아이며 또한 외톨이인 율도린
을 시종 포용하고 감싸 안았다. 언젠가는 율도린을 정의대의
수습대원으로 입대시키려고 한 적도 있었는데, 정의대원들이
대거 반대를 한데다 율도린 본인도 예인화에게 폐를 끼치기
싫다며 결단코 사양하여 없던 일로 된 적도 있다고 했다.

3

율도린 또한 지나가는 사람들 구경하기를 즐기고 있는 것인지 한 마디도 말이 없었다. 바로 등 뒤에다 언제 터질지 모르는 폭탄을 두고 있는 격이니 철민으로서는 구경을 즐기는 것은 고사하고 참으로 찜찜하고 불편, 불안하기가 짝이 없었다.

고약한 침묵이 흐르기를 얼마나 되었을까?

"이봐!"

돌아보지도 않고 율도린이 툭 뱉는 말이었다. 주위에는 둘밖에 없었기에 당연히 철민에게 뱉은 말이었다. 대뜸 반말에다 영 껄끄럽고 불량스러운 투였다.

'이걸 어떻게 받아야 하나? 받아쳐? 아님 무조건 숙여?'

철민이 순간 치열한 갈등을 겪고 있는데, 율도린의 목소리가 다시 들렸다.

"주제넘은 짓 하는 게 당신 취미야?"

'이게 뭔 소리여?' 하다가 철민이 퍼뜩 떠올린 건 바로 그날의 술값이었다. 그날 율도린의 트집이 마음에 걸리긴 했지만, 이미 술집에다 해놓은 말이 있고, 또 예인후가 미리 감사까지 표한 바였기에 철민이 율도린의 술값까지 같이 계산을 했던 것이다.

그런데 지금 율도린이 말하는 '주제넘은 짓'이 정말로 그 일을 말하는 것이라면, 철민으로서는 그야말로 '별 엿 같은 경우’를 다 당하는 꼴이었다. 기껏 술값 내주고 험한 소리를 듣고 있으니 말이다. 그러나 역시 상대가 상대이니만큼 철민이 무조건 숙이는 쪽으로 얼른 마음을 정하였다.

“그날 일 때문에 마음이 상했다면 이거 미안하게 됐습니다.”

감히 뒤를 돌아보지 못한 채였다.

“얼마나 냈어?”

율도린의 그 물음으로 ‘주제넘은 짓’이 바로 ‘별 엿 같은 경우’임은 확실해졌다.

“그게 저희 계산하고 같이 합치는 바람에…….”

하다가 철민은 퍼뜩 후회를 하고 말았다. ‘그냥 적당히 얼마 냈다고 둘러대고 말걸!’ 아니나 다를까?

“이런, 씨……!’

개차반 같은 성질에 이윽고 불씨가 붙고 만 듯이 확 달아오르는 율도린의 느낌에 철민의 등이 다 뜨뜻해졌다. 그러나 천만다행으로 율도린은 곧바로 화를 삭인다는 듯이 짐짓 목소리를 깔았다.

“가서 물어보고 나중에 나한테 알려줘.”

“예, 그렇게 하겠습니다.”

철민이 얼른 대답했다. 일단은 불을 끄고 볼 일이었고, 어떻게 하든 이 망나니로부터 벗어나는 게 급선무였다. 그런 다음에야 예인후의 도움을 받던지 다른 무슨 수를 다시 강구해 보면 될 일이었다.

그런데 율도린은 순순히 놓아줄 생각이 없는 듯했다.

"예 대주님께 무례하지 마라. 그분 인품이 고매하여 누구에게나 잘 대해준다고 해서 그분과 맞먹으려고 해서는 곤란해. 함부로 '예 형' 어쩌고 건방 떨지 말고 깍듯이 '예 대주님'이라고 불러. 그리고……."

율도린이 본격적으로 이런저런 주의와 훈계를 늘어놓을 태세이더니, 무슨 일인지 갑자기 투덜거렸다.

"제길! 꼴 보기 싫은 놈들이 오는군."

훌쩍 일어서는 기척에 철민이 고개를 돌렸더니 율도린이 고목의 둥치 뒤로 슬쩍 돌아가며 그를 향해 미간을 찡긋해 보였다. 길게 찢어진 눈매에서 번뜩인 그 잠깐의 눈빛에도 철민은 그만 움찔하고 말았다.

4

그 세 명의 청년은 안 그래도 훤칠한 인물들이었는데 이마에 맨 황색의 비단 띠는 그들을 한층 더 멋들어지게 보이도록 하는 데가 있었다. 그리고 같은 모양의 회색 무복 왼 가슴 어림에 작게 수놓인 청룡 문양은 그들의 소속이 어디라는 것을 바로 알게 해주었다.

황건(黃巾)의 청년들이 가까이 다가올수록 철민은 괜히 어색해졌다. 딱히 죄지은 것도 없는데 말이다. 율도린이 그들을 피해 고목 뒤에 숨어 있어서일까? 괜히 신경이 쓰여 자꾸 다른

곳으로 눈길을 피하게 되고, 필요 이상으로 모르는 체를 하게
되었다.

그런데 철민의 그런 어색함과 부자연스러움이 오히려 눈에
띈 때문일까? 청년들은 그냥 지나쳐가지 않고 굳이 철민을 향
해 다가와서는 그중의 하나가 말을 걸었다.

"혹시 귀하는 철… 모(某)라는 분이 아니십니까?"

'철 모?'

어감이 좀 이상하긴 했지만, 어쨌든 그들이 자신을 알아본
다는 사실에 대해 철민은 우선 당황스러웠다. 엉거주춤 바위
에서 엉덩이를 떼며 그가 대답했다.

"아, 예. 철민이라고 합니다."

"저희들은 청룡단원들인데, 저는 종헌(宗軒)이라 하고, 이쪽
은 능운(陵雲), 그리고 이쪽은 악비상(岳飛上)입니다."

"아, 그러시군요?"

"그런데 지금 여기서 무얼 하고 계십니까?"

"예? 아, 그냥… 그냥 좀 쉬고 있는 중입니다."

해놓고 보니 철민 스스로 생각하기에도 어눌하고 싱거운 대
답이었다. 청년들이 잠시 저희들끼리 눈짓을 교환하더니 종헌
이라는 청년이 다시 물었다.

"저… 귀하가 백강의 서열 십위라고 하던데… 사실입니까?"

왠지 슬쩍 찔러보는 느낌의 말이었다. 사실은 철민 자신이
그런 종류의 질문을 들을 때마다 정말로 옆구리라도 찔린 듯
이 움찔 당황스러워지곤 하는 것이지만.

"아! 실은 그게……."

하고 말을 끌다가 철민은 대답하고 말았다.

"예!"

그 어딘가 명쾌하지 못한 대답과 또 철민의 기색에서 어쩔 수 없이 스쳐 가는 약간의 당황과 체념을 눈치챈 것인지, 또는 나아가 그 당황과 체념을 다시 나름으로 해석한 것인지 청년들이 서로 주고받는 눈짓에서는 일시 희미한 웃음기가 공유되는 것 같았다.

"저희들이 무공을 닦는 처지로서 명망 높은 강호 고인의 절학을 견식할 기회를 늘 꿈꿔오던 중인데, 오늘 이렇듯이 강호 신진백강의 서열 십위에 올라 있는 고명한 분을 바로 눈앞에 대하게 되었으니 참으로 천재일우의 행운을 잡았다고 할 것입니다. 심가 부탁드리건대, 다만 일초반식(一招半式)이라도 좋으니 부디 고명한 한 수를 앙견(仰見)할 수 있도록 해주신다면 진정 일생일대의 영광으로 여기겠습니다."

종헌이 가볍게 허리까지 숙여 보이는데, '삼가' 어쩌고 '앙견' 어쩌고 해가며 말로는 더할 수 없이 정중하였지만, 철민에게야 난데없고도 당황스러운 청일 뿐이었다.

"사실은 그게… 제가 가진 재주라고 할 것이 별로 없어서… 보여드릴 만한 게 딱히 없습니다만……."

잠깐의 고민 끝에 우물거리며 내놓는 철민의 대답이 그러했으니, 안 그래도 외관과 기세 등에서 도무지 '고명'한 풍모가 아니던 터에, 아주 확연히 궁색하고 소심해 보이기까지 하는 모습이 되고 말았다. 종헌 등의 기색이 표시 나게 변하는 중에, 능운이라는 자가 짐짓 목소리를 높였다.

"겸양이 지나치면 도리어 오만이 된다고 했습니다. 강호의 청년들에게 백강은 선망의 대상인데, 그중에서도 당당 서열 십위에 올라 있는 귀하가 가진 재주가 없다니, 그럼 우리 같은 사람은 뭐가 되는 겁니까? 멍청하다고 해야 합니까?"

능운이 사뭇 격앙된 모습을 연출하자 종헌이 슬쩍 끼어들며 중재하는 척을 했다.

"이보게, 자네는 무슨 말을 그리 무례히 하는가? 어찌 되었든 간에 이분은 엄연히 본 천의 손님이 아니신가?"

그러자 이번에는 악비상이란 청년이 끼어들며 콧방귀를 뀌었다.

"흥! 사실은 그것도 석연치가 않네. 듣기에 예인후 대주와는 딱히 무슨 관계나 인연이 있었던 것도 아니라고 하던데, 그때 굳이 본 천까지 함께 온 것을 보면 혹시……."

"혹시 뭔가?"

능운이 바로 말을 받았다. 그리고 그들은 잠시간 철민이 있다는 사실을 무시하기로 하기나 한 것처럼 짐짓 주거니 받거니 그들끼리 말을 돌렸다.

"혹시 두 사람 간에 대결이 있었던 건 아닐까? 예 대주가 백강의 서열 구위이니 두 사람 간의 대결은 당연하고도 불가피했을 게 아닌가 말이야."

"흠! 그럴 법하군. 두 사람의 대결에서 예 대주가 이겼고, 이

양반은 몇 달간이나 요양을 해야 할 정도로 중상을 입은 것이
고?"

"그런 쪽으로 쉽게 짐작이 되기야 하지만, 다시 생각해 보면
또 이상한 것은… 예 대주는 왜 이 양반을 굳이 본 천까지 데려
왔을까? 게다가 자신의 여동생으로 하여금 직접 치료를 하도
록 했을까? 그런 점에서는 뭔가 좀 이상하다는 생각이 들지 않
는가? 혹시……?"

"혹시? 또 뭔가?"

그런데 그쯤에서 종헌이 문득 철민에게로 화두를 돌렸다.

"예 대주와 승부를 본 것이 사실이오?"

슬쩍 넘겨 치는 수작에 철민이 심사가 불편했으나, 오히려
신중하자고 마음을 다잡았다.

"아닙니다. 저 같은 사람이 감히 예 대주 같은 분께 도전할
엄두라도 내볼 수 있겠습니까?"

청년들이 빙글거리며 웃었다.

"백강의 서열 십위 자가 서열 구위 자에게 감히 도전할 엄두
조차 내지 못한다? 흠! 이거 역시… 뭔가 있는 것 아닌가? 그러
니까 두 사람이 대결을 한 건 분명한데, 거기에 떳떳이 밝히지
못할 무슨 내막이 있다?"

악비상이 짐짓 능운에게 묻는다는 듯이 하고는, 연이어 더
욱 노골적으로 의중을 풀어냈다.

"솔직히 예 대주가 그동안에도 좀 불안불안했지 않았는가?
본 천의 정의대주라는 간판을 떼고 순수하게 무공 실력으로만

따진다면 백강의 십위 서열을 지키기에는 아무래도 좀 벅차리라는 게 일반적인 평가였고. 그런 데 대해서는 상부에서도 꽤나 신경을 쓰고 있다는 말도 있더라고? 만약에 강호의 어느 무명지배에게 덜컥 패하기라도 하는 날이면, 그야말로 본 천의 체면에 먹칠을 하는 게 아닌가 말이야.”

흘깃 철민을 보며 능운이 말을 받았다.

“말이 나와서 말이지만, 따지고 보면 백강이란 게 그리 대단한 것도 아니지 않나? 백강이 무슨 대단한 고수나 되는 것처럼 어깨에 힘을 주고 다니는데, 제기랄! 까놓고 말해서 자네들이나 나나, 아니, 우리 청룡단의 누구라도 하려고 작정만 했다면 백강의 십위나 구위쯤 진작에 되지 못했을까?”

청년들은 이제 아주 노골적으로 시비를 걸고 있었으니, 철민은 크게 난감해지고 말았다.

청년들이 말한 내용들 중에서 철민 자신에 대한 부분에는 크게 이견이 있지 않았다. 당대 천하제일의 세력인 수호천의 청년들이고, 그중에서도 다시 뛰어난 재능과 실력에다 배경까지 갖춘 청룡단원들이고 보면, 그들이 철민이 가진 ‘어울리지 않는’ 명예 내지는 위치에 대해 못마땅함을 가지게 되는 것은 어쩌면 당연한 일일 것이다.

다만 철민이 난감해하는 것은, 청년들의 못마땅함이 철민 자신에 대해서만으로 그치지 않고, 예인후에 대해서까지 비약되고 있다는 점 때문이었다. 철민 자신이 이미 인정한 바 있는 예인후다. 그 자신은 몰라도 예인후가 폄하되는, 더욱이 그를

매개로 해서 그렇게 되는 일은 견디기 어려운 심정이 되고 말
수밖에 없었다.

　"씨파! 이게 뭔 개소리들이여? 날씨가 하도 좋으니까 별별
시러배 아들놈들까지 다 기어나와서 생지랄 염병들을 떨고 자
빠졌어요. 그래, 어떤 개 아들놈들이 그렇게 잘났다고 제 얼굴
에다 기름을 처바르는지 어디 그 뻔뻔한 상판대기 구경 좀 해
보자!"

　잔뜩 독기를 품은 목소리의 주인은 바로 고목 뒤에서 돌아
나오고 있는 율도린이었다.

　순간 세 청년의 얼굴이 확 굳어지며 당황해하는 기색들이
역력했다.

　사실 무공으로만 따진다면야, 방금까지의 자부가 결코 과장
이기만 한 것은 아닌 청년들이었으니, 기껏 왈짜 따위일 뿐인
율도린쯤 대번에 바닥에다 눕혀 버릴 자신이 없지도 않을 것
이다. 그러나 역시 그 뒤에 벌어질 일들을 감당할 엄두가 안
서는 것이리라.

　우선 청룡단원으로서 율도린 같은 불량 인사와 시비가 붙었
다는 것만으로도 상부의 질타와 사람들의 비웃음을 살 일인
데, 더욱이 열렬한 예인후의 추종자로 소문난 율도린이니 자
칫 '너 죽고 나 죽자!'는 식으로 악착을 부리기라도 한다면 그
감당을 어떻게 할 것인가?

　'똥이 무서워서 피하나 더러워서 피하지!' 딱 그런 얼굴로

능운이 서둘렀다.

"가세들!"

나머지 둘도 얼른 능운의 뒤를 따라붙었다.

"어이! 내 말 아직 안 끝났어!"

율도린이 소리쳤다. 그러나 능운 등이 무시하고 계속 걸어가자 이윽고 그의 성질머리가 폭발하고 말았다.

"이것들이? 야! 사람 말이 말 같지 않아? 서라는데 왜 안서?"

고함을 지르며 율도린이 청년들을 쫓아갔다. 그에 능운 등이 차마 뛰어서 도망치는 모습까지는 보이지 못하겠던지 할 수 없이 뒤돌아서면서 달려드는 율도린에 대해 슬쩍 가운데를 비우며 가볍게 피해 버렸다.

쫓아가던 가속으로 서너 걸음이나 더 달려나가서 휙 몸을 돌리는 율도린의 눈빛에서 흰빛이 번득거렸다.

"이 새끼들이 피해? 너희들, 오늘 다 죽었어! 이야아~!"

율도린이 이윽고는 독이 오를 대로 오른 듯이 악을 써대며 이리저리 맹렬하게 세 사람을 쫓았다.

그러나 능운 등은 몹시 당혹스럽다는 기색들이면서도 막상은 가볍고도 경쾌한 몸짓으로 슬쩍슬쩍 비켜나가 버리니, 율도린이 따라잡지는 못하고 연신 고래고래 악만 써댔다. 율도린과 능운 등이 연출하는 그런 광경은 마치 뱀의 몸 안에다 제 새끼를 낳기 위해 일부러 잡아먹히려는 두꺼비와 그걸 알고서 잡아먹지 않으려고 이리저리 피해 다니는 뱀의 대치 양상 같았다.

　'똥이 무서워서 피하나 더러워서 피하지!' 능운 등이 율도
린에 대해 그런 생각이었다면, 그들은 진작에 몸을 빼서 자리
를 피했어야만 했다. 등을 보이고 도망치는 조금은 꼴사나운
모습을 감수하고라도 말이다. 그러나 그들은 이제 꼴사나운
모습을 감수할 수도 없게 되어버렸다. 한산하던 큰길에 금방
몇몇 아이들이 모여들고, 금세 또 다른 한 무리의 아이들이 합
류하고, 이윽고는 어른들까지 몰려들고 있었다. 싸움 구경인
것이다, 구경 중에서 가장 재미있다는.

　뿐이랴? 율도린의 입에서는 차마 입에 담지 못할 험한 욕이
쉴 새 없이 난무하고 있었다. 능운 등이 평생 처음으로 들어보
는 것이며, 앞으로도 율도린과 얽히지만 않는다면 다시는 들
을 일이 없을 세상에서 가장 지독스러운 욕들이었다.

　능운 등은 마침내 참을 수 없게 된 것 같았다. 나중의 감당
은 나중의 일이고, 지금 당장 저 많은 구경꾼들 앞에서 당하는
창피와 치욕을 더는 참을 수 없게 된 것 같았다.

　자신의 검을 악비상에게 맡긴 능운이 율도린을 향해 마주
서는 것으로 한낮 큰길에서 벌어지고 있는 그 한바탕의 구경
거리는 확연히 새로운 양상으로 접어들었다.

5

팟! 파팟! 능운이 가볍게 쳐내던 손짓들은 그대로 현란한 초식이 되었다.

휙! 파랏! 좌우로 경쾌하게 보법을 밟다가 일순 번개처럼 몸을 띄워 돌려 차내는 발차기는 화려하고도 멋들어졌다.

"와아!"

"과연 청룡단이다!"

구경꾼들의 탄성에 능운의 어깨가 가볍게 우쭐거렸다. 그리고 이어지는 그의 몸 사위는 한층 더 화려하게 번뜩번뜩 땅과 허공을 뛰놀았다. 그야말로 압도적이었다. 애초부터 상대가 되지 않는 싸움이기도 했지만, 지금 능운은 율도린을 상대하기보다는 구경꾼들에게 자신의 무공이 얼마나 뛰어난지 검증과 찬사를 받겠다는 듯했다.

기껏 허세나 부리는 왈짜와 제대로 무공을 연마한 무인의 차이가 어떤 것인지 확연히 보여주는 광경이었다. 그토록 패악을 부리던 율도린이었지만 막상 실제로 능운과 부딪치자 일변했다. 고래고래 욕을 달고 있던 입은 아예 닫았고 움직임도 확연히 줄어 상대의 공격에 근근이 대응하며 거의 제자리 돌기를 하고 있을 뿐이었다. 그런 중에 능운이 살짝살짝, 툭툭 건드리는 화려한 '무공 시범'에 속수무책으로 당한 율도린의 얼굴은 어느새 벌겋게 물들어 있었다.

철민은 조금 다른 각도에서 싸움을 관전하고 있었다. 제대로 무공을 연마해 본 적이 없기는 그 또한 마찬가지인 입장으로서, 또한 그런 채로 제대로 무공을 연마한 무인들과 몇 차례의 싸움을 겪어본 입장으로서.

율도린은 일방적으로 맞고 있었다. 그러나 그런 중에도 충격을 최소화시키려는 시도 같은 게 엿보였다. 맞는 순간 온몸으로 반응하는 일종의 반사적인 대응이었다. 철민이 보기에는 그랬다. 무엇보다도 맞는 순간에도 결코 상대에게서 떨어지지 않는 율도린의 눈빛. 차갑게 번뜩이는 그것은 치열한 의지였다. 활활 타오르는 맹렬한 투지였다. 철민이 느끼기에는 그랬다.

"악(岳) 형! 그쯤 하고 그만 가세!"

싸움을, 아니, 일방적인 구타를 말린다는 듯이 악비상이 외쳤다. 자못 의기양양한 목소리였다.

능운이 사뭇 여유를 부리며 훌쩍 도약하며 뒤로 물러났는데, 상황이 돌변한 것은 바로 그때였다. 마치 오매불망 그 순간만을 노리고 있기라도 했다는 듯이 지금까지 속수무책으로 맞고만 있던 율도린이 문득 온몸을 움츠렸다. 그리고 잔뜩 움츠린 맹수가 순간적으로 도약하듯이 용수철처럼 튕겨 나가 능운을 덮쳤다. 가히 폭발적인 탄력이었다.

퍽! 번개 같은 일권이 능운의 옆구리에 꽂혔다.

"헉!"

급한 호흡을 토해내며 움찔 허리를 접는 와중에도 능운은 빠르게 몸을 회전시키며 측방으로 미끄러져 나갔다. 그러나 율도린의 벼락같은 반격은 그걸로 끝이 아니었다. 오히려 그것이 시작이었다. 바짝 허리를 숙인 채로 능운의 측면으로 따라붙더니, 아직까지 옆구리를 찍힌 충격에서 채 벗어나지 못하고 있는 능운에게 소나기처럼 주먹과 발길질을 퍼붓기 시작했다. 그야말로 폭풍 같은 몰아침이었다. 비록 그 일격 일격이 단번에 큰 충격을 주지는 못할지라도, 숨 쉴 틈을 주지 않고 속사포처럼 치고 차니 능운은 일시 정신을 차리지 못하였다.

펙! 퍼펙! 펙! 펙!

율도린의 손짓발짓에 큰 동작은 없었다. 모두가 자신의 몸을 기준으로 내각(內角)으로만 끊어 쳐내는 짧은 타격들이었다. 그럼으로써 상대의 틈을 파고드는 동시에 또한 상대의 반격에 대비하는 걸로 보였는데, 철민의 느낌에 그것은 무슨 무공 수법이라기보다는 그야말로 숱한 싸움을 거치면서 몸으로 익혀진 요령 같았다.

능운은 허우적거리며 연신 뒷걸음질을 쳤다. 그런 능운을 집요하게 따라붙으며 율도린의 타격은 계속되었다. 끝장을 낼 때까지 결코 멈추지 않겠다는 집요함이 엿보였고, 율도린이 왜 투귀라고 불리는지에 대해 새삼 실감나게 해주는 광경이었다.

어느 순간 돌부리에 발이라도 걸린 듯이 휘청한 능운이 바닥으로 쓰러지고 말았다. 지체없이 그 위로 올라타 앉은 율도린이 가차없이 주먹을 내리꽂았다.

퍼펙! 퍼퍼펙! 능운의 얼굴은 순식간에 피범벅으로 변했다. 그때였다.

"멈춰!"

날카로운 호통 소리와 함께 신형 하나가 번뜩하며 한데 엉킨 두 사람에게로 쏘아갔다.

펙! 머리를 차인 율도린이 능운에게서 떨어지며 바닥으로 나뒹굴었다. 그 일격의 충격이 상당히 컸던 듯이 율도린은 땅바닥에다 얼굴을 박은 채로 잠시간 일어나지를 못하였다. 그러나 잠시 후, 힘겹게 바닥을 밀며 몸을 일으켜 세운 율도린은 그를 바닥에 나뒹굴게 만든 자, 종헌을 향해 빙글거리며 웃었다. 온통 벌겋게 변한 그의 입 안은 징그러우면서도 섬뜩하게 보였다.

"그래, 좋다! 내 안 그래도 너희 세 놈을 차례로 손봐줄 참이었는데, 귀찮게 한 놈씩 깔짝거릴 것 없이 세 놈이 한꺼번에 덤벼라! 자! 청룡단의 애송이 새끼들아! 덤벼라!"

율도린의 악다구니에 종헌이 차라리 질린다는 기색이 되고 말 때, 바닥에 쓰러져 있던 능운이 힘겹게 몸을 일으켰다.

퉤! 거칠게 뱉어낸 능운의 침은 벌건 핏덩어리였다. 돌연 한쪽 옆에 어정쩡하게 서 있던 악비상에게로 달려가 맡겨두었던 자신의 검을 낚아챈 능운이 검을 뽑아 들면서 그대로 율도린을 향해서 돌진해 갔다.

"이놈! 죽여 버린다!"

울부짖듯 외치며 서슬 퍼런 그의 검은 곧장 율도린을 찔러갔다.

"안 돼!"

뒤늦게 악비상이 놀란 외침을 발했다. 그러나 그때에 율도린은 오히려 느긋하게 뒷짐을 졌다. 이어 그의 얼굴에 웃음기가 번지더니 이내 환하게 웃는 웃음이 되었다. 피로 벌건 입속에서 언뜻 하얗게 보이는 그의 치아가 차라리 눈부셨다.

"멈추게!"

호통치며 쾌속하게 달려와 일초 신묘한 금나(擒拿)수법으로 능운의 검 든 손목을 움켜잡은 것은 종헌이었다.

"이거 놔! 내 오늘 저놈을 기필코 죽이고야 말겠어!"

능운이 외치며 종헌의 손을 뿌리치려 할 때였다.

"우~!"

구경꾼들 중에서 누군가 야유를 보냈고, 이어 몇 곳에서 다시금 야유가 터져 나왔다.

"우우~!"

"우우우~!"

종헌이 굳은 얼굴로 가만히 고개를 가로저었고, 능운은 이윽고 손아귀의 힘을 풀고 말았다. 그들은 청룡단원이었다. 수호천의 그 어떤 젊은이들보다도 명예롭다 자부하는 그들이었으니, 이유 여하를 막론하고 지금의 이와 같은 야유를 받아서는 안 되는 것이었다. 검을 넘겨받은 종헌이 천천히 뒤로 물러설 때, 능운은 울분에 가득 찬 얼굴인 중에도 사뭇 신중하게 율도린에게로 다가섰다.

윙! 윙! 능운이 팔괘(八卦)의 장결(掌訣)을 펼쳐 내자 대번에 허공을 울리는 바람 소리가 났다. 그 한 수의 장초(掌招)에 상당한 내력이 담겼음을 말해주는 것이리라.

파라라라랏! 한순간 세찬 바람에 옷자락이 거세게 날리는 듯한 파공성이 일더니 돌연 한 무리의 빽빽한 장영(掌影)이 일어나 율도린의 얼굴과 가슴 부위를 한꺼번에 덮쳐 갔다. 그것이야말로 수호천이 자랑하는 장법절초(掌法絶招) 중의 하나였다. 또한 능운이 고련하여 연마한 무공장기(武功長技)였다.

율도린은 그 막강한 수법을 막아낼 도리가 도저히 없는 듯이 멀거니 그 한 무리의 장영이 덮쳐 오는 것을 바라보고만 있었다.

그런데 바로 다음 순간이었다. 율도린의 몸이 뻣뻣한 채로 그대로 뒤로 넘어가 버렸고, 동시이다시피,

퍽! 둔탁한 소리와 함께,

"악!"

짧지만 더 할 수 없는 고통을 호소하는 비명이 터져 나왔다.

새우처럼 바짝 움츠러든 모양새로 바닥에 가로누운 능운은 민망하게도 국부를 움켜잡은 채로 입을 딱 벌리고 있었다. 벌떡 몸을 일으킨 율도린이 곧장 양 무릎으로 능운의 가슴을 찍어 누르며 올라타서는 예외없이 속사포 같은 주먹을 아래로 내리꽂았다.

퍽! 퍼퍽! 퍽! 퍼퍼퍽!

곧바로 율도린의 주먹을 따라서 흥건히 피가 튀었고, 치는 대로 이리저리 힘없이 흔들리는 머리를 보아 능운은 그대로 의식을 잃고 만 것 같았다.

"이놈! 비겁하다!"

"이 악랄한 놈! 사파(邪派)의 무리도 쓰지 않을 악독한 수법을 쓰다니!"

그제야 사태를 파악한 듯이 종헌과 악비상이 격하게 외치며 달려왔다.

퍽! 팍! 두 사람이 동시이다시피 차낸 일각일퇴(一脚一腿)에 율도린의 몸은 간단히 허공으로 떠올랐다가는 그대로 바닥으로 내팽개쳐졌다. 그리고 종헌이 능운의 상태를 살피는 동안, 분이 풀리지 않은 악비상은 바닥에 널브러진 율도린의 얼굴과 몸을 사정없이 짓밟았다.

콱! 콰악! 퍽! 퍼억! 율도린은 비명도 지르지 못하였다. 벌레처럼 잔뜩 몸을 말고 있는 그의 입과 코로 꾸역꾸역 피를 게워지고 있었다.

"저런! 저를 어째?"

"저러다가 살인나겠네?"

구경꾼들 중에서 걱정스러운, 그러나 여전히 구경꾼다운 수군거림이 흘러나왔다.

철민은 저도 모르게 흠칫 진저리를 치고 말았다. 피거품 가득한 율도린의 입속에서 언뜻 비치는 흰빛을 보고서였다.

'이런 와중에도 설마 웃고 있는 걸까?

6

'피하고 싶다! 이 상황에서!' 솔직한 철민의 심정이었다. 처음부터도 그랬다. 그러나 그 자신이 이 싸움의 빌미가 되어버린 감도 없지 않는데다, 율도린이 그처럼 악착을 부리는 이유가 어쨌든 예인후에 대한 나름의 충정으로 볼 수 있는 것이고, 철민이 또한 예인후에게 호감을 가지고 있는 입장에서 그냥 도망치듯이 슬쩍 자리를 피해 버리기에는 영 마음이 찜찜하였기에 지금껏 지켜보고 있었던 것이다.

그러나 지금 청룡단원 하나가 아주 죽일 듯이 율도린을 짓밟고 있는 광경에서는 철민이 더 이상은 구경꾼으로만 있을 수가 없었다.

"그만하시오! 그러다가 사람 죽겠소!"

철민이 달려나가며 크게 외쳤다. 그러나 스스로의 흥분을 주체하지 못하는 모양으로 악비상은 모진 발길질을 조금도 늦추지 않았다. 철민이 일단은 말리고 봐야겠다는 마음이 급하여 대뜸 악비상의 어깨를 잡아당겼다. 그런데 순간 악비상이 움찔 반응하는가 싶더니 곧바로 양 주먹을 뻗어내는 것이 아닌가?

팟! 파앗! 그 쌍권(雙拳)이 지극히 빠르고 사나웠기에 철민이 피할 생각은 미처 못하고 급한 김에 마주 양손을 뻗어냈다. 그런데 그 스스로는 전혀 의식하지 못했지만, 양 팔꿈치를 각각의 한 점(點)에다 고정시키듯이 두고 그것을 중심으로 적당히 편 양 손바닥을 부드럽게 회전시키는 그 동작은 바로 이십사초 재활체조 중의 한 가지였다. 우연이었을까? 한순간 상대의 양 손목이 모두 그의 양쪽 손아귀로 들어왔기에 철민은 생각하고 말고 할 것도 없이 그대로 콱 움켜잡고 보았다.

그러나 막상 악비상은 크게 당황하는 기색이 아니었다. 오히려 미리 예상이라도 하고 있었다는 듯이 순간 그의 무릎이 철민의 명치 어림을 찍어왔다. 그러니 철민으로서야 두 손이 자유롭지 않은 터에 어떻게 대응할 방도를 떠올리지 못하는데, 머리보다는 그의 몸이 먼저 반응했다.

확! 철민이 거칠게 양손을 잡아채자 상대의 몸은 휘청거릴 틈도 없이 그대로 끌려왔다. 순간 철민은 잡고 있던 상대의 양 손목을 놓아주는 동시에 오른팔로 상대의 목을 휘감고는 다시 왼손으로 오른 손목을 잡아 고리 형태로 잠가 버렸다.

그야말로 얼떨결에 그렇게 하고 나서 철민이 뒤늦게 생각을 정리해 보니, 그 일련의 동작은 그에게 제법 익숙한 데가 있었다. 일단 고리를 만드는 데 성공한 이상에는 그 어떤 상대라도 제압할 자신이 있는, 그만의 필살기였던 것이다.

악비상의 입장에서도 미처 상상하지 못했던 수법에 얼떨결에 당하는 처지라 철민이 철통의 고리를 완성시킨 다음에야 화들짝 당황하며 그 고리를 풀어내려 했다. 그러나 이미 늦었다. 그가 몇 종류의 금나수법을 동원하고 또 전력을 다해보았지만, 그 철통의 고리는 그야말로 요지부동, 꿈쩍도 하지 않았다. 철민이 지그시 힘을 가해 고리를 조이자 악비상이 참지 못하고서,

"크윽!"

하고 대번에 고통을 호소했다.

"이제 그만합시다."

철민이 작은 소리로 말했다. 항복의 권유였다. 그러나 악비상은 대답 대신 온몸으로 버텼다. 그런 태도에서는 죽어도 항복은 안 하겠다는 결연한 고집이 비쳤다.

철민은 문득 짜증이 일었다. 자신이 결국은 이런 상황에 개입되고 만 것에 대해서. 더욱이 지금 청룡단원의 목을 조이고 있는 상황에 대해서.

'이제부터 어떻게 감당할 것인가?'

금방이라도 뽑아 들듯이 칼자루에 손을 댄 채 다가서고 있는 종헌과 능운 두 사람부터가 당장의 위협이었다.

"야, 이 새끼들아! 너희들 상대는 나야!"

비틀거리며 일어선 율도린이 피투성이인 채로 두 사람을 막아섰다. 그러니 다만 악과 깡일 뿐이었다. 종헌과 능운이 일단 검을 뽑아 든다면, 그때부터의 사태는 그들 자신을 포함해서 이 자리의 누구도 감당하지 못할 최악의 국면으로 치달을 게 뻔했다.

'제기랄! 뭔 수를 내긴 내야 하는데……'

철민이 빠르게 염두를 굴렸고, 급하게 생각을 정리했다. 그것이 호수(好手)가 될지 악수(惡手)가 될지 되짚어볼 겨를은 없었다.

'아무 짓도 안 하고 무대책으로 있는 것보단 낫다!'

"으으~!"

결연히 버틸 기세이던 악비상이 돌연 작은 소리를 흘려냈다. 아주 작은 소리였고, 더욱이 고통을 호소하는 소리 같지는 않았다.

그러나 헤드록이었다. 철민은 지금 오른 손목의 엄지에서 손목까지 연결되는 뼈로 악비상의 광대뼈를 누르고 있는 중이었다. 이내 힘을 주어 세게 누르자 효과는 '직방'이었다.

"아아… 아아아아!"

제 딴에는 참는다고 억누르는 것이지만, 참을 수 없는 고통이 담긴 소리였다. 다만 아직까지는 고통을 주는 자와 고통을 받는 자를 제외한 나머지 사람들은 미처 그 소리에 담긴 사정을 제대로 짐작하지 못하고 있었다.

"그만합시다."

철민이 작은 소리로 속삭일 때 악비상은 마침내 참지 못하고 소리를 내지르고 말았다.

"그만! 그마~안!"

그들 세 명의 청룡단원은 아무 말 없이 잰걸음으로 그곳을 떠났다, 저마다 고개를 푹 숙인 채. 셋 중 악비상의 어깨가 유난히 처져 보였다.

악비상! 명예로운 청룡단원인 그는 많은 사람들이 부러워하는 명예를 가졌고, 그 명예에 대해 스스로도 커다란 자부심을 가지고 있었지만, 지독한 고통 앞에서는 결국 무릎을 꿇고 말았다. 그런 걸 보면 역시 세상의 사내들 중 거의 대부분은 보통의 평범한 자들이다. 어쩔 수 없이.

철민은 문득 한 사람을 떠올렸다.

'예인후!' 그라면 '거의 대부분'에 속하지 않을 것이라는 생각이 새삼스레 불쑥 드는 건 왜인지…….

7

"씨파! 무슨 구경났어? 투귀 싸우는 거 처음들 봐? 그래, 이 투귀가 피 철갑된 거 보니까 좋냐? 좋아? 아주 앓던 이가 빠진 것마냥 시원들 하냐고?"

율도린의 악다구니에 구경꾼들은 가까운 곳에서부터 슬금슬금 물러났고, 그와 눈이라도 마주칠라 치면 화들짝 눈길을 피했다. 율도린이 다시,

"가! 가서 할 일돌 하라고! 한 일 없으면 낮잠이나 처자빠져 자든지!"

하고 포악스럽게 외치며,

"카악, 퉤!"

하고 누런 가래침을 공중에다 뱉기까지 하자, 구경꾼들은 이윽고 사방으로 흩어져 버렸다. 그리고 큰길은 금방 한산하던 본래 그맘때의 풍경으로 돌아갔다.

"어이! 제법 하던데?"

칭찬인지 비아냥거리는 건지 절뚝거리며 다가선 율도린이 불쑥 뱉었다. 그리고는 피투성인 채의 얼굴로 씩 웃는데, 그 입

속에는 아직도 피가 그득하였다. 그런데 역시나 제 버릇 개 못 준다고,

"근데, 다 좋은데 말이야, 다음부터는 남의 일에 톡톡 끼어드는 그 주제넘은 버릇은 좀 고쳐!"

하며 금세 시비를 거는 율도린에 대해 철민은 어쩔 수 없이 울컥하는 기분이 되고 말았다. 게다가 아직까지 채 가라앉지 않은 방금 전의 흥분이 더해져서였을까? 이제까지 순순히 받아주었던 그 반말지거리부터가 확 열을 받치게 만드는 것이었다. 그러나 한 번만 더 참는다는 심정으로 철민이 억지로나마 고개를 끄덕여 주고는 말없이 몸을 돌렸다.

'상대를 말자!' 잠시라도 같이 있고 싶은 인간이 아니었다. 그런데 율도린이 또 무엇이 못마땅했던지 성큼 따라붙으며 덥석 철민의 어깨를 틀어잡는 것이었다.

"이봐! 벙어리야? 사람이 뭔 말을 했으면 이렇다 저렇다 대답은 하고 가야 할 거 아냐?"

그에 철민이 이윽고는 울컥 치미는 화를 참지 못하여,

"이거 놓으시오!"

하고 거칠게 율도린의 손을 떨쳐 냈다. 그러나 곧바로 '아차!' 후회하고 말았다. 상대가 어떤 인간인지 깜빡 간과하고 만 것에 대해.

아니나 다를까, 율도린이 인상을 확 그리더니,

"지금 나한테 성질 부린 거니?"

하고는 곧바로,

"이런, 씨이~벌!"

욕이 튀어나오는 동시에 주먹이 날아왔다.

"어, 엇?"

황망한 중에 철민이 무작정 양팔을 앞으로 뻗고 보았다. 뭘 어떻게 해보겠다는 것이 아니라, 일단 율도린과의 거리라도 좀 벌려보려는 다급한 시도였다. 그리고 요행히 율도린의 주먹을 제쳐 내며 약간의 거리를 벌릴 수 있었는데, 한번 흥분한 율도린은 그야말로 미친놈처럼 마구 치고 차며 덤벼들었다. 그 독기와 광기와 집요함이라니……. 놈이 왜 투귀라고 불리는지 철민이 다시 한 번, 아니, 이제야말로 정말 제대로 실감이 되는 순간이었다.

그런데 마구 내지르는 놈의 주먹과 발길질에 맞지 않으려고 철민이 또한 양손을 어지럽게 내두르는 중에, 어찌 된 일인지 이번에도 우연스레 율도린의 양 손목을 잡을 수가 있었다. 그리고 일단 잡은 이상 힘에는 자신이 있었으니, 철민이 대번에 율도린의 한 팔을 꺾어서 등 뒤로 돌려 버렸다.

우두둑! 뼈마디 부딪는 소리가 제법 컸다. 그런데 팔이 곧 부러지고 말 지경인데, 율도린은 문득 온몸에서 힘을 쭉 빼버리더니 오히려 기세가 등등하여 고함을 질렀다.

"흥! 팔을 부러뜨리시게? 그래, 이놈아! 팔을 부러뜨리든지 다리를 부러뜨리든지, 아니면 아예 목을 부러뜨리든지 어디 네놈 맘대로 한번 해봐라!"

그런데 그 순간 '그래?' 하듯이 놈의 팔을 풀어준 철민이,

대신에 재빨리 놈의 목을 감아서 조였다. 그리고 이제는 사뭇 익숙하게 철통 고리를 완성하였다.

철민이 그제야 한숨을 돌리는데, 율도린이 돌연 두 팔로 그의 허리를 감더니 오히려 더 깊숙이 목을 밀어 넣으려는 것이었다. 역시나,

'어디 한번 죽여봐라!'

하는 독기일 터였다. 그런 다음에야 철민이 취할 수순은 당연히 '헤드록' 이었다.

"큭!"

역시 헤드록의 효과는 '직방' 이었다. 율도린이 금방 고통의 신음을 뱉었으니, 철민이 처음으로 들어보는 것이었다.

그런데 율도린이 이어서 흘려내는 소리가 좀 이상했다.

"크윽! 크흐흑! 흐흐흐흐!"

신음인지, 비명인지, 아프다는 건지, 우는 건지, 웃는 건지, 아무튼 애매했다. 그러나 분명한 것은 그가 여전히 항복을 하지 않고 있다는 사실이었다. 철민이 그에게 가하고 있는 고통의 강도는 '명예로운 청룡단원이었지만, 결국은 보통의 평범한 사내였던' 악비상에게 가했던 정도를 이미 한참이나 넘고 있는데도 말이다.

철민은 계속 철통 고리를 유지하고는 있는 중이었으나, 더 이상 헤드록을 걸지는 않았다. 율도린 역시도 철통 고리 안에 목이 갇힌 채였으나 이제 저항은 체념한 듯했다. 그렇게 큰길 가운데서 그들 두 사내가 만들고 있는 광경은 사뭇 어색하고

도 애매한 데가 있었다.

그때 큰길 저쪽에서 한 사람이 날렵하게 달려오고 있었는데, 그 사람의 경신 재주는 놀라울 정도로 빨라서 금방 철민과 율도린의 곁에 당도했다. 그는 바로 예인후였다.

예인후는 우선 황당해했다. 그도 그럴 것이, 그는 율도린과 청룡단원들 간에 큰 싸움이 벌어졌다는 소식을 접하고서 황급히 달려온 것인데, 막상 와서 보니 전혀 뜻밖으로 율도린과 철민이 다투고 있는 형국이 아닌가? 그것도 사뭇 어색하고도 애매한 모습으로 말이다.

"철 형! 율 형! 이제 대체 어떻게 된 일입니까?"

역시 예인후였다. 다만 그 한마디만으로 상황은 대번에 정리되었다. 철민과 율도린은 누가 먼저랄 것도 없이 '후다닥!' 멸어졌고, 와중에도 넙죽 예인후에게 허리를 숙여 보인 율도린은 그대로 꽁무니를 빼고 말았다.

철민은 뜯어보는 예인후의 눈길을 피해 애꿎은 하늘만 올려다보았다. 화사하던 햇빛이 문득 따갑게 느껴졌다.

第四十二章

시비(是非)

몽상가

몽상가

1

"나 때문이라고? 내가 뭘 어쨌기에? 그날 문제를 일으킨 건 어디까지나 투귀였어! 나는 그저… 그자가 너무 심하게 당하기에, 그러다가 큰일이 벌어질까 걱정돼서 그렇게 할 수밖에 없었던 것이라고! 정말로 나 아니었으면 그날 투귀는 죽었을 수도 있었다니까!"

[그렇지만 당신의 개입으로 인해서 더 큰 문제가 불거지게 되었는걸요?]

"그건 또 무슨 소리야?"

[만약 투귀만의 문제였다면 그것이 아무리 큰 문제라고 하더라도 차라리 차분하게 상응하는 조치들이 취해졌을 거예요. 지금까지 늘 그래 왔던 것처럼요. 그러나 이번 경우에는 당신

으로 인해 문제가 몹시 복잡해져 버렸어요.]

"복잡해졌다고? 나 때문에? 허 참! 그래, 나 때문에 무슨 문제가 어떻게 복잡해졌는데?"

[당신은 어디까지나 외부인이에요. 더욱이 강호신진백강의 서열 십위라는 명성을 가지고 있지요. 그런 당신이 본 천의 정예무사에게 패배를, 그것도 치욕적인 패배를 안겼다는 건 분명히 문제가 되는 것이죠. 더욱이 본 천의 영내에서 많은 사람들이 보는 앞에서 벌인 일이니, 그건 바로 본 천의 명예를 공개적으로 훼손시킨 것이 되죠.]

"제기랄! 그래, 다 나 때문이고, 다 내 잘못이다! 됐냐?"

예인후가 내내 무거운 얼굴로 말수가 확 줄어든 데다, 예인화마저 그를 추궁하다시피 하는 데 대해 철민으로서는 사뭇 억울하다는 심정이 되지 않을 수 없었다.

2

청룡단 부단주 진호양이 한 무리의 청룡단원들을 대동하고 정의대로 온 것은 그 '말썽'이 있은 바로 이튿날 오후였다.

"어제 벌어진 불미스러운 사건에 대해 본 단의 당사자들에 대해서는 이미 조사를 마쳤고, 이제 함께 사건을 일으킨 인물들을 찾고 있는 중일세. 혹시 예 대주는 율도린의 행방을 알고 있는가?"

그를 맞아 연무장까지 나온 예인후를 보자마자 진호양은 대뜸 그렇게 물었다.

예인후의 짙은 눈썹이 미미하게 꿈틀거렸지만, 내놓은 대답은 간단하였다.

"알지 못합니다."

"흠! 그런가? 예 대주가 평소 그자와 친분이 각별했음에도 행방을 알지 못한다니, 아무래도 이자가 이번에는 제 잘못이 결코 가볍지 않다는 계산을 하고서 약삭빠르게도 아예 멀리 도망을 친 모양이로군."

그러면서 진호양의 시선은 문득 멀찍이 떨어져 서 있는 한 사람에게로 향했다.

"저이 또한 사건의 당사자 중 한 사람이니 본 단으로 소환을 해가야겠네."

순간 예인후의 얼굴이 확연히 굳어졌다. 진호양이 '저이'라고 호칭한 사람은 바로 철민이었다.

"그럴 수는 없습니다. 저분 철 형은 손님으로 본 대에 머물고 있는 중이니 그런 무례를 범할 수는 없습니다!"

그러나 진호양은 가볍게 고개를 저었다.

"사안이 가볍지를 않네. 그리고 내가 알아본 바로 본 천에서 공식적으로 저이를 초청한 바는 없으니, 저이가 예 대주의 사적인 손님일지는 몰라도 본 천의 손님이라고 할 수는 없지 않겠는가?"

"철 형이 본 대에 머무는 것에 대해서는 일찍이 상부에 보고하고 허락을 받았으니 그는 분명 본 천의 손님입니다."

예인후는 사뭇 단호한 모습이었다. 적어도 평상시의 누구에게나 부드럽고 정중하던 모습과는 확연히 달랐다. 진호양의 미간이 설핏 좁혀졌다.

"나 역시도 임의로 이리하려는 것이 아니라 윗전의 명을 받았음일세. 하니 다소간 예 대주를 곤란하게 만드는 한이 있더라도 어쩔 수가 없겠네."

"그럴 수 없다고 했습니다!"

"예 대주!"

두 사람 사이의 분위기에 돌연 날이 섰다. 그러나 진호양의 뒤쪽으로 늘어선 열 명의 청룡단원은 지금 감히 진호양에게 기세를 보태지 못하고 있었다. 어느 틈엔지 백여 명에 이르는 정의대원들이 연무장 전체를 빙 둘러싸고 있었기 때문이다. 누구도 소리를 내지 않았고 차분한 분위기였지만, 그들은 한 치의 흐트러짐도 없는 절도와 예기를 뿜어내고 있었다.

연무장의 분위기가 삼엄하게 변한 그때, 다리를 절뚝이는 한 사람이 정의대원들의 사이를 뚫고서 안쪽으로 들어섰다. 그는 바로 투귀 율도린이었다. 그를 보자마자 진호양이 대뜸,

"저자를 체포해!"

하고 청룡단원들에게 명했고, 청룡단원들은 지체없이 검부터 뽑아 들었다. 명을 집행하는 데 있어 항거하는 자는 누구라도 결코 용납하지 않겠다는 단호한 의지의 표현이었다. 그러나 그때,

"멈추시오!"

하고 외치는 예인후의 호통이 있었고, 청룡단원들은 감히 가볍게 여기지 못하여 멈칫 기세를 늦추고 말았다. 순간 진호양의 얼굴이 와락 일그러졌다.

"뭣들 하고 있는 게냐? 즉시 체포하라는 데도?"

그 서슬에 청룡단원들이 재차 기세를 돋우며 율도린을 향해 나아갔다. 그런데 다시 그때였다.

차차~창! 차차차차~창!

실로 거창한 소리가 일어났는데, 그것이 백여 자루의 검이 일제히 뽑히는 발검음(拔劍音)이었으니, 그 웅장하고도 거대한 기세에 청룡단원들은 그만 얼어붙은 듯이 그 자리에 멈춰 서고 말았다. 그리고 정의대원들 중에서 누군가 크게 외쳤다.

"대주께서 멈추라면 멈추어야 한다!"

또 다른 누군가가 받아서 외쳤다.

"정의대~!"

그러자 이번에는 일백 명이 동시에 외쳤다.

"정의대~!"

구호 소리가 연무장을 쩌렁쩌렁 울렸으니, 그 위압적인 기세에 청룡단원들은 주춤주춤 뒷걸음질을 쳐서 다시 원래의 자리로 돌아갈 수밖에 없었다. 진호양이 잔뜩 굳은 얼굴로 주변을 한 바퀴 돌아보고 나서 무겁게 가라앉은 목소리로 예인후를 향해 물었다.

"예 대주! 지금의 이 상황은 무슨 뜻인가?"

예인후가 대답하기보다는 사방의 정의대원들을 향해 단호

한 목소리로 명령했다.

"정의대는 검을 거두어라!"

그 명령이 떨어짐과 동시에,

차차~착! 차차차차~착! 하는 소리와 함께 백여 자루의 검이 일제히 거두어졌다.

"정의대는 검을 거두었습니다만?"

담담하게 말하는 예인후를 날카롭게 노려본 후에 진호양은 청룡단원들을 향해 나직이 명했다.

"검을 거두어라!"

명을 받고 검을 거두어들이는 청룡단원들은 차라리 안도하는 듯한 기색들이었다. 그때,

"예 대주님과는 애초부터 아무 상관도 없는 일이오. 내 발로 따라갈 테니 거 괜히 엉뚱한 데다 트집 잡지 마쇼!"

다리를 절뚝거리며, 그런 중에도 몸에 밴 듯이 건들거리며 다가온 율도린이 진호양을 향해 말했다. 그리고 그는 다시 철민이 있는 쪽을 건너다보며 사뭇 못마땅하다는 듯이 소리쳤다.

"어이, 거기! 그쪽은 뒤로 빠져 있으려는 수작이야? 사내자식이 그러면 안 되지! 자신이 한 일로 다른 사람에게 민폐를 끼치면 안 되는 거지! 이 사람들이 그쪽도 필요하다고 하잖아? 가자고! 같이 가서 우리 선에서 깨끗하게 해결을 보자고! 사내답게 말이야!"

철민이 어이없는 심정이 되고 말았다. 그러면서도 새삼스러

운 것은 예인후에 대한 율도린의 정성이 참으로 대단하다는
것이었다. 온전치도 않은 몸을 하고서 제 발로 여기까지 찾아
온 것과 지금 그와 함께 청룡단으로 가서 '우리 선에서 깨끗하
게 해결을 보자고' 하는 것이 다 예인후에게는 조금이라도 곤
란을 겪지 않게 하려는 마음이 아니겠는가?

그러나 그때 예인후가,

"율 형, 이쪽으로 물러서시오! 여기는 정의대의 담장 안이니
만큼 율 형도 내 말을 가벼이 여겨서는 안 되오! 즉, 내가 가라
고 하지 않는 이상, 율 형은 청룡단으로 갈 수 없소!"

하고 나직하나 힘있게 말했고, 그 즉시로 율도린은 마치 엄
명이라도 받는다는 듯이 곧바로 율도린의 옆쪽으로 물러서며
얌전히 서는 것이었다.

"예 대주는 끝내 공무(公務)를 방해할 참인가?"

진득한 노기가 담긴 진호양의 말에 대해 예인후는 문득 천
천히 어깨를 폈다.

"지금 공무라고 하셨습니까?"

"분명히 그리 말했네!"

"하면 누구의 명으로 이루어지는 공무인지 물어도 되겠습
니까?"

"물론 본 단 단주님의 명이시네!"

"그렇다면 제가 공무를 방해한다는 그 말씀은 부당한 것입
니다!"

"부당해?"

“그렇습니다. 정의대는 청룡단의 하급 기관이 아닙니다. 한데 사전 협조조치도 없는 사안이 어떻게 공무가 될 수 있으며, 그런 사안에 대해 합당한 이의를 제기하는 것이 어떻게 공무를 방해하는 것이 된단 말입니까?”

“무엇이? 예 대주는 지금 천(天) 내의 서열 체계를 부정하고, 그럼으로써 엄정을 기해야 할 기강을 흔들겠다는 말인가?”

“명목상의 서열에 있어서는 귀 단이 본 대에 앞서 있다고 할 수 있을지 몰라도 결코 지휘 선상의 상하 관계에 있다고는 생각하지 않습니다! 그러니 본 대주에게 이 일이 공무임을 주장하시려면, 그전에 총사원(總事院)의 협조 지시부터 받아오는 것이 마땅할 것입니다!”

“아니, 이자가 끝내?”

진호양이 이윽고는 노기를 참지 못하겠던지 성큼 허리에 찬 검을 잡아갔다. 비록 예인후가 곧바로 상응한 움직임을 취하지는 않았지만, 진호양의 행위만으로도 주변 일대는 대번에 숨 막힐 듯한 긴장 상태로 돌입했다.

청룡단 부단주와 정의대 대주의 대치였다. 그러나 그런 표면적인 것 외에 지금의 대치에서 보다 폭넓게 의미를 찾으려는 사람도 없지는 않을 것이다. 특히 정의대원들 중에서.

예인후의 성품이 원래 유하고 겸손하기도 하지만, 청룡단에 대해서는 더욱이 한 발씩 양보하는 입장을 취해온 것이 사실이었다. 그런 점에 대해서 정의대원들이, 모든 객관적 비교에 있어서 명백한 열세에 처해 있는 예인후로서는 그럴 수밖에 없으리라고 인정을 하면서도, 그래도 원망 아닌 원망을 해온 것 또한 사실이다. 그런데 지금 예인후는 드디어 정의대원들이 그동안 품어온 원망을 단숨에 씻어주는 당당한 면모를 보이고 있었다. 다른 사람도 아닌 청룡단 부단주 진호양을 상대로 말이다.

사실 진호양은 청룡단 부단주의 지위보다 훨씬 더 대단한 배경 내력을 지닌 인물이었다. 바로 사천주(四天主) 진무극(陣武極)의 손자인 것이다. 진무극은 누구도 이의를 제기하지 않는 현 수호천의 최강 무인이다. 이십 년 전 정마대전에서 기라성 같은 잠마련의 절대고수들과 맞붙어 단 한 번의 패배도 기록하지 않음으로써 이미 무적 고수의 전설을 만들어낸 바 있는 그였으니, 현재에 이르러 그의 무공은 왕년의 일천주(一天主) 위싱제(威上諸)의 경지마저 넘어섰을 것이라는 평가를 받고 있다.

그런 막강한 배경에도 불구하고 진호양이 다만 청룡단의 부단주라는 직책에 머물고 있는 데 대해서는 아마도 삼천주 상조위와 청룡단주 상군환 조손의 권위에 대비되거나, 나아가 대치되는 것으로 비치는 일을 근원적으로 차단하려는 진무극 조손의 자중, 혹은 그들끼리의 암묵적 합의 같은 게 있을지도 모른다는 조심스러운 추측이 있기도 했다.

어쨌든 지금 예인후의 모습은 참으로 당당하였다. 정말로 헌앙하여 그에게서는 마치 무형의 빛이 우러나고 있는 듯하였다. 그런 것이야말로 평소 돋보이지 않던 그의 진면목이던가?

챙! 진호양이 돌연 발검하여 가슴을 겨누었을 때, 예인후는 놀라 피하거나 맞대응을 하기보다는 천천히 한 손을 머리 위로 들어 올렸다. 진호양의 발검과 동시에 일제히 검 자루를 잡아간 정의대원들을 통제하는 손짓이었다.

그러나 정의대원들의 검은 뽑히지 않았으되 그들이 뿜어내는 서릿발 같은 예기로 인해 주변 일대는 일촉즉발의 긴박감에 휩싸이고 말았다. 진호양의 얼굴에도 확연한 긴장이 감돌았다.

"지금 내게 검을 겨눈 것이오?"

담담한 투로 묻는 예인후의 얼굴에는 엷은 미소마저 떠올라 있었다.

파르르! 진호양의 검극이 미세하게 흔들렸다.

"진정 나와 검을 맞댈 용기가 있는가?"

진호양의 차가운 응수에 대해 예인후는 당장에 대답하지 않고 잠시 담담한 눈길로 진호양을 바라보다가 돌연 낭랑한 대소를 터뜨려 냈다.

"하하하하! 용기가 있다 뿐이겠습니까? 부단주께서 기꺼이 도전의 기회를 주시겠다니 저로서는 크나큰 영광입니다."

이어 예인후는 성큼성큼 연무장의 가운데를 향하여 걸어나갔다. 그리고 우뚝 멈추어 서며 천천히 검을 뽑았다.

스르릉! 맑은 검명이 선명할 정도로 주위는 고요했다. 천천히 중단세(中段勢)를 취하며 예인후가 낭랑히 외쳤다.

"강호신진백강의 서열 구위 자 예인후가 서열 사위인 진양호 대협의 승낙하에 감히 일전을 청하는 바입니다!"

순간 진호양의 표정에는 갑작스러운 당황이 스쳤다. 예인후는 지금 그가 미처 예측하지 못했던 기묘한 방향으로 국면을 전환시키고 있는 것이었다. 여태까지 논박해 온 문제들을 단숨에 일소시키면서, 다만 두 사람 간의 대결로, 그것도 충분히 명분이 있는 대결 상황으로 몰아가고 있었다.

가슴 높이로 검을 세우고서 담담히 미소를 머금고 선 예인후의 모습은, 대장부의 기개니 호연지기니 하는 말들이 모두 다 지금의 그를 묘사하기 위해 있는 것만 같았다.

철민은 지금까지 보지 못했던 예인후의 새로운 면모에서 문득 참으로 부적절하지만, 그러나 또한 참으로 어울린다 싶은 단어 하나를 떠올렸다. 카리스마!

약간의 감동 같은 것이 있기도 했다. 지금 예인후의 저처럼 멋진 당당함과 용기와 결단, 혹은 카리스마가 결코 그 자신에게 미치고 가해지는 손해나 모욕에 대한 대응이 아니라, 그가 포용하고 있거나 혹은 그에게 진정을 주고 있는 사람에게 가해지는 손해나 모욕에 대응해 분연히 떨쳐 내는 것이기 때문이리라.

예인후의 저런 면모야말로 정의대원들이 절대적인 충성을 바치고, 문제아 율도린이 무조건적인 신뢰를 바치며, 나아가 수호천의 대다수 보통 사람들이 폭넓은 지지를 보내게 만드는 이유가 되는 것이리라.

기왕에 두 사람이 다 검을 뽑았고, 더욱이 백 명이 넘는 사람들이 지켜보고 있는 마당이니 이제 대결은 피할 수 없게 된 셈이었다. 첨예하게 서로를 노려보며 두 사람이 긴장의 마지막 정점을 향해 치달으려는 바로 그때였다.

"멈추시오!"

대문 바깥쪽에서 낭랑한 호통이 터져 나왔다. 호통은 사뭇 기이하였다. 호통의 주인은 아직 나타나지도 않는 가운데, 그리 크지 않은 그 소리가 막상 고막 바로 근처에 와서는 갑자기 '우르르!' 울리는 듯이 우렁찼으며, 또한 왠지 모르게 그 말을 따르지 않으면 안 될 것같이 불안한 마음이 들도록 만드는 데가 있었다.

꼭 무슨 최면에 걸린 듯한 혼란을 떨치려 철민이 가볍게 고개를 흔드는데 다시금 그의 귓전에, 아니, 그의 마음에 속살거리며 와 닿는 깊고 부드러운 소리가 있었다.

[음공(音功)이에요!]

언제 나왔는지 안채 문간에 예인화가 기대어 서 있었다.

'음공?' 철민이 언뜻 가벼운 의문 내지는 호기심이 생겼지만, 그때 마침 정의대원들이 비켜주는 길을 따라 연무장으로 들어오는 두 사람으로 인해 '가벼운 의문 내지는 호기심' 따위는 곧바로 사라져 버렸다. 갑자기 주변이 환해졌다. 그런 착각을 줄 만큼 '잘나도 너무 잘난' 두 사람은 바로 상군환과 위려려였다.

"두 분! 지금 무슨 경망스러운 행동들입니까?"

상군환의 위엄을 담은 질책에 진호양이 마지못한 듯이 먼저

검을 거두었고, 뒤이어 예인후 또한 천천히 검을 거두어들였
다.

그런데 그때 철민은 그만,

"허~!"

하고 저도 모르게 가느다란 한숨을 뱉고 말았다. 잠시간 그
를 감동시켰던 것들이 갑자기 사라져 버리는 데 대한 짙은 안
타까움 때문이었다. 예인후에게서 빛나던 당당함과 용기, 그
리고 결단과 카리스마 같은 것들이 아침 햇살에 스러지는 안
개처럼 한순간 사라져 가고 있었다.

3

"진 부단주, 사건에 관계된 인사들을 잡아들이라고 했을 텐
데, 어찌하여 지체하고 있는 것입니까?"

"예 대주 때문입니다!"

"그게 무슨 말입니까?"

"예 대주가 말하기를, 정의대와 청룡단은 지휘 선상의 상하
관계에 있지 않으므로 총사원(總事院)의 협조 지시가 있지 않
고는 청룡단이 저들 두 사람을 체포하는 것에 대해 묵과할 수
없다고 했습니다."

진호양은 복잡하게 상황 설명을 하기보다는 예인후가 했던
말을 요약하여 전했다.

상군환이 대번에 불쾌한 기색으로 되었으나, 애써 참는다는

듯이 표정을 바로 하며 이번에는 예인후를 향해 물었다.

"예 대주, 사실이오?"

"사실입니다."

예인후의 차분하고도 간결한 대답에 상군환이 이윽고는 미간을 깊게 찡그리며 다시 물었다.

"하면, 이제 본 단주가 직접 문제의 두 사람을 데려가겠다고 해도 예 대주는 여전히 같은 입장을 견지할 것이오?"

예인후의 눈길이 언뜻 위려려에게로 향했다. 그러나 이내 다시 상군환을 향하며 담담하게 대답했다.

"제 입장에는 변화가 없을 것입니다!"

상군환의 얼굴이 와락 일그러지는 순간, 그가 미처 노기를 터뜨려 내기 전에 맑은 목소리 하나가 경쾌한 느낌으로 끼어들었다.

"총사원이 예 대주님의 편을 들어주기는 어려운 일이 아닐까요?"

위려려였다. 예인후의 얼굴이 가볍게 굳어졌고, 상군환 또한 설핏 묘한 표정이 되었다. 잠깐 생각을 가다듬는 듯하던 예인후가,

"결과에 관계없이 총사원의 지시에 따르겠다는 것일 뿐입니다. 다만 그러한 절차가 선행되기 전에는 적어도 이곳 정의대에서 청룡단이 임의로 무력을 행사하는 것을 묵과할 수 없다는 것입니다."

하고 대답한 다음에 곧바로 율도린을 향하며 단호한 어조로

말했다.

"율 형, 그만 가시오! 정문이 번잡하니 뒷문을 이용하도록 하시오!"

그 말이 차라리 명령조였기에, 율도린이 잠깐 어깨를 움찔하고는 곧바로 몸을 돌려 안채 쪽을 향해 달려갔다. 그쪽의 정의대원들이 율도린에게 길을 열어주고는 다시 재빠르게 틈을 막아버리기까지의 일련의 과정은 그야말로 눈 몇 번 깜빡이는 동안에 일어났으므로, 진호양과 청룡단원들은 미처 어떤 대응을 하지 못한 채 그저 바라만 보고 서 있었다.

연무장에는 다시금 일촉즉발의 긴장감이 흘렀다. 상군환이 차갑게 굳은 얼굴로 예인후를 노려보는 중에 위려려가 다시 맑은 목소리로 예인후를 향해 말을 건넸다.

"방금의 처사는 도무지 평상시의 예 대주님답지 않네요."

가볍게 질책하는 듯한 느낌이 있었으나, 그녀는 곧바로 엷은 미소를 떠올리며 덧붙였다.

"어쨌든 율도린이 이미 가버렸으니 그것으로 예 대주님의 체면은 어느 정도 섰다고 할 수 있겠지요? 하면 이제는 상 단주님의 체면도 세워드려야 하지 않을까요?"

상황을 중재해 보겠다는 뜻보다는 그녀의 미소가 우선 눈부셨다. 미소를 거두지 않으며 그녀는 다시 상군환을 향하였다.

"방금 율도린을 보았으니 청룡단에서 그를 다시 잡아들이는 일이야 그리 어렵지 않겠지요?"

상군환의 고개가 가볍게 끄덕여졌다. 그런 그의 입가에 희미한 미소가 맺혔다. 차마 위려려의 눈부신 미소를 모른 체할 수 없다는 듯이.

"이렇게 하면 어떨까요? 저기 철 공자와 예 대주님 사이의 우의가 결코 가볍지는 않은 것 같으니 청룡단에서도 체포나 소환이 아닌 협조 차원에서 잠시간 동행을 청하고, 또한 사건에 대한 조사가 일정 부분 행해지더라도 예 대주께서 염려할 정도의 무리한 일은 없을 것이라는 언질 정도를 상 단주께서 해주신다면……?"

힐끗 예인후를 보고 나서 상군환은 짐짓 흔쾌한 투로 대답을 냈다.

"좋소! 위 소저가 이렇게까지 나서준 만큼 본 단주도 방금까지의 일은 더 이상 따지지 않기로 하겠소! 또한 저기 철 공자에 대해서는 본 단의 사건 당사자들과 간단한 대면 조사를 통해 몇 가지 사실들만 확인한 연후에 곧바로 돌려보내도록 하겠소!"

그것으로 모든 문제와 갈등이 다 해소되었다는 듯이 상군환은 곧바로 진호양을 향해 지시를 내렸다.

"진 부단주, 철 공자를 데려가도록 하시오!"

진호양이 가볍게 고개를 숙여 복명하고 철민을 향해 걸음을 옮겼다. 그러나 그는 이내 멈춰 서야만 했다. 예인후가 앞을 가로막아 섰기 때문이다.

"비켜서지 못하겠나?"

나직이 경고하는 진호양에 대해 예인후는 묵묵히 시선을 마주치는 것으로써 자신의 의지가 단호하다는 것을 표했다. 그에 한번 가라앉혀 놓았던 진호양의 노기가 이윽고는 폭발을 하고 만 모양이었다.

번뜩 소리도 없이 뽑힌 검이 곧장 예인후의 목을 겨눴다.

"네가 진정 죽고 싶은 것이냐?"

섬뜩하도록 짙은 살기를 담은 진호양의 위협에 대해 예인후는 차라리 담담했다. 그럼으로써 그는 자신의 의지가 얼마나 확고한지를 웅변하고 있었다. 격동을 일으킨 것은 오히려 다른 쪽이었다.

"대주께 무례하지 말라!"

정의대원들 중에서 누군가 우렁차게 외쳤고, 이어 또 다른 누군가가 외쳤다.

"정의대~!"

그러자 일백 명이 동시에 따라서 외쳤다.

"정의대~!"

그것으로 그치지 않고 쩌렁쩌렁 울리는 구호 소리는 한 발짝씩 연무장의 가운데를 향해 좁혀들었다. 잠시 지켜보고 있던 상군환이 문득 두 발을 어깨 넓이로 벌리고 우뚝 버티고 섰다.

"모두 멈춰라!"

우렁찬 외침이었다. 맑은 가운데서도 마치 사자가 포효하는 듯 우렁차기 그지없는 그 외침은, 일백 명의 거대한 구호 소리를 대번에 압도하는 데가 있었다.

그러나 아무도 멈추지 않았다. 뿐만 아니라 구호 소리는 더욱 우렁차게 이어지며 한 발짝씩 다가섰다.

"정의대~!" "정의대~" "정의대~" "정의대~"

상군환은 당황하는 기색이 되고 말았고, 그런 그의 주위를 청룡단원들이 둘러싸며 호위망을 구축하였다. 진호양은 예인후의 목에 더욱 바짝 검을 들이댔다, 정의대원들의 위협에 대해 예인후를 인질로 삼겠다는 듯이.

상황이 걷잡을 수 없는 쪽으로 흐르는 중에도 위려려는 비교적 차분한 기색을 지키고 있었다. 그녀는 지금 당황스럽다기보다는 차라리 이채롭다는 표정을 떠올려 놓고 있는 중이었다.

"진 부단주께서는 검을 거두세요!"

위려려의 그 외침에는 은연중 차가운 위엄이 서려 있었다. 진호양이 흘깃 상군환 쪽을 바라보았고, 상군환이 가볍게 고개를 끄덕이는 것을 보고는 천천히 검을 거두어들였다. 그러나 그때 진호양의 얼굴은 벌겋게 달아올랐는데, 막상은 몹시도 불만스러운 듯한 기색이었다.

"예 대주께서도 대원들을 물리세요!"

이어진 위려려의 말에 예인후가 한 손을 높이 들어 보이자, 그 즉시로 정의대원들의 구호는 일제히 멈추었다. 그러나 그들은 뒤로 물러서지는 않았다.

"상황이 더 이상 확대되어서는 안 된다는 데는 설마 두 분의 생각이 다르지는 않겠지요?"

위려려가 상군환과 예인후에게 동시에 물었으나, 막상 대답을 기다리지는 않고 곧바로 말을 이었다.

"다른 이유를 다 배제해 놓고 다만 각자 조직을 이끌고 있다는 입장만으로도 두 분은 이쯤에서 오늘의 제반 상황을 일단 마무리하시는 게 좋겠네요. 그리고 굳이 오늘이 아니더라도 다른 날 다른 방법으로도 얼마든지 다시 시시비비를 가릴 수 있을 것 같은데, 두 분 생각은 어떠신가요?"

상군환이 싱긋 여유있는 미소를 머금었다. 그리고 예인후 또한 불만이 있다는 기색은 아니었다. 그에 위려려가,

"단주님, 우리는 이만 돌아가도록 해요."

하고 상군환에게 보다 적극적인 주문을 함으로써 그 일련의 상황은 마침내 정리가 되는 듯했다. 그러나 그때 문득 진호양이 한 발을 앞으로 나서며,

"위 소저의 말씀은 아무래도 공평하지가 못하오!"

하고 이의를 제기하였는데, 그의 얼굴색이 아주 검붉게 변해 있었다.

사실 진호양은 오늘 두 번이나 검을 뽑아 들었다가 두 번 다 실속도 명분도 없이 그냥 거두어들여야만 했으니, 많은 사람들이 보는 앞에서 크게 체면을 구긴 셈이었다. 더욱이 진호양이 평상시 예인후에 대해서는 한참 어릴 뿐만 아니라 가문 내력과 무공 등 모든 면에서 그의 상대가 안 된다고 생각해 왔는데, 오늘 막상 그와 대치하였을 때 그가 보였던 기세는 전혀 예상 밖의 놀라운 것이어서 당황과 함께 일시적이나마 위축까지

느낀 바가 있었다. 그런 중에 다시 위려려의 다분히 지나친 개입은 진호양으로 하여금 일개 여인에게까지 속절없이 휘둘리고 있다는 모욕감을 느끼게 만들었다.

"그런가요? 저의 말 중 어떤 부분이 진 부단주님의 심기를 불편하게 만들었나요?"

짐짓 의아하다는 듯이 반문하는 위려려의 모습은 진호양의 분기를 더욱 부추기는 데가 있었다.

"소저의 말씀대로 우리가 이대로 돌아간다면, 결국 우리 쪽에서만 일방적으로 양보를 한 결과가 되지 않겠소?"

위려려의 고운 아미가 살짝 찡그려졌다가 다시 펴졌다. 그리고 그녀는 짐짓 공감이 된다는 듯이 고개를 끄덕였다.

"말씀을 듣고 보니 그럴 수도 있겠군요. 그렇다면 예 대주님 쪽에서도 뭔가 한 가지쯤은 양보를 해야 한다는 말씀인데… 음! 그래, 진 부단주께서는 무얼 양보받기를 원하시나요?"

그 가벼운 반문에는 약간의 조소가 깃들어 있는 것 같기도 했고, 혹은 돌연하게 양쪽에 흥정을 붙이자는 것 같기도 했다.

"다른 것은 나중에 다시 따진다 해도, 저자만큼은 오늘 반드시 데려가야 한다고 생각하오!"

진호양이 강한 어조로 말한 '저자' 는 당연히 철민이었으므로, 위려려는 힐끗 철민이 있는 쪽을 돌아보았다. 그리고 다시 진호양을 향하는 위려려의 얼굴에는 문득 엷은 미소가 떠올랐다. 상황과 분위기상 어울리지 않는다고 해야겠지만, 어쩔 수 없이 참으로 눈부신 미소였다.

"그러나 예 대주님이 저처럼 강경하기만 하니 어떻게 하죠? 그렇다고 나중의 일을 생각지 않고 무조건 밀어붙일 수도 없는 노릇이고요?"

순간 막상 진호양은 울컥하고 말았다.

"나중의 일이 어떻게 된다 해도 나는 오늘 반드시 저자를 끌고 가고야 말겠소! 정히 문제가 된다면 나 혼자서라도 그리하고야 말 것이오!"

상군환의 미간이 설핏 찌푸려졌다. 그러나 그가 개입할 틈을 주지 않고 위려려가 다시 반문했다.

"그 말씀은 곧 이 문제를 청룡단과 정의대의 차원이 아닌 부단주님과 철 공자 두 분의 개인적인 문제로 국한시킬 수도 있다는 말씀이신가요?"

순간 진호양은 얼굴을 딱딱하게 굳히더니 곧바로 대답을 하지 못하고 머뭇거렸다. 그때 위려려는 생긋 미소를 머금더니 문득 저편의 철민을 건너다보며 말을 던졌다.

"진 부단주의 지금 말씀에 대해 철 공자는 과연 어떻게 생각하는지 몹시 궁금해지는군요?"

느닷없기도 했지만, 대답할 말이 있을 리 없었고 또한 대답할 입장도 아니어서 철민은 저도 모르게 잔뜩 인상을 찡그리고 말았다.

"진 부단주의 말씀은 애초부터 사리에 맞지 않는 것인데, 거기에 대해서 굳이 철 형의 생각을 들어보아야 할 이유가 어디 있겠습니까?"

‘불편해 보이는’ 철민을 대신한다는 듯이 예인후가 꾹 닫고 있던 입을 열자 위려려는 돌연 정색하며 반박했다.

“예 대주께서는 지금 철 공자의 입장을 진정으로 대변하고 있다고 자신할 수 있나요?”

“무슨 말씀이신지?”

“철 공자는 백강의 서열 십위 자예요. 그렇다면 지금의 이런 상황이야말로 철 공자에게는 오히려 천재일우의 기회가 될 수도 있는 것 아닌가요?”

순간 예인후는 흠칫하고 말았다. 듣는 순간 무슨 의미인지가 확 와 닿았다. 자신은 왜 그런 생각을 진작에 해보지 않았는지 의아함이 들 정도였다. 더욱이 위려려와 상군환이 오기 직전에 그 또한 백강의 서열 구위 자로서 서열 사위 자인 진양호에게 일전을 청한 바가 있지 않았던가? 물론 국면을 전환시키고자 하는 의도가 컸지만, 상황만 허락한다면 정말로 승부를 내보고 싶은 열망이 없었다고는 못할 것이다. 그렇다면 철민의 입장에서도 그와 같은 열망이 당연히 있을 수 있는 것이 아니던가?

‘아! 그 또한 무인이라는 것을, 백강의 서열 십위 자라는 것을 나는 왜 까맣게 잊고 있었을까?’

예인후는 자신도 모르게 설핏 철민의 눈치를 살피고 말았다. 그때였다.

“흥!”

진호양이 차갑게 콧방귀를 뀌었다. 철민과 자신이 뜻밖에도 백강 간의 대결 상황으로 엮여져 가려는 것에 대해 당황하기보다는 차라리 크게 불쾌하다는 기색이었다.

철민 또한 결코 유쾌한 기분일 수는 없었다. 위려려는 슬슬 사람을 구슬리는 듯하였고, 예인후는 예인후대로 지레 그의 눈치를 보는 듯하고, 진호양은 아예 턱도 없는 소리라는 듯이 콧방귀를 뀌는 데 대해서 말이다. 그러나 그냥 기분이 그렇다는 것이지, 철민의 심정이야 여전히 '내가 뭘 어떻게 할 수 있으랴?' 하는 것이었다. 적어도 그 몇 마디 마음속의 울림이 있기 전까지만 해도.

[괜한 생각일랑은 아예 마세요! 진호양 부단주는 이미 절정의 경지를 넘어선 고수예요!]

그 몇 마디는 돌연히 철민의 속을 확 뒤집어놓고 말았다. 다만 걱정을 담은 울림이었으니 사실은 그럴 일도 아니었다. 그러나 그 울림의 주인이 의도했던 것과는 전혀 상반되게, 그것은 참으로 묘하게도 철민의 속을 여지없이 긁어버리는 데가 있었다.

누구에게 웬만큼 무시를 당하더라도 당장에 크게 손해 보는 일이 아니라면 '그래, 네 팔뚝 굵다!' 하고 속편하게 넘겨 버릴 수도 있는 그였지만, 그 '누구'가 바로 예인화라는 데 문제가 있었다. 왜? 애가 아닌가? 어린애! 애 보고 '네 팔뚝 굵다!' 고 하고서 속편하게 넘겨 버리긴 어려운 일이 아닌가?

화드득! 무언가 갑작스럽게 온몸으로 퍼져 나가는 느낌. 염려나 두려움 따위와는 확연히 다른, 차라리 흥분에 가까운 묘한 떨림. 그 이전에 정수리로 삐쭉 치솟는 소름 같은 느낌까지. 그런 것들은 이제 철민에게 차라리 익숙했다. 연이어 문득 열기가 솟고, 그것이 증폭되고, 강한 욕구 같은 게 가슴 벅차게 치밀어 오르고, 이윽고는 참기 어려울 만큼의 충동으로 변해 갔다. 그러한 충동의 한 가닥이 불쑥 철민의 입 밖으로 뱉어졌다.

"제가 뭘 어떻게 하면 되는 겁니까?"

철민 스스로도 움찔 놀라고 말았을 만큼 큰 소리였다. 동시에 그는 다시금 묘한 느낌에 사로잡히고 말았다. 익숙한 상황이었다. 아니, 익숙하기보다는 차라리 반복이었다. 그는 언젠가도 같은 말을 한 적이 있었다, 입꼬리로만 빙글거리며 웃고 있던 선글라스사내에게.

철민은 문득 모든 게 뒤죽박죽이 되어버리는 느낌이었다. 세상의 경계가. 꿈과 현실, 아니, 현실과 꿈의 경계가. 그러나 아무리 뒤죽박죽이 되더라도 현실은 현실이다. 현실은 늘 보다 절실한 쪽이다. 그리고 지금 절실한 것은 바로 지금이었다. 그야말로 현실이니까.

"제기랄!"

철민은 다시 내뱉고 말았다. 그런데 그가 잇달아 내뱉은 큰 소리와 투덜거리는 소리는 다분히 도전적이거나 혹은 건방지게 들릴 소지가 있는 말이었고, 특히나 어느 한 사람에는 명백하게 '턱도 없이 기어오르는' 소리로 들린 것 같았다.

"이런 천둥벌거숭이 같은 작자가 있나? 이 모든 사단이 바

로 너로 인해 발발한 것이거늘, 네가 지금 감히 뭐라고 지껄여
대는 것이냐?"

　진호양이 철민을 향해 손가락질을 해대며 터뜨린 노호에 예
인후의 얼굴이 확 일그러졌다. 그러나 막상 어떤 대응을 하지
는 않았다. 힐끗 돌아본 철민의 표정이 차라리 덤덤해 보였기
때문이다. 덤덤하다는 것은 적어도 주눅 들지는 않았다는 것
이리라. 그렇다면 일단 철민에게 우선권을 주어야 한다는 생
각이었다. 그가 나서는 것은 그다음이 되어도 괜찮으리라는
생각이었다.

　"그럼 오늘의 문제에 대해 일단은 진 부단주님과 철 공자 두
분께서 개인적인 차원으로 해결을 보겠다는 데 대해 합의가
이루어진 걸로 봐도 좋겠군요. 어떤가요? 두 분 다 이의가 없
으신 거죠?"

　위려려의 그 말은 두 사람에게 묻는다기보다는 아예 선언을
한다는 듯한 투였다. 그리고 그 선언에 못을 박는다는 듯이 진
호양이 날카롭게 덧붙였다.

　"애송이! 분명히 말해두지만, 난 추호도 사정을 봐주지 않을
것이다! 하니 병신이 되거나 죽더라도 날 원망할 생각은 말거
라!"

　진호양의 그 소리는 연무장의 모두에게 선명하게 들렸다.
철민에게 하는 경고라기보다는 모두에게 미리 공언해 놓는 말
이었다.

　[철 형!]

귓전에 와 닿는 예인후의 전음에 철민은 비로소 그 일련의 묘한 느낌들과 혼란 상태로부터 벗어날 수 있었다. 그가 흠칫 예인후 쪽을 바라보았을 때, 염려와 긴장, 그리고 열기와 기대 같은 것들이 함께 교차하고 있는 듯한 예인후의 눈빛이 그를 마주 보고 있었다. 순간 걱정과 후회가 밀려들었다. 이제라도 예인후의 등 뒤로 숨어버리고 싶은 심정이 절절해졌지만, 이미 늦어버린 후회일 뿐이었다. 그때였다.

[안 돼요! 아니라고 하세요! 안 한다고 하세요!]

급한 호소를 담은 울림이 전해왔고, 순간 철민은 저도 모르게 다시금 나직이 내뱉고 말았다.

"제기랄!"

주제넘은 짓이란 건 분명했다. '그냥 찌그러져' 있는 게 가장 현실적인 선택이라는 것도 물론 분명했다. 그러나 그러고 싶지 않다는 게 문제였다. 다른 사람에게는 몰라도 예인화 남매에게만큼은, 이럴 때 그냥 찌그러져 있는 모습을 보여주고 싶지가 않았다. 적어도 지금만큼은 적당히 현실적이며 적당히 타협적으로 살아온 본래의 그와는 다른 모습을 보여주고 싶었다. 그것은 이내 강렬한 욕구가 되었다.

철민은 아무 말도 하지 않았다, 예인후의 부름에도, 예인화의 호소에도. 다만 연무장의 가운데를 향해 성큼성큼 걸어나 갔다.

4

"무기를 들어라!"

진호양의 말에 철민은 잠깐 갈등하지 않을 수 없었다.

'누구에게 부탁해서 목중을 좀 가져다 달라고 할까?' 그러나 철민은 이내 마음을 정했다, 그러지 않는 게 낫겠다고.

어차피 이길 수 있는 싸움이 아니었다. 철민의 목표는 다만 예인화 남매에게 '그냥 찌그러져' 있는 모습을 보여주지는 않겠다는 데 있을 뿐이었다. 그런데 기껏 그런 정도를 보여주기 위해 목숨까지 건다는 건 억울한 일이었다.

'칼에 찔리는 것보다는 그냥 얻어터지는 게 백번 낫다!' 철민의 계산은 그랬다. 그리고 그의 계산은 일단 맞아들어 가는 것 같았다. 진호양이 검을 풀어서는 한쪽 옆으로 던져 버린 것이다. 그리고 그는 곧바로 철민을 향해 거리를 좁혀왔다.

진호양의 움직임은 비호처럼 날렵했고, 솜털같이 가벼웠고, 물속을 헤엄치는 물고기처럼 유연했다. 철민으로서는 따라잡을 엄두를 내지 못할 정도였다.

팟! 파팟! 경쾌하게 보법을 밟으며 가볍게 치고 빠지면서 진호양은 차라리 맥이 빠지는 느낌이 되고 말았다. 휘하의 악비상(岳飛上) 등에게 미리 들은 바가 있기는 했지만, 지금 직접 다루어보니 이건 도무지 '십위'에 걸맞지가 않았다.

'하긴 백강 중에 서열에 걸맞지 못한 자가 어찌 이자뿐이랴.' 상대의 실체를 확인하면서 진호양의 동작은 이내 크고 화려해졌다. 그렇다고 그가 상대를 경시하여 방심하거나, 경솔하게 자신의 재주를 자랑하려 하는 것은 아니었다. 그는 여전히 신중하고 냉철했다. 다만 명백한 실력의 우위에 근거하여, 오늘 그가 분노했던 만큼을 통쾌감으로 보상받고자 할 뿐이었다.

탁! 타다다닥! 팍! 퍼퍼퍽! 콱!

철민은 속수무책이었다. 상대의 손과 발은 빠르기도 하거니와, 어느 것 하나 같은 형태로 날아오는 것이 없을 정도로 현란한 변화를 담고 있었기에 피할 엄두를 내기는커녕 눈으로 따라잡기에도 버거웠다.

다만 그런 중에도 철민이 진작에 무너지지 않고 여전히 버텨내고 있는 것은, 무수히 날아드는 타격의 상당 부분을 그가 제법 잘 막아내고 있는 덕분이었다. 그 스스로도 크게 의식하지 못하는 사이에 반사적으로 말이다. 아마도 그의 몸에 밴 이십사초 재활체조 덕분이 아닐까 싶었다. 그것 외에는 그에게 달리 '용빼는' 재주가 따로 있을 것이 없었으므로.

취약한 부분은 하체 쪽이었다. 허리 아래로 가해지는 공격에 대해서는 어떻게 해볼 재주가 없었다. 역시 예인화가 지적했던 바, 이십사초 재활체조가 가지는 한계이리라. 또한 예인화가 지적했던 바대로 하체를 더욱 공고히 고정시키는 수밖에 없었다. 처음 몇 번의 타격에서 중심이 흔들리는 것을 잘 버티고 나자, 다행히 중심은 점차로 굳건해졌다.

그런 중에 철민은 다시 이상한 느낌 하나를 받게 되었다. 뭐라고 자세히 설명하기는 어려우나, 일종의 촉감 같은 것이라고 할까? 상대의 공격에 대해 눈과 생각보다도 피부에 먼저 느낌이 오는 듯한. 정신없이 막고 맞는 중에 그것에 대해 언뜻 생각되는 것이 있기는 했다. 바로 육벽(六壁)이었다. 구벽외공의 육벽 말이다. '이게 바로 육벽의 경계쯤 되는 게 아닐까? 모를 일이었다. 아니, 그럴 수도 있는 일이었다. 어차피 육벽이라는 것 자체가 지극히 주관적인 '만고 그의 생각' 일 뿐이었으니, 그가 그렇다고 생각하면 그냥 그런 게 되는 것이었다.

재활체조의 덕분이든, 혹은 '피부' 의 덕분이든, 어쨌거나 철민은 제법 잘 버텨 나가고 있는 중이었다. 그러나 다만 버티고 있을 뿐이니, 비호같고 솜털 같고 물고기 같은 상대의 타격을 어떻게 전부 다 막아낼 수야 있겠는가? 철민의 얼굴은 이미 벌겋게 온통 피 칠을 하고 있는 중이었다.

퍽! 쿵! 콱! 퍼억! 쿠웅! 콰악! 모질게 가해지는 타격마다에,

"음!" "제길!" "저런!" "아!"

하는 제각기의 탄식이 따라붙고 있었다. 안타까움과 실망과 분노가 서린 정의대원들의 반응이었다. 그런 중에 이윽고는,

"우~!" "우우~!"

하고 불어내는 야유가 섞여 나왔는데, 그것에 대해 진호양은 이제 그만 결말을 내라는 압력으로 받아들인 듯했다. 곧바로 그의 양손에서 강력한 장권연타(掌拳連打)가 폭발적으로 터져 나왔다.

퍼퍼퍽! 파파파팡! 철민의 상반신 전체가 일시에 무수한 주먹과 손바닥 그림자에 휩싸이며 마치 폭죽이 터지는 듯한 소

리가 터져 나왔다. 그런데 그 무수한 손 그림자들이 씻은 듯이 사라졌을 때, 누구도 예측하지 못했던 일이 벌어져 있었다.

어떻게 된 일인지 진호양의 두 손은 모두 철민에게 잡혀 있었다. 더욱 이상하게도 진호양은 철민에게 잡힌 손을 쉽게 빼내지 못하고 있는 모습이었다.

한순간 철민의 몸이 빠르게 비틀리는가 싶더니, 호되게 가슴을 들이 받친 것처럼 진호양은 속절없이 뒤로 나가떨어지고 말았다. 철민이 재빠르게 쓰러진 진호양의 가슴 위로 올라타 앉더니 양 무릎으로 진호양의 양쪽 어깨를 눌러 제압하고는 그대로 양 주먹을 내리꽂기 시작했다. 진호양이 온몸을 비틀며 발버둥을 쳤지만, 철민의 구속에서 빠져나오지 못한 채로 꼼짝없이 난타를 당하였다.

퍽! 퍽! 퍼퍽! 퍼퍼퍽!

그냥 무작정으로 내리꽂는 무식한 주먹이었다. 진호양의 얼굴이 순식간에 피투성이로 화해갔다.

"와아~!" "와아아~!"

정의대원들이 미친 듯이 함성을 질러댔다. 주체 못할 열광이었다. 그 열광은 철민을 또한 주체 못할 흥분으로 치닫게 만들었다. '왜 그렇게 열광하고 왜 그렇게 흥분하는가? 지금 그대들의 열광과 흥분은 과연 옳은가? 하고 묻는다면, '그대들' 중 누구도 정확히 대답할 수 없을 것이건만, 그렇거나 말거나 고조되는 열광과 흥분 속에서 어느 누군가는 완전히 '떡' 이 되고 있었다.

5

"멈춰라!"

바로 귓가에서 폭음이 터지는 것과도 같은 외침이었다. 그러나 잠깐 귀가 따가웠을망정 그것이 극점을 향해 치닫고 있는 흥분을 단번에 식히는 정도는 아니었기에 철민은 그 외침을 무시하고서 계속 그의 흥분에만 열중하고자 하였다.

"이놈! 멈추라고 하지 않느냐?"

크게 노한 상군환은 내력을 배가하여 재차 사자후를 외치는 동시에 삼 장여의 거리를 단숨에 가로질러 철민과 진호양이 얽힌 곳으로 쏘아 갔다.

동시에 예인후도 움직였다. 마치 바닥을 축약하는 듯이 쭉 미끄러져 간 그가 어느 사이에 상군환의 앞을 가로막고 서는 순간, 사방의 관심은 일제히 두 사람에게로 옮겨졌다.

"이게 무슨 뜻인가?"

노기를 억제하는 듯이 상군환의 목소리에서는 미미한 떨림이 느껴졌다. 그러나 예인후의 대답은 사뭇 차분했다.

"두 사람 간의 승부가 아직 끝나지 않았으니 섣불리 개입하는 것은 무인의 도리가 아닐 것입니다."

"승부? 무인의 도리라고 했나? 그대가 보기에는 지금 이들이 벌이고 있는 짓거리가 승부로 보이는가? 이런 난잡하고 비열하고 졸렬하기 짝이 없는 짓거리에 대해 어떻게 무인의 도리를 들먹일 수 있단 말인가?"

"비무가 아닌, 승부입니다. 강호의 승부라는 것은 곧 생사투(生死鬪)인데, 찰나의 순간에 삶과 죽음이 교차하는 생사투에 어찌 난잡과 비겁과 졸렬을 따질 수 있겠습니까? 그렇다고 저들이 지금 독(毒)이나 금용(禁用)의 암기 따위를 동원한 것도 아니고, 다만 각자의 신체능력만으로 치열하게 싸우고 있지 않습니까? 더욱이 두 사람이 사전에 공히 인정하고 승부에 들어간 만큼, 이것은 엄연히 백강 간의 승부입니다. 그러니 저들 두 사람이 스스로 승부를 종결짓기 전까지는 누구도 개입하지 못합니다. 만약 개입한다면 그것은 곧 백강 전체의 명예에 도전하는 일이 될 것입니다."

번뜩! 상군환의 안광이 날카롭게 빛났다.

"그대의 말인즉슨 본 단주가 지금 백강의 명예에 도전을 하고 있다는 것인가? 그래서 본 단주가 기어이 개입을 하려 한다면, 백강 전체의 명예를 지키기 위해서, 또한 백강의 한 사람인 그대가 나서기라도 하겠다는 듯이 들리는데, 과연 그러한가?"

그 물음에 대해서 예인후는 즉답(卽答)을 하지 못했다. 그러나 위려려와 다시 사방을 둘러싼 정의대원들을 한번 쭉 둘러본 다음에 그는 천천히 대답을 내놓았다.

"단주께서 굳이 그리하시겠다면, 저로서도 어쩔 도리가 없겠지요. 다만……."

"다만?"

상군환이 차갑게 굳은 얼굴로 반문했다.

"그때에 우리 두 사람은 본 천에서의 소속과 직위에 무관하게, 다만 백강 간의 승부를 낸다는 점에 대해 사전 동의가 있었으면 합니다. 저들 두 사람처럼 말입니다."

예인후는 여전히 차분해 보였다. 그러나 그의 눈빛 깊은 곳에서는 이미 뜨거운 열기 같은 것이 조용히 일렁거리고 있었다. 그것은 불굴의 용기와 뜨거운 투지였다. 사방의 정의대원들 사이에서도 열기가 번져 나가고 있었다. 자신들의 대주와 공감하듯이, 조용하게, 그러나 터질 듯이 맹렬하게.

만약 그때,

"두 분은 그만들 하세요!"

하고 청아하면서도 차가운 목소리로 위려려가 개입하지 않았다면, 상군환과 예인후는 그 뜨겁고도 맹렬한 분위기에 휩쓸려 그대로 격돌하고 말았을지도 모를 일이었다.

그러나 위려려의 개입으로 두 사람의 격돌은 겨우 무마되었으되, 정작 '피 터지는' 또 다른 싸움은 그때쯤 완전히 끝을 보고 있었다.

6

철민은 천천히 일어섰다.

'대체 무슨 일을 벌인 거지?' 의식을 잃은 채로 축 늘어져 있는 진호양을 내려다보며 철민은 가늘게 한숨을 내쉬고 말았다. 미친 듯이 벌여 놓은 짓에 대해 울어야 할지 웃어야 할지 황당하기만 했다. 물론 우는 것보다는 웃는 게 나으리라.

"제기랄!"

마치 습관이 되기라도 한 것처럼 혼잣말로 뱉는 소리에 막 그에게로 다가오고 있던 손길 하나가 움찔 놀라 되돌아가는 걸 보고 철민이 그제야 퍼뜩 정신을 수습했다. 언제 가까이로 온 것인지 예인화가 고이 접힌 손수건을 건네다가 그의 느닷없는 소리에 놀라 움찔거리는 중이었다. 철민이 얼른 손수건을 낚아채며,

"너한테 하는 소리 아냐."

하고 뱉었지만 여전히 퉁명스런 투였다. 그렇더라도 예인화의 얼굴에서는 금세 당황기가 가시고 있었다.

너무 하얗고 깨끗해서 온통 피 칠갑인 손으로 만지기는 망설여지는 손수건이었다. 그렇더라도 철민은 쓱쓱 얼굴을 문질렀다. 반쯤 굳은 채 닦여 나온 검은 피딱지가 코끝에 여운처럼 남는 은은한 향기와 참으로 어색한 부조화를 이루었다.

"자!"

더러워진 손수건을 다시 돌려주면서 철민은 가볍게 찡그리며 눈짓을 했다.

'위험하니 여기 있지 말고 저쪽 멀리 가 있으라!'는 소리로 제대로 알아들었던지 예인화가 선뜻 고개를 끄덕이고는 곧장 잰걸음으로 연무장을 벗어났다. 그 뒷모습을 보고 있다가 철민은 저도 모르게 '픽!' 웃음을 떠올리고 말았다. '역시 애들은 말을 잘 들어야 예쁘지!'

뭔가 섬뜩한 느낌에 철민이 뒤돌아보았더니, 언제 일어났는지 진호양이 피투성이 모습으로 이쪽을 노려보고 서 있었다. 그런 그의 손에는 한 자루 서슬 퍼런 검이 쥐어져 있었다. 검! 그것을 인지하는 것만으로도 대번에 확 엄습해 드는 시린 살기에 철민은 저도 모르게 주춤 뒤로 물러서고 말았다. 그때였다.

챙! 맑은 검명(劍鳴)과 함께 예인후가 그의 앞을 가로막아 섰다. 철민이 비록 뒷모습을 보고 있는 것이지만, 검을 들고 우뚝 버티고 선 예인후의 모습은 참으로 늠름하고 사내다웠으므로 안도와 함께 새삼 감탄을 하지 않을 수 없었다.

"나 예인후는 백강의 서열 구위 자로서 말합니다. 진호양과 철민 두 사람의 승부가 이미 명백히 갈린 이상, 이제부터 백강의 서열 사위 자는 바로 철민이오. 따라서 백강의 율법에 준해 도전 자격을 갖추지 못한 도전에 대해서는 우선 내가 용납하지 않을 것이오!"

낭랑히 울리는 예인후의 그 선언은 상황을 다시금 참으로 묘히게 전환시켜 놓는 데가 있었다.

"그러나 이곳은 수호천이에요. 본 천에서 백강의 율법을 거론하는 것만으로도 이미 무리가 있다고 할 것인데, 더욱이 방금의 그런 말씀은 본 천 정의대의 대주로서 하기에는 크게 온당치 않은 것이지 않나요?"

위려려가 곧바로 이의를 제기하였으나 왠지 그렇게 날카로운 느낌은 없었다. 예인후 또한 꼿꼿하기만 했다.

“저의 지금 행동에 어떤 책임이 따라야 하는 것이라면, 저는
당연히 감수할 것입니다.”

위려려의 눈빛이 잠깐 이채로 반짝였다. 그러나 그녀는 예
인후의 말에 대해 다시 토를 달지는 않았다. 대신 가만히 상군
환을 돌아보았다.

“오늘 이 자리의 모든 시비와 분쟁은 여기에서 종결하겠소!
청룡단주의 이름으로 말하건대, 더 이상 누구도 어떤 이의도
제기하지 마시오! 만약 나의 말을 가볍게 여기는 자가 있다면,
그가 누구라 해도 내 결코 용서하지 않을 것이오!”

상군환의 목소리가 사뭇 명쾌하게, 그리고 쩌렁한 힘을 싣
고 사방으로 퍼져 나갔다. 이어 예인후에게,

“오늘 예 대주가 범한 몇 가지의 무리한 언행에 대해서는 공
식적인 절차를 거쳐서 따로 조치를 취할 것이니 그리 아시오!”

하고 차갑게 말한 다음 곧바로 몸을 돌렸다. 큰 걸음으로 성
큼성큼 연무장을 가로질러 걷는 그의 뒤를 청룡단원들이 황급
히 따랐다.

진호양은 울화와 불만에 가득 찬 눈빛으로 잠시 상군환의
등을 노려보았으나 이내 무거운 걸음을 옮겼다.

생긋! 상군환의 일행을 뒤쫓아 걷다 말고 문득 돌아보며 짓
는 위려려의 그 웃음에 대해 철민은 저도 모르게 화들짝 놀라
며 고개까지 돌리고 말았다. 살이 떨린다고 하더니 꼭 그런 느
낌이었다. 물론 그의 살을 떨리게 만들려고 보내는 웃음은 아
니겠지만, 어쨌거나 순순히 받아주어서는 안 될 것 같았다. 왠

지 그냥 그런 느낌이었다.

철민이 다시 고개를 돌렸을 때 위려려는 어느새 상군환을 따라잡아 그 곁에서 사뿐한 걸음걸이로 대문을 나서고 있었다. 상군환의 걸음에도 문득 힘이 들어간 것 같았다. 역시 '잘나고도 잘난' 남녀였다. 그러나 왠지 보기 좋다기보다는 씁쓸한 느낌이 드는 광경이었다.

괜한 쓴웃음을 지으며 옆으로 고개를 돌리던 철민은 얼른 다시 고개를 돌리고 말았다. 씁쓸한 표정 하나를 보았기 때문이다. 예인후의 그런 표정에 대해 철민 또한 다시금 씁쓸한 심정이 되고 말았다.

그런데 그때였다.

"와아!" "와아아!"

연무장 곳곳에서 돌연 환호성이 터져 나오기 시작했다. 짐짓 소리를 낮춘 듯한 그 소리들 속에 다시,

"정의대~!" "정의대~!" "정의대~!"

하고 구호들이 섞여들었다. 그들 나름대로는 억눌러 작게 질러내는 환호와 구호였으나, 그 소리는 정의대를 둘러싸고 있는 사람 키 높이의 담장을 가볍게 넘어 바깥까지 퍼져 나가기에 충분하였다.

第四十三章
소주나 한잔하자!

1

4월이 다가고 있었다. 그 마지막 날은 월요일이었다.

"살들 지내고 있나?"

아침나절에 온 갑작스러운 전화였지만, 철민은 장동국 감독의 목소리가 사뭇 반갑기까지 했다. 틀어박혀 있는 처지이기 때문이었을까?

"지금 출발하니까 점심때쯤이나 도착하겠네. 아이고, 힘들어서 못해 먹겠다! 소주나 한잔하자."

다짜고짜 하는 영문 모를 소리에 철민은 의혹부터 가졌다.

'경기가 없는 날이긴 하지만 그래도 여기까지 올 여유는 없을 텐데? 그럴 심정이지도 않을 테고. 무슨 일이 있나? 그렇더라도 굳이 오겠다는 사람을 말릴 건 아니었다. 더욱이 이미

출발을 했다는 데야. 그렇더라도 철민이,

"여기서 소주 구하기 어렵다는 건 알고 계시죠? 차도 없고, 구멍가게를 가려 해도 한 시간 넘게 걸어야 하거든요?"

하고 괜히 어깃장을 놓아봤는데, 돌아온 대답은 명쾌했다.

"소주 한 박스 실었어!"

노란색 택시 한 대가 아오지로 들어온 것은 오후 두시나 되었을 무렵이다.

"웬 택십니까? 혹시 차 파셨습니까?"

장동국 감독이 택시 트렁크에서 꺼내 덥석 품에 안기는 묵직한 비닐봉지를 받아 안으며 손강호가 인사 대신 물었다.

"소주 한잔하고 가려고 대절해 왔다!"

곁에서 철민이 농담으로,

"요금이 만만찮을 텐데… 감독 월급이 세긴 센 모양입니다?"

하고 말을 보태자 장 감독은 픽 웃기부터 했다.

"월급? 받아야 월급이지 받지도 못하는 월급인데 세면 뭘 해?"

"예? 그건 또 무슨 말씀입니까?"

"하하하! 계속 여기다 세워둘 참이야? 아예 여기다 자리 깔고 판을 벌릴까?"

손강호가 얼른 앞장을 섰다.

"가시죠. 룸으로 모시겠습니다."

"룸? 여기 룸은 물이 좀 괜찮냐?"

"물이야 좋습니다만, 냄새가 좀 그렇습니다. 총각 냄샌지 홀아비 냄샌지 좀 퀴퀴할 겁니다."

"예끼!"

"하하하하!"

방바닥에 널려 있던 물건들을 대충 침대로 치우고, 소주며 종이컵, 안주 따위를 늘어놓고 둘러앉은 세 사람 간의 분위기는 왠지 서먹하였다. 철민과 손강호로서는 요즘 장 감독의 심정이 어떠할지 짐작하고도 남음이 있으니 그렇고, 장 감독 또한 철민과 손강호가 아오지에 처박혀 있다는 데 대해서 아무래도 마음이 편하지는 않을 법하였다.

"그런데 대낮부터 무슨 술입니까?"

주섬주섬 자리를 만들 때는 언제고, 손강호가 뒤늦은 이의를 제기했다.

"왜? 대낮에는 술 마시면 안 된다는 법이라도 있냐? 하긴, 여긴 그런 법이 없으면 안 되겠다. 그러나 오늘은 예외다. 내가 그래도 명색이 불스의 감독인데, 그런 정도 예외쯤 만든다고 해서 누가 또 뭐라고 하겠냐?"

"흐흐흐! 좀 까칠해지신 것 같습니다?"

"뭐? 까칠해? 야! 손강호! 너, 코 질질 흘리면서 포수 마스크 쓰고 뺑뺑이 치던 때가 엊그제 같은데, 그새 많이 컸다?"

"참나! 제가 언제 코를 질질 흘렸습니까?"

몇 마디 실없는 소리를 주고받는 사이에 서먹한 분위기는 금세 사라졌다.

"지난 목요일이 선수들 월급날이었는데 말이야, 안 나왔어!"

몇 순배 술잔이 돌고 난 다음에 장 감독은 뜻밖의 말을 꺼냈다. 아까 택시에서 내려 했던 말이 그저 농담인 줄 알았더니 그게 아닌 모양이었다.

"금요일에 줄려는 모양이다 하고 기다렸는데, 또 안 나오더라고? 주말 보내고 오늘 아침에 확인했는데, 아직도야!"

선수단의 월급이 안 나왔다면 철민이나 손강호의 월급 또한 마찬가지겠지만, 두 사람으로서는 미처 모르고 있던 일이다. 아오지에 틀어박혀 있느라 월급 통장을 확인해 보는 일이 드물뿐더러, 자의 타의로 구단 사무실과 연락이 끊긴 지도 한 달이 다 되어가고 있는 중이기 때문이었다.

"미안하네. 꼭 이런 얘기 할 때만 필요하다는 듯이 자네를 찾아와서 말이야."

결국 장 감독의 볼일이 그것이었던 모양이다 생각하니 철민은 언뜻 처지는 기분이 되고 말았다. 그러나 미안하다고 자진 납세를 해버리는 사람한테, 그리고 전화로 얘기해도 되었을 텐데 굳이 아오지까지 직접 찾아온 우직한 성의에 대해 투덜대거나 날을 세울 건 또 아니었다.

"선수들 월급을 못 줄 정도로 구단의 자금 사정이 어렵지는 않을 텐데 아마도 무슨 착오가 있었을 겁니다."

그래 놓고는 철민이 다시,

"아무리 그래도 그렇지, 선수들 월급을 가지고 착오가 있으면 안 되는 거죠!"

하고 장 감독에게, 나아가 선수단 모두에게 심정적이나마 편을 들어주었다.

"요새 팀 성적이 너무 그렇고, 그걸로 인해 그룹에까지 비난이 쏠리니까 괘씸죄 내지는 일차로 경고하는 차원이 아닌가 싶기도 하고 그래."

"설마 그렇기야 하겠습니까?"

"어쨌든 자빠진 놈 뺨 때린다고, 안 그래도 초상집 분위기인데 월급까지 그러니까 요 며칠간 팀 분위기가 아주 말이 아니야. 오늘내일 중으로 해결이 안 되면 당장에 무슨 일이라도 일어날 것 같은 분위기고, 그렇다고 내가 직접 나서서 구단에 확인하기는 모양새도 영 그렇지만, 여차저차 꼼꼼히 따져 볼 주변머리도 안 되니 괜히 욱하는 성질에 언놈 멱살이라도 잡았다가는 무슨 일이 벌어질지 모르겠고, 생각해 보니 역시 김 팀장이 나서주는 게 제일 원만하겠다 싶더라고."

그렇게까지 말하는 데야 철민이 뒤로 뺄 여지란 조금도 없었다.

"일단 알겠습니다. 제가 한번 알아는 보지요."

그들이 적당히 술판을 끝냈을 때는 벌써 다섯시가 가까워 있었다.

"여기는 물건들 좀 없던가?"

주섬주섬 자리를 정리하는 손강호를 보고 장 감독이 불쑥 물었다.

"저 같은 놈 눈에 어디 물건이 보이기나 하겠습니까?"

"하긴 뭐, 맞는 말이기는 하다!"

"예?"

"안 봐도 눈에 선하다. 여기서 네가 어떻게 빈둥거리고 있는지."

"아니, 제가 뭘 어쨌다고 또 가만있는 사람을 씹으십니까?"

"뭐, 씹어? 이 자식이 보자 보자 하니까 진짜로 막 기어오르네? 너, 이리 좀 와봐라!"

"아이고, 감독님! 왜 이러십니까? 제가 어떻게 하늘 같은 감독님께 감히 기어오르겠습니까? 그냥 오래간만에 재롱 좀 떨어본 걸 가지고. 에이, 감독님도 참!"

"자식이 말이야! 그래, 물건들 좀 있어, 없어?"

"그게 아니고요… 물건인지 뭔지는 모르겠지만, 좀 별나 보이는 애들이 두엇 있기는 하던데요?"

"그래? 가보자, 그럼!"

"지금 바로요?"

"그럼, 인마! 내가 그래도 명색이 감독인데 여기까지 와서 잠깐이라도 애들 운동하는 모습도 안 보고 그냥 가서야 되겠냐?"

장 감독이 소 몰 듯이 손강호를 앞세우고 방을 나섰다.

2

장동국 감독과 대면하면서 유 소장은 영 불편하였다. 현역 생활을 포함해서 줄곧 프로야구 판에서만 지내온 그였으니, 오랜 기간 야구계의 변방을 떠돌았던 장 감독과는 사실 여러 측면에서 족보가 좀 멀었다. 더욱이 장 감독의 감독 취임 때에 서울에서 잠깐 상견례를 한 이후로 이제 두 번째로 만나는 자리였다.

그런 불편함에 더해 유 소장이 다시 못마땅한 것은, 오늘 장 감독의 처신에 대해서였다. 처음으로 2군 캠프를 찾았으면 의당 2군 감독인 자신부터 찾는 것이 예의일 터다. 그런데 엉뚱하게도 그 정체성조차도 불명확한 신고선수 두 명과 대낮 술판부터 벌리더니, 하루 일과가 거의 끝나갈 시간이 되어서야 나타나서는 느닷없이 선수들의 훈련 모습을 둘러보겠다는 것이다.

'참는다, 내가!' 지금의 형편에서 1군 감독이 얼마나 고달픈 처지이며, 상대적으로 2군 감독으로 있는 자신의 처지가 얼마나 더 나은지에 대해 생각을 정리하고 나서야 유 소장은 겨우 표정을 추스를 수 있었다.

"이야! 저 친구, 파워가 대단한데?"
장 감독의 입에서 절로 탄성이 흘러나왔다.
캉! 캉! 배팅케이지 안에서 선수 하나가 프리배팅을 하고 있었다. 장 감독의 감탄은 우선 그 선수의 덩치 때문이었다. 딱 보는 순간에, 야구선수의 체격으로는 거구라고 할 손강호가 상대가 안 되겠다 하는 느낌을 받았을 정도다. 두 번째는 치는 족족 펜스 라인을 가볍게 넘어가 버리는 타구 때문이었다. 진짜로 장난이 아니었다. 그중에 태반은 아예 장외 급이었다.

"저런 파워를 가진 친구가 2군에 있다는 걸 나는 왜 모르고 있었지?"

감탄 반 의문 반으로 중얼거리는 장 감독에 대해 빙긋이 웃고만 있던 유 소장이 그제야 정색을 했다.

"파워 하나만 따진다면 현역 중에서는, 아니, 역대를 통틀어서도 대웅이를 능가할 선수는 없을 겁니다."

장 감독의 감탄에 동감을 표하면서도 왠지 건성이라는 느낌이 드는 말이었다.

"저 친구 이름이 대웅이오?"

"예, 강대웅입니다."

"강대웅. 강대웅이라……."

장 감독이 중얼거렸다, 그 이름을 외우기라도 하는 듯이. 그러나 막상 그는 다른 쪽을 향해 걸음을 옮기고 있었다.

팡! 팡!

힘있게 공이 꽂히는 소리에 관심을 뺏긴 듯이 장 감독이 걸음을 멈춘 곳은 투수 연습장이었다. 2미터는 되어 보이는 큰 키에 호리호리하다 못해 깡말라 보이는 특이한 체형의 투수가 힘차게 공을 뿌리고 있었다. 조금은 위태로워 보일 만큼 역동적인 투구 폼이었다.

"저 친구는 스피드가 얼마나 나옵니까? 꽤 나올 것 같은데?"

장 감독의 물음에 유 소장이 물어볼 줄 미리 예상했다는 듯한 얼굴로 차분하게 대답했다.

"잘 나올 때 재면 150은 거뜬히 넘어갑니다. 저런 약골이 150이 넘는 공을 팍팍 뿌려댄다는 것 자체가 신기할 정도지요."

"흠!"

"김승완이란 친굽니다. 좀 전의 강대웅이하고 입단 동기고, 둘 다 고졸 3년차들이지요."

"김승완! 고졸 3년차들이라……."

혼자 중얼거리며 생각을 굴리던 장 감독이 다시 물었다.

"저런 친구들에 대해 왜 그동안 한 번도 추천이 없었소?"

이제는 다분히 질책의 느낌이 묻어나는 투였지만, 유 소장에게 당황해하는 기색 같은 건 없었다.

"그럴 만한 이유가 있습니다."

"……?"

"확실히 강점을 가지고 있는 친구들입니다. 그러나 그 강점을 덮고도 남을 약점을 가진 친구들이기도 하지요. 결국 상품 가치가 없는 물건들이란 말씀입니다."

"상품 가치가 없다?"

"원하신다면 지금 바로 보여드릴 수 있습니다."

"좋소, 그럼 어디 한번 봅시다."

"배팅!"
"뛰어!"
유 소장의 신호에 따라 타석의 강대웅이 배트를 휘두른 뒤 집어던지고는 1루를 향해 뛰었다. 그리고 장 감독은 유 소장이 보여주려고 하는 것이 무엇인지 금방 알 수가 있었다.

뱃살! 한발 한발 체중을 옮길 때마다 춤추듯이 출렁거리는 뱃살이었다.

"선구안도 괜찮고 변화구 타이밍 잡을 줄도 알고, 저 거구에 물 흐르듯 부드럽게 돌아가는 스윙을 보고 있으면 감탄스러울 정도죠. 문제는 발입니다. 그냥 느린 정도가 아닙니다. 단타로 는 백이면 백 아웃이라고 보면 됩니다. 누상에 주자가 있는 경우라면 병살을 당하기 십상이죠. 어쨌든 2루타를 쳐야 1루에 들어가고, 3루타를 치더라도 역시 1루밖에 못 간다고 보시면 됩니다."

"체중이 몇 키로나 나갑니까?"

"140까지는 재봤는데, 지금은 잘 모르겠습니다. 그때보다도 몸집이 또 늘었으니까 아마 150은 가볍게 넘을 겁니다."

"체중 조절은 시켜봤소?"

"물론입니다. 그러나 소용없었습니다. 죽어라 다이어트를 해서 빼놓으면 밥 한 끼 물 한 잔에 곧바로 원래 체중으로 돌아가 버리는 체질입니다."

장 감독은 묵묵히 고개를 끄덕였다.

그가 더 이상 물을 기색이 없자, 유 소장은 한쪽에 대기하고 있던 김승완을 불렀다.

"감독님이 특별히 보자고 하시는 거니까, 공 한개 한개에 정말 신경 써서 잘 던져야 한다? 이런 기회가 다시없을 거라는 거 알지? 너, 정말 잘 던져야 한다?"

어깨를 두드리며 하는 말에 김승완이,

"예!"

하고 대답하는데, 왠지 기어들어 가는 소리였다. 마운드로 올라가는 김승완의 모습에서 긴장한 모습이 역력하였기에 장 감독이 유 소장에게 슬쩍 말을 꺼냈다.

"일부러 부담을 줄 것까지는 없었을 텐데?"

그러자 유 소장은 싱긋 웃으며 대답했다.

"일부러 그런 겁니다. 저 친구의 문제를 확실히 보실 수 있도록 하기 위해서요."

팡! 포수 글러브에 꽂히는 소리만으로도 강한 힘이 느껴지는 공이었다. 그러나 포수가 직구 한가운데를 요구한 데 대해 한참이나 높은 쪽으로 들어간 공이었다.

팡! 팡! 팡! 팡! 다섯 번째 투구에서야 공은 겨우 스트라이크 존을 통과했다.

"승완이의 문제는 두 가집니다. 우선은 담력입니다. 그냥 약한 정도가 아니라 병적으로 심약합니다. 연습에서 아무리 볼이 빠르고 제구가 좋으면 뭐 하겠습니까? 실전에 나가기만 하면 새가슴이 되어버리는데 말입니다. 물론 일단 진정이 되고 나면 실력이 나오기는 합니다. 이를테면 전형적인 슬로 스타터라고 할 수 있으니 일단은 중간 계투나 마무리 자원으로는 어렵고, 굳이 쓰자고 한다면 선발로 돌릴 수밖에 없겠는데, 그러나 거기에서 두 번째 문제에 다시 걸리고 맙니다. 승완이는 오래 던지지 못합니다. 체력이 약해 금방 지치고 말거든요. 전력투구를 한다면 기껏 한 이닝 정도? 길게 던져도 세 이닝이 한곕니다. 지명할 당시에는 담력을 키우고 몸무게를 늘리면 그러한 문제점들이 해결될 거라고 기대를 했었죠. 그러나 승완이도 역시 타고난 체질입니다. 작년까지 2군 경기에 계속 출전시켰지만 소심한 성격은 그대로였고, 몸무게도 도무지 늘지를 않았습니다. 특별 식단으로 관리하며 체중을 불리려 했지만 결국 포기하고 말았죠."

3

"강호야!"
"예, 감독님!"
"걔들 둘 말이다! 아까 봤던 그 뱃살이… 덩치 큰 놈하고 비쩍 마른 놈!"
"예!"
"걔들한테 신경 좀 써줘라!"
"신경을 쓰라고요? 에이, 제가 무슨 신경을 어떻게 씁니까?"

“뭐?”

“그렇지 않습니까? 제가 무슨 코치도 아니고… 기껏 신고선수 주제에 어디 다른 사람 신경 쓸 처지가 되기나 합니까?”

“이제 보니 너 말발까지 참 많이 늘었다?”

“아니, 감독님! 제 말은 그런 뜻이 아니고……”

“시끄러워, 이 자식아! 그런 뜻이고 저런 뜻이고, 개떡이고 찰떡이고 간에, 하여간에 여러 말 필요 없고 신경 쓰라면 그냥 써! 특히 그 비쩍이하고는 호흡도 좀 맞춰보고 말이야!”

“예? 호흡을 맞추라니요? 그건 또 무슨 황당한 말씀이십니까?”

“뭐? 황당해! 이 자식이 정말? 야! 그래도 포수 마스크를 써봤다는 놈이 투수하고 호흡 맞춰보라는 말이 황당해?”

빽 소리를 지르는 장 감독의 기세에 손강호가 다시금 움찔 움츠러들고 말았다.

“아이고, 애 떨어지게 소리는 왜 지르고 그러십니까? 알겠습니다! 알았다고요! 뭐, 하라고 하시니까 하는 데까지는 해보겠습니다. 그렇지만… 뭘 이렇게 하라는 건지는 좀 구체적으로 말씀을 해주셔야……”

“시끄러워, 인마! 안 할 거면 하지 말고, 할 거면 니가 알아서 해!”

한바탕 기세를 세운 장 감독은 잘 있으라는 말도 생략한 채 택시를 타고는 휑하니 가버렸다, 잔뜩 화난 사람처럼.

택시가 길모퉁이를 돌아가 보이지 않을 때까지 지켜보고 섰던 손강호가 혼잣말로 중얼거렸다.

"노친네! 저렇게 방방거리는 건 고등학교 때 보고 첨 보네! 후훗! 그때는 정말 호랑이처럼 무섭기만 하더니……."

4

장동국 감독이 돌아가고 난 뒤 철민이 한영주에게 전화를 걸기까지는 약간의 망설임이 없지 않았다. 그때 N시에서 휑하니 가버린 뒤 지금껏 그녀에게서는 한 통의 전화도 없었다. 당연히 철민도 안 했다. 하긴, 그녀도 그도 서로에게 전화를 할 이유는 딱히 없었다. 그런데 지금은 이유가 생겼다. 그가 그녀에게 전화를 할 이유가 말이다. 이유라기보다는 따질 일이었다.

통장을 확인해 보지는 않았지만, 선수들의 급여가 안 나왔다면 그의 급여 또한 입금되지 않았을 것이다. 그러니 따져 봐야 안 되겠는가? 일개 선수가 곧바로 구단주에게 따진다는 것에 무리가 좀 많이 있긴 했지만.

궁금하기도 했다. 서로 연락은 하지 않고 있었어도 그녀가 구단의 업무를 자주 챙기고 있다는 소식은 이런저런 루트를 통해 듣고 있었는데, 무슨 일이 생긴 걸까?

"김철민입니다."

"무슨 일이세요?"

한영주의 첫마디는 고압적이고도 딱 자르는 듯한 것이었다. 그럼으로써 철민 또한 곧바로 본론으로 들어갈 수밖에 없었다.

"선수들 4월 급여가 안 들어왔습니다."

"…그래요? 확인해 보고 바로 조치하도록 할게요."

통화는 그렇게 끝이 나버렸다. 두 달여 만에 하는 것치고는 지나치다 싶을 정도로 짧고 건조하고 냉랭한 대화였다. 설령 구단주와 선수의 관계로 치더라도 두 사람 사이에 굳이 그렇게 차가운 분위기가 오갈 이유는 특별히 없는 것 같았는데.

철민이 굳이 따지려고 작정을 했던 것도 아니다. 조목조목 따지려고 했다면 처음부터 강영석 부장 쪽으로 전화를 했을 것이다.

삼십 분이 지나기 전에 강 부장에게서 전화가 왔다. 선수들 급여가 당연히 나간 줄 알았는데, 확인해 보니 전산 시스템 상의 착오가 있었다며 미안해했다. 하긴 돈 관계야 구단이 아닌 혁신본부의 통제를 거쳐 곧바로 선수들의 개인 통장으로 들어가는 것이니 강 부장이 미안해할 일은 또 아니었다. 그런데 정말로 전산 시스템의 착오였을까?

"요새 팀 성적이 너무 그렇고, 그걸로 인해 그룹에까지 비난이 쏠리니까, 괘씸죄 내지는 일차로 경고하는 차원이 아닌가 싶기도 하고 그래!"

장 감독의 의심이 새삼 괜한 의심 같지가 않아졌다.

한영주에게서 전화가 걸려온 것은 저녁 식사 후 체력 훈련
을 하러 가자는 손강호의 성화를 오늘은 끝내 마다하고 철민
이 맥을 놓고 있을 때였다.
"아직 거기 살아요?"
"거기 어디 말입니까?"
"거기, 포장마차, 카드 받는 포장마차 있는 곳이요."
말끝에 희미하게 '훗!' 하고 웃는 소리가 들린 것 같았다.
순간 철민은 '찌르르!' 하고 뭔가 찡한 것이 가슴을 타고 오르
는 느낌을 받고 말았다. 그리고 그런 때문에라도 그의 대답은
퉁명스럽게 나갈 수밖에 없었다.
"아니요."
"이사를 했나요?"
"그런 건 아닌데, 요즘 먹고 자는 건 다른 데서 하고 있습니
다."
"아!"
잠시의 침묵 끝에 그녀가 다시 물었다. 조금은 조심스러운
투로.
"어딘데요?"
"멉니다."
"그렇군요."
다시 잠깐의 침묵이 흐른 뒤, 이번에도 그녀가 물었다.

“아직 수염 안 깎았어요?”

“예.”

“그렇군요.”

다시 침묵, 그리고 이윽고 그녀는 철민의 퉁명스러움을 참기 어렵게 된 모양이었다.

“그럼, 또 통화해요.”

“그러지요.”

第四十四章
불씨

몽상가

1

불스는 19연패에서 가까스로 연패의 대기록을 멈추었다. 산인한 4일이었나. 22경기, 3승 19연패, 승률 0.136. 역대 최다 연패에 최저 승률이었다.

무슨 일이 있더라도 흐르고야 마는 것은 시간이다. 5월이었다, 계절의 여왕이라는. 그러나 불스에게는 여전히 잔인한 계절이었다.

불스는 승리를 줍고 있었다. 그렇다. 줍고 있었다. 각 팀은 이제 불스를 경쟁상대로 여기지 않는 것 같았다. 그들은 불스와의 경기에서 굳이 전력을 기울이지 않았다. 불스와의 경기에서 에이스를 아끼기 위해 투수 로테이션에 약간의 변화를 주는 정도의 변칙은 아주 쉽게 범하곤 했다. 굳이 에이스를 투입하지 않아도 이길 수 있다는 자신감일 것이다. 그렇게 세이브한 전력을 치열한 순위 다툼 중인 다른 팀과의 경기에 투입하겠다는 현실적 선택일 것이다. 어쨌거나 덕분에 불스는 가뭄에 콩 나듯이 한 번씩의 승리를 주울 수 있었다.

드래건스의 연승 행진이 무서웠다. 독주였다. 이제는 일위 수성보다는 새로운 기록을 세우는 것에 더 관심이 쏠리고 있었다. 한 시즌 최고승률의 기록 경신이 가시권에 들어왔기 때문이다.

역대 최고 승률 기록은 십오 년 전 로얄스가 세운 7할 6리다. 현재 드래건스의 승률이 7할에 육박하는데다 그 전력이 8개 팀 중에서 가장 두터워서 갈수록 승률을 높여가고 있다는 데서 충분히 기대를 해볼 수 있는 일이었다.

"우리의 목표는 최고 승률 기록이 아니다. 우리는 8할을 목표로 삼고 있다!"

드래건스의 성백호 감독은 '승부사'라는 별명답게 더욱 고삐를 죄었다.

2

승리를 주웠든 따냈든 간에 불스가 다른 팀들을 상대로 해서는 그래도 한 번씩은 승리를 챙겼는데, 유일하게 시즌 전패 기록을 깨지 못하고 있는 팀이 있었다. 바로 드래건스였다. 그런 점을 두고 항간에서는 드래건스의 성백호 감독이 본래 승부에 투철하기도 하거니와, 특히 불스에 대해서는 유난히 승리에 집착하는 것이 아니냐는 뒷얘기가 돌기도 했다.

드래건스가 불스를 홈으로 불러들여 벌이고 있는 주중 2연전 중 어제의 경기는 마치 그런 '뒷얘기'를 사실로 확인시켜 주는 듯했다.

5회 말. 스코어 3-0으로 이기고 있는 가운데 호투하고 있던 선발투수가 잠깐 흔들리며 무사에 잇달아 두 개의 포볼을 내주자 성백호 감독은 과감히 투수를 교체해 버렸다. 그리고 이후로 다섯 명의 필승 계투진을 총투입하여 결국 3-0의 스코어를 그대로 지키면서 승리를 따냈다.

다른 팀들이 불스와의 경기를 쉽게 가져가는 것과 대비하면 사뭇 다른 모습이었고, 보기에 따라서는 기왕에 주저앉은 것 아예 일어설 엄두도 내지 말라고 불스를 완전히 눌러 버리려는 심사가 아닌가 싶을 정도였다.

3

드래건스와 불스의 주중 2연전 둘째 날 경기. 경기 시작 전 성백호 감독은 선수들을 불러 모았다.

"불필요하게 상대를 자극하는 일이 없도록! 투수들은 몸 쪽 승부를 할 때 평상시보다는 좀 더 주의를 하고, 야수들은 홈런을 치거나 득점을 했을 때 괜히 과도한 제스처 같은 건 자제하도록!"

평소 선수들의 파이팅과 근성을 주문하던 것과는 사뭇 다른 특별 당부였다. 오늘은 특별히 우려되는 사항이 있기 때문이었다. 바로 흑마왕 호간의 출전이었다. 지난번의 폭행 사건으로 호간과 이대헌은 벌금과 함께 각각 다섯 경기와 두 경기씩 출장 정지 처분을 받은 바 있다. 그런데 불스가 이대헌을 굳이 드래건스와의 경기에 출장시키지 않는 것에 반해, 드래건스는 호간의 정지가 풀리자마자 오늘 경기에 투입을 시킨 것이다.

"절대 감정적으로 대응해서는 안 된다! 경기는 경기다! 최선을 다하면 된다! 화난 감정은 경기에 방해가 될 뿐이다!"

불스의 장동국 감독도 미리 선수들을 다 잡았다. 선수들이 벌써부터 흥분하는 분위기였기에, 자칫 지난번 파인 골이 다시 불거져 나올까 우려가 되어서였다.

그러나 막상 장 감독 자신의 얼굴도 잔뜩 굳어 있었다. 선수들에게 주의를 주긴 했지만, 사실은 그 또한 선수들의 흥분에 다분히 공감하는 바가 있었다. 오늘 경기에 굳이 호간을 투입하는 성백호 감독의 심사를 영 이해하기가 어려웠다. 호간 아니더라도 드래건스는 충분히 강했다. 괜히 1위겠는가? 그리고 괜히 꼴찌겠는가?

모두가 우려했던 사태는 결국 벌어지고야 말았다.

5회 말 2사. 게임 스코어는 10−0. 글자 그대로 십 대 빵. 이미 드래건스 쪽으로 한참이나 기운 경기였다.

우익수 이종찬은 땀을 닦으려는지 모자를 벗었다가 그만 땅에 떨어뜨리고 말았다. 우연하게도 그것이 사태의 시작이 되었다.

마운드의 김진호는 포수 진용철의 사인을 보고 숨을 길게 들이쉬었다. 안 그래도 거구인 타자의 몸집이 더 커 보이는 순간이었다. 바로 흑마왕 호간이었다. 김진호는 힘주어 이를 한 번 악다문 다음에 투구 모션에 들어갔다.

쌩! 공이 바람을 가르며 날아왔다. 곧장 옆구리 쪽을 노리고 날아드는 강속구에 기겁한 호간이 펄쩍 뛰다시피 뒤로 물러나다가 그대로 엉덩방아를 찧고 말았다.

벌떡 일어나서 투수를 노려보는 호간의 앞을 진용철과 심판이 재빨리 가로막았다. 그러나,

"으와~악!"

괴성을 지르며 밀치는 동작 한 번에 두 사람은 한꺼번에 밀려나고 말았고, 호간은 그대로 마운드로 돌진해 갔다. 그야말로 흑마왕다운 면보요, 무시무시한 기세였다.

김진호는 앞뒤 돌아볼 겨를도 없이 그대로 외야를 향해 전력질주로 뛰었다. 그 뒤를 호간이 퍽! 퍽! 소리를 연발하며 맹렬히 추격했다. 그러나 추격전은 일바 가지 못했다. 최준덕 등 불스의 야수 여섯 명이 일제히 달려와 호간을 덮쳤기 때문이다.

6—1의 상황에서는 아무리 흑마왕이라도 어쩔 수가 없었다. 금세 바닥에 쓰러졌고, 팔다리를 붙잡히고 몸통을 짓눌린 통에 겨우 버둥거리기만 할 뿐이었다. 와중에 드래건스의 더그아웃 쪽을 향해 도와달라는 듯이 하는 손짓과 고함이 사뭇 간

절했다. 안 그래도 홍분한 드래건스 선수들이 우르르 더그아 웃을 뛰쳐나오는 중이었다.

　그런데 상황이 사뭇 묘하게 전개되고 있었다. 드래건스 선수들은 홍분한 기세들이면서도 막상 그라운드 안쪽으로 뛰어들지는 못하고 있었다. 불스 선수들의 조직적인 대응 때문이었다. 불스 선수들은 이런 경우에 대비해 미리 역할 분담이라도 한 듯하였다. 십여 명이 일렬로 늘어서서 드래건스 선수들의 그라운드 진입을 막고 있었다. 수적으로는 열세였지만 문제는 그들이 대부분 고참 급이라는 사실 때문에 지금 드래건스 선수들은 차마 힘으로 밀치고 나가지 못하고 주춤거리고만 있는 중이었다.

　그때 불스의 불펜에서 또 다른 십여 명이 우르르 그라운드로 쏟아져 나갔다. 호간이 제압되어 있는 곳을 향해 달려가는 그들은 모두가 투수들이었다. 상황이 그렇게 되자 드래건스 선수들도 더 이상은 두고 보지 못하고 그 일부가 앞을 가로막은 불스의 고참 급들을 우회하여 그라운드로 뛰어들어 갔다. 그러나 그들은 곧 다시 멈추어야만 했다.

　그들의 앞을 가로막고 선 단 한 명 때문이었다. 바로 이종찬이었다. 비록 그 혼자였지만, 드래건스의 누구도 감히 그가 가로막고 선 가상의 선을 선뜻 넘어갈 용기를 먼저 내지는 못했다. 그런 것이야말로 왕년의 대스타이자 현역 최고참의 존재감이자 카리스마였다.

　불스의 투수 십여 명이 호간을 빙 둘러싸자, 호간을 제압하

고 있던 여섯 명의 야수는 그를 풀어주고 이종찬의 곁으로 갔
다.

　주춤거리며 일어나 주변 상황을 살핀 호간은 그만 풀이 팍
죽고 말았다. 그는 십여 명에게 포위를 당해 있고, 저쪽에서 불
스의 선수들과 대치해 있는 동료들은 당장에 그를 구하러 와
줄 형편이 못 되는 것 같았다. 불스의 투수들이 뭐라고 한마디
씩 내뱉고 있었다. 호간으로서야 무슨 말인지 알아들을 수 없
는 소리들이었지만, 그 거칠고 날 선 소리들이 그에 대한 비난
이며 욕이란 사실은 분명했다.

　지난번 그가 저지른 이대헌 폭행 사건에 대한 비난이며 욕
일 것이다. 그러나 그는 얌전히 듣고 있을 수밖에 없는 처지였
다. 자칫 그들을 더욱 자극하지 않을까 전전긍긍하면서. 불스
의 불펜으로부터 한 사람이 빠르게 달려나온 것은 그때였다.

　달려나오는 이대헌의 손에 방망이가 들린 것을 보고, 이종
찬은 곧바로 이대헌을 향해 마주 뛰었다. 지금까지는 예정되
어 있던 수순이다. 나중의 수습까지도 계산하며 통제된 수순
이었던 것이다. 그러나 이렇게 되면 통제할 수 없게 되고, 수습
할 수가 없게 된다.

　"야! 너 지금 뭐 하자는 거야?"

　이종찬이 외치며 몸을 날려 이대헌을 껴안았다.

　"놔, 형! 이거 놔!"

　빠져나가려 몸부림치며 이대헌이 외치는 소리는 차라리 울
부짖음이었다.

"인마! 이러면 안 된다는 거 알잖아?"

"몰라! 어떻게 되도 좋아! 오늘 저 깜둥이 새끼 골통을 부숴 놓고 말겠어!"

돌발 상황에 불스 선수들은 모두 당황하여 우두커니 서서 지켜만 보는 중이었고, 상대적으로 드래건스 선수들은 식었던 흥분이 새롭게 치솟는 기색들이었다. 그 틈을 노려 호간이 탈출을 시도했다. 사력을 다해 불스 투수들의 틈새를 밀치고는 꼬랑지에 불붙은 쥐처럼 냅다 줄행랑을 쳤다. 반사적이다시피 불스의 투수들이 우르르 그 뒤를 쫓았다.

"모두 그만들 둬!"

당황한 이종찬이 고함을 질렀으나 한번 촉발된 사태를 되돌리기에는 이미 늦은 감이 있었다. 드래건스 선수들이 마주쳐 나오며 양 팀 선수들은 순식간에 뒤엉키고 말았다.

거기까지는 그래도 괜찮았다. 서로 밀고 밀리며 핏대를 세우는 중에도, 한편에서는 또 말려가면서 적어도 정도를 넘지는 않았으니까. 그러나 호간이 뒤엉킨 선수들을 빙 돌아서 더 그아웃을 향해 뛰는 걸 본 이대헌이 방망이를 치켜든 채로 쫓아가면서 사태는 이윽고 정도를 넘기 시작했다.

나이 스물하나의 신인으로 쟁쟁한 드래건스 투수진에서 당당히 선발 한자리를 차지하고 있는 윤영수는, 선수들을 칭찬하는 데 야박하단 소리를 듣는 성백호 감독마저도 차세대 에이스로 공인했을 만큼 재능과 패기가 돋보이는 확실한 유망주였다. 양 팀의 충돌에 끼기에는 너무 까마득한 군번이었기에

그는 충돌의 외곽에서 시늉 겸 구경이나 하고 중이었다. 호간
이 하필이면 그가 있는 쪽으로 뛰어오고, 그 뒤를 쫓아 방망이
를 치켜든 이대헌이 흉흉한 기세로 들이닥치며 고함을 지르기
전까지만 해도.

"비켜! 새끼야!"

무엇 때문인지는 확실치 않았다. 고함과 욕 때문이었는지,
아니면 금방이라도 내려칠 듯한 방망이의 위협 때문이었는지,
또 혹은 호간을 도와야 한다는 생각 때문이었는지 도무지 알
수 없는 일이었다. 하여간 그 순간에 윤영수는 흥분하고 말았
다, 너무 지나치게.

"에이, 씨팔!"

욕을 뱉으며 달려들어 일단 이대헌의 방망이를 빼앗아 팽개
친 다음에 윤영수는 다시 거칠게 이대헌의 멱살을 틀어잡았
다. 순간 움씰하였다가 이대헌은 이내,

"허허!"

헛웃음을 흘리며 차라리 온몸의 맥을 놓아버리고 말았다.
마침 이대헌을 뒤따라 달려오던 이종찬이 그 광경을 목격했
다.

"야, 이 개새끼야!"

잔뜩 갈라진 목소리와 부릅뜬 두 눈으로 달려드는 이종찬을
보는 순간 윤영수 역시도 그만 맥을 놓아버리고 말았다. 그제
야 자신이 무슨 짓을 저질렀는지, 감히 누구의 멱살을 잡아 흔
들고 있는지를 깨닫고는 그만 멍해지고 만 것이다.

짝! 한마디 욕설만으로는 솟구치는 분을 도저히 감당하지 못하겠던지 이종찬은 달려오던 기세 그대로 윤영수의 뺨부터 후려갈겼다. 그것이 도화선이 되었다. 끝까지 한 가닥의 냉정을 지키고 있던 드래건스의 고참 급들이었는데, 어린 윤영수가 뺨을 맞고 바닥으로 쓰러지는 모습을 보고는 그들도 마침내는 폭발하고 말았다.

"뭐야?"

"이종찬 선배! 지금 뭐 하는 거요?"

"이건 너무 심하잖아?"

거칠게 고함들을 치며 고참 급들을 필두로 드래건스 선수들이 우르르 이종찬을 향해 몰려들었다.

그러나 이종찬은 이미 이성을 잃고 있었다. 바닥에 뒹굴던 방망이를 집어 든 그가 거칠게 외치며 성큼성큼 맞서 나갔다.

"와! 와봐, 새끼들아! 전부 다 덤벼보라고!"

급하게 몰려든 불스 선수들이 또한 흥분을 고조시키며 이종찬의 뒤를 따랐다. 그럼으로써 사태는 이제 벤치 클리어링의 경계를 넘어서 폭력사태로 번지는 지경이 되고 말았다.

"지금 이게 뭐 하는 짓거리들이야!"

한마디 호통이 터진 것은 양측이 막 격돌하려는 순간이었다. 그 호통이 주위를 쩌렁 울리는 큰 소리이기도 했지만, 바로 성백호 감독의 것이었다는 점에서 드래건스 선수들 뿐만이 아니라 불스 선수들까지도 반사적으로 움찔하게 만들었다. 그리고 그 잠깐의 움찔거림은 막 폭발한 흥분을 상당 부분 반감시키는 데가 있었다.

"뭣들 하고 있어, 모두 제자리로 돌아가지 않고!"

이어진 또 한 번의 호통에 선수들의 흥분은 완연히 식고 말았다. 적어도 드래건스 선수들의 경우에는.

이윽고 드래건스 선수들이 주춤거리며 자신들의 더그아웃 쪽으로 물러났고, 그런데야 불스 선수들이 계속 버티고 서 있는다는 것도 멋쩍은 일이었다.

경기 속행! 후(後) 징계위원회 개최!

심판들과 KBO 경기위원들, 그리고 양 팀 감독들이 내린 합의였다.

다시 그라운드로 나가기 전 이종찬이 선수들을 불러 모았다.

"이제 와서 경기를 뒤집을 수는 없겠지만, 그렇더라도 이대로 끝낼 수는 없다! 이렇게 생각하자! 지금부터 새로 시작하는 거라고 치는 거다! 그리고 남은 이닝만이라도 이겨보는 거다! 무슨 수를 써서라도 반드시!"

5회 말 2사. 드래건스의 공격이 속행되었다. 타석에는 호간 대신 대타가 나왔다. 그리고 두 번의 헛 스윙, 삼진 쓰리 아웃으로 길고 길었던 5회 말이 마침내 끝났다.

6회 초 불스 공격. 타자들의 눈빛이 달라졌다. 쉽게는 물러나지 않겠다는 의지가 확연했다. 끈질기게 볼을 골라냈다. 평범한 땅볼에도 헤드퍼스트 슬라이딩을 감행했다. 무모했지만, 결코 우습게 보이지는 않았다. 독기가 비쳤기 때문이다. 선발에 이어 나온 드래건스 투수는 유인구보다는 빠른 직구 위주의 볼 배합을 가져갔다. 되도록 빨리 끝내자는 드래건스의 분위기인 것 같았다. 덕분인지 몰라도 불스는 빗맞은 행운의 안타와 도루, 그리고 다시 안타 하나를 묶어 1점을 냈다. 오늘 경기의 첫 점수였다. 게임 스코어 10−1.

6회 말 드래건스 공격.
타자들은 모두 큰 거 한 방을 노리는 분위기였다. 방망이가 시원시원하게 돌았다.
덕분에 경기는 빠르게 진행되었다.

7회 초 불스 공격.
선두 타자의 포볼. 투수의 1루 견제 에러. 이어 터진 안타, 그리고 다시 드래건스 내야진의 실책을 묶어 불스는 2점을 추가했다. 게임 스코어 10−3.
그래도 무슨 변화가 일어날 것 같은 분위기는 전혀 아니었다.

8회 초 불스 공격.
2사 후에 불꽃처럼 터진 2연속 안타. 다시 포볼, 그리고 만루 상황에서 평범한 플라이 볼을 잡았다가 놓쳐 버린 드래건스 우익수의 어이없는 실책으로 불스는 대거 3점을 뽑았다.

게임 스코어 10—6. 관중석의 홈 팬들이 술렁이기 시작했고, 분위기는 사뭇 미묘하게 변해갔다. 뭔가 예기치 못한 결과가 일어날 것도 같았다.

흘러가는 대로 경기를 방관하고 있던 성백호 감독이 이윽고는 선수들을 모아놓고 불호령을 내렸다.

성 감독도, 홈 관중들도, 드래건스 선수들도 그것으로 되었다고 생각했다. 경각심을 일깨운 것으로. 이제 마지막 9회인 것이다. 그리고 드래건스가 정상적으로 경기를 하는 한 4점은 결코 한 이닝 만에 뒤집힐 점수 차가 아니었다.

9회 초 불스 공격.

드래건스 마운드에 마무리 송근우가 올라왔다. 방어율 0점대의 명실공히 리그 최강의 마무리 투수였다. 그럼으로써 불스의 작은 반란은 이대로 끝나 버리는 듯했다. 송근우가 내야 땅볼 유도로 가볍게 원 아웃을 잡을 때까지만 해도.

그러나 누군가 야구를 멘탈스프츠라고 했던가? 멘탈이라는 건 단숨에 변화를 주기 어려운 것인 모양이었다. 드래건스 선수들은 경각심을 일깨우고 있었지만, '1위'의 멘탈로 금방 되돌아오지는 못한 모양이다.

평범한 3루 땅볼. 그러나 어이없는 송구 실책이 나오면서 1사에 주자 1루 상황이 만들어졌다. 3루수가 미안하다는 사인을 보냈고 송근우는 괜찮다는 표시로 가볍게 웃는 얼굴로 손을 들어주었다. 그러나 막상 그는 조금 흔들렸던 모양이다. 곧바로 후속 안타를 허용하고 말았다. 주자 1, 3루. 송근우는 크게 한번 심호흡을 했다. 그의 트레이드마크인 150대 초반의 광속구가 스트라이크 존의 내, 외곽 꽉 찬 지점을 잇달아 관통했다. 삼구 삼진. 리그 최강 마무리 투수의 진면모였다. 2사 주자 1, 3루. 송근우의 얼굴에 여유가 돌아왔다.

타석에 들어선 진용철은 방망이를 짧게 잡았다. 그러나 종으로 예리하게 떨어지는 커브와 인코스에 꽉 차게 꽂히는 속구로 순식간에 투 스트라이크 노 볼.

"타임!"

주심에게 허락을 구하고 진용철은 잠시 타석을 벗어났다. 머리를 흔들고 어깨와 허리를 비틀고 난 다음 다시 타석으로 들어선 그는 배트를 좀 더 짧게 잡고 안쪽으로 바짝 붙어 섰다. 송근우가 연속으로 뿌린 최고 구속의 직구를 진용철은 악착같이 커트해 냈다. 150을 상회하는 강속구를 커트해 낸다는 게 결코 쉬운 일은 아니었지만, 이상하게도 지금은 그게 되고 있었다. 그리고 그는 결국 이겼다. 포볼.

2사 만루. 관중석에서 함성이 일었다. 그러나 그것은 함성이라기보다는 야유에 가까웠다. 드래건스의 홈인 것이다.

타석의 바닥을 고르고 양발의 위치를 잡은 최준덕은 투수를 바라보았다. 그냥 덤덤한 심정이었다. 심장이 마구 뛰노는 게 느껴졌지만, 이상하게도 마음은 차분했다. 한 개는 들어올 것 같았다, 그가 가장 좋아하는 코스로.

5구째. 마침내 노리고 있던 공이 들어왔다. 인코스 높은 직구. 공 끝이 변화를 일으킬지도 모른다는 의심은 과감히 버리고 그의 방망이가 힘차게 돌았다. 딱! 제대로 잡아당긴 공이 허공을 가르며 쭉쭉 날아가더니 그대로 왼편 펜스를 훌쩍 넘어가 버렸다. 홈런! 만루포였다.

"우와~!" "으아아~!"

미친 듯이 고함을 지르며 불스 선수들은 일제히 더그아웃을 뛰쳐나갔다. 최준덕이 천천히 그라운드를 도는 동안 선수들은 서로 얼싸안고 경중경중 뛰며 맘껏 환호했다. 게임 스코어 10-10. 기적 같은 동점이었다.

그러나 경기는 아직 끝나지 않았다. 드래건스는 송근우를 마운드에서 내리고 대신 페드로를 올렸다. 만루 홈런의 충격에서 겨우 벗어난 관중석이 다시 술렁였다. 용병 페드로는 드래건스의 제1 선발이다. 에이스인 것이다. 더욱이 내일 2위 로얄스와의 경기에 선발로 예정되어 있는 상태였다. 그럼으로써 성백호 감독이 지금 어떤 심정인지를 짐작해 볼 만했다.

페드로는 내야 플라이 하나로 간단히 9회 초를 마무리 지었다.

9회 말 드래건스 공격.

불스는 여섯 번째 투수로 에이스 채병두를 마운드에 올렸다. 그럼으로써 불스 또한 모든 자원을 다 쏟아부어서라도 이 경기만큼은 반드시 이겨야겠다는 절대 의지를 내비친 것이다.

채병두는 에이스답게 역투하였다. 풀 카운트 끝에 선두 타자를 포볼로 내보내긴 했지만, 후속 타자들을 삼진과 외야플라이 두 개로 잘 막아냈다.

경기는 연장전으로 넘어갔다.

10회 초 불스 공격.

1사 후에 이종찬이 안타를 만들어냈다.

다음 타석은 2루수 이상수. 1구 한가운데 직구. 이어 볼 두 개. 4구째 슬로 커브에는 맥없는 헛스윙. 볼 카운트 투 앤 투에서 장동국 감독이 사인을 냈다. 런 앤 히트!

그러나 3루의 박태성 주루코치는 그 사인을 보지 못했다. 그때까지 장 감독이 직접 사인을 낸 적이 거의 없었으니, 미처 주의를 기울이지 못한 탓이었다. 결과는 참담했다. 장 감독의 사인을 본 1루 주자 이종찬은 2루로 뛰었지만, 3루 코치의 사인을 받지 못한 이상수는 바깥쪽 스트라이크 존으로 꽂히는 직구를 그냥 보고만 있었다. 삼진. 그리고 1루 주자는 태그아웃. 쓰리 아웃 체인지.

10회 말 드래건스 공격.

채병두가 계속해서 마운드를 지켰다. 그 이상의 대안은 없었다. 선두타자와 투 쓰리 풀 카운트까지 가는 치열한 접전 끝에 6구째 바깥쪽 직구가 묵직하게 글러브에 꽂히는 순간 진용철은 벌떡 일어서며 3루로 공을 뿌렸다. 삼진!

그러나 주심의 손은 올라가지 않았다. 진용철은 펄쩍펄쩍 뛰며 항의했다. 분명 공 반 개는 여유있게 존(Zone) 안쪽으로 들어온 확실한 스트라이크였다. 장 감독과 두 코치까지 뛰어나와 강력하게 항의했지만 결국 항의는 받아들여지지 않았다.

"우~!" "우우~!"

관중석에서 야유가 터져 나왔다. 볼 판정에 대한 야유였다. 연장전까지 오는 혈투를 벌이고 있는 중이었지만, 관중들은 홈팀에 대해 점점 더 시큰둥해져 가고 있는 분위기였다.

그 한 번의 볼 판정이 승부의 분수령이 되었다. 다음 타자의 번트로 1사에 주자 2루. 이어진 안타로 1사 주자 1, 3루. 그리고 좌익수 깊은 쪽 끝내기 플라이로 3루 주자 홈인. 게임 스코어 11−10. 1위와 꼴찌 간의 대혈투는 마침내 끝이 났다.

누구라고 할 것 없이 불스 선수들 모두의 눈가가 촉촉이 젖었다. 젊은 선수들 몇몇의 눈에서는 눈물이 방울져 굴러떨어졌고, 사내자식들이 꼴같잖게 눈물이나 짠다고 눈총을 주지만 고참들의 눈가로도 어쩔 수 없이 습기가 번졌다. 울지 않는데도 그냥 눈가가 젖었다.

"울지 마라! 우리가 이긴 것이다! 11−10으로 진 게 아니라, 10−1로 이겼단 말이다!"

이종찬은 선수들 하나하나와 부둥켜안고, 혹은 손을 잡으며 같은 말을 몇 번이고 되풀이했다.

불스와 드래건스 경기의 후폭풍이 만만치 않았다. 특히 그날의 사태만 놓고 보면 불스의 빈볼이 원인이 된 것이지만, 사정을 조금만 거슬러 가보면 그 시작은 결국 호간이 이대헌을 폭행했던 이전의 사건부터였다. 그런 데서 지난 시즌부터 계속 말썽을 일으키고 있는 호간의 행태가 우선 불거졌다.

"호간이 전혀 반성의 기미 없이 계속 말썽을 일으키고 있는 건 한국 프로야구를 경시하기 때문이다!"

"일개 용병의 계속된 망나니짓에 대해 유사한 사건이 터질 때마다 팀 전력의 주축이라고 하여 임시방편의 솜방망이 처벌만을 반복해 온 소속 구단과 또한 그런 구단의 조치에 대해 방관적인 태도만을 견지해 온 KBO에도 그 책임을 물어야 한다!"

나아가서는 사뭇 격한 주장까지 나왔다.

"차제에 경종을 울려야 할 필요가 있다. 차제에 소속 팀에서는 호간을 방출하고, 아예 한국 야구계에 발을 못 붙이게 영구 제명 처리하라!"

비난 여론이 생각보다 빠르고 강하게 번져 나가자 KBO에서도 뒤로 발을 빼고 있을 수만은 없게 되었다. 그러나 KBO가 사건의 당사자인 양 구단을 일단 빼고 다른 여섯 개 구단의 의견을 구하려 했으나, 그들 구단들은 다만 방관자적인 입장을 취할 뿐이었다.

그런데 KBO가 사태 해결 방안을 놓고 부심하는 중에 불씨는 다시 엉뚱한 방향으로 번졌다. 드래건스가 형평성 문제를 들고 나온 것이다.

"호간에게만 책임을 지우려 하는 것은 형평성에 크게 어긋난다. 당연히 불스의 몇몇 선수들에게도 함께 책임을 물어야만 할 것이다. 우선 당일의 사태를 미리 모의하거나 지휘했다는 혐의를 피할 수 없는데다, 야구방망이를 휘둘러 우리 팀 선수들에게 중대한 위협을 가하였으며, 더욱이 우리 팀 투수 윤영수의 뺨을 때리는 등 직접적인 폭력을 행사한 이대헌과 이종찬에게는 최소한 호간과 같은 수준의 징계가 내려져야 한다. 뿐만 아니라 호간에게 직접적으로 폭력을 행사한 불스의 야수 여섯 명에 대해서도 합당한 징계가 내려져야만 한다!"

드래건스의 그 같은 입장 표명은 보기에 따라 혼자는 당할 수 없다고 불스를 붙잡고 늘어지는 격이었다. 더욱이 그러한 입장이 성백호 감독을 통해서 정리가 된 것으로 알려지자 당장에 거센 비난이 일었다.

그러던 차에 점입가경으로 이번에는 또 선수협의회에서 새로운 이슈에 대한 입장을 발표했다.

"선수협의회 차원에서 다른 건 다 넘어갈 수 있더라도 대선배의 멱살을 잡고 흔든 드래건스의 윤영수에 대해서는 프로야구계의 기본 질서와 건전 문화를 지켜 나가기 위해서라도 그냥 묵과하기 어렵다!"

물론 선수협의회의 그런 입장은 말 그대로 그냥 입장일 뿐이어서 그것이 어떤 공식적인 징계나 제재로 이어질 것은 아니었다. 그러나 한편으로 그렇게 지목된 윤영수 본인에게는 그 어떤 공식적인 제재나 징계보다도 치명적일 수 있었다. 야구가 개인 기록 경기가 아닌 만큼, 다른 모든 선수들에게 배척받고서는 결국 야구 자체를 할 수가 없는 것이다.

드래건스 구단의 움직임이 신중한 가운데 바빠졌다. 자칫 선수협의회와 심각한 갈등이라도 빚어지는 날에는 단순히 아까운 용병 하나, 그리고 차기 에이스 하나를 잃는 정도로 끝나지 않을 수도 있었다. 그 여파가 다시 어디로 튈지 알 수 없으니, 자칫 모 기업의 이미지 홍보라는 구단의 제일 존재 목적마저 흔들리는 사태까지 고려해야만 될 일이었다.

벌금 오천만 원과 10경기 출장 정지! 드래건스 구단이 호간에게 내린 자체 징계였다. 아울러 구단은 호간에게 한 번만 더 불미스러운 일을 일으킨다면, 그때는 최우선적으로 방출부터 고려할 것이라고 천명했다. 더하여 그 같은 구단의 자체 징계로 금번 사태로 인해 불거졌던 모든 소모적인 논란이 깨끗이 종결되기를 바란다고 했다.

벌금 오천만 원은 예상을 훌쩍 뛰어넘는 액수였으나, 이내 그 벌금을 결국 드래건스 구단에서 대신 내줄 것 아니냐는 관측들이 나왔고, 또한 자체 징계라는 형식과 모양새도 걸맞지 않다는 반응들이 쏟아졌다. 그러나 KBO와 각 구단들이 납득할 만한 조치라며 잇달아 호응하였고, 뒤이어 불스와 선수협까지 수긍을 표하고 나서자 여론은 빠르게 호전되었다.

5

“감독님, 지금 좀 찾아뵈어도 되겠습니까?”

일요일 밤 늦게 장동국 감독은 이종찬으로부터 전화를 받았다.

“시간이 꽤 늦었는데? 왜, 무슨 일 있어?”

“예. 드릴 말씀이 있습니다.”

이종찬의 목소리가 왠지 무겁게 가라앉아 있었기에 장 감독은 오히려 가볍게 대답을 해주었다.

“좋아. 무슨 얘긴지 모르겠지만 술 한잔하면서 듣는 것도 괜찮겠지? 내일 경기도 없고 하니까 말이야.”

“다시 맡아주십시오!”

홈구장 근처의 작은 호프집에서 생맥주 한 잔씩을 놓고 마주 앉아 한참이나 침묵을 지킨 끝에 이종찬이 불쑥 꺼낸 말이었다.

“뭘 말인가?”

“저희들 말입니다.”

“허허! 그게 무슨 소린가? 나 감독 그만둔다고 한 적 없는데?”

“저희가 너무 주제넘었습니다.”

“거 참! 뭔 소린지 잘 모르겠네만, 어쨌든 간에 일단 목부터 축이고 나서 다시 들어보기로 하자고.”

이종찬은 처음에 장동국 감독이 제시하는 방향이 낯설고 위험하게만 보였다고 했다. 그리하여 그 방향을 따라가기보다는 차라리 자신들이 지금껏 해왔던 익숙한 방식을 따라가는 게 옳다는 판단을 했다는 것이다. 얼마 안 가서 그들이 택한 방향으로는 도저히 안 된다는 걸 절감하게 되었지만, 막상 그것을 인정할 용기는 내지 못했다고 했다. 그러다 이번 드래건스와의 사태를 겪고 난 다음에는 마침내 나아갈 방향을 아주 잃어버렸고, 모두가 모여 이야기를 나누고 격론을 거친 끝에 만장일치로 두 가지 사항을 결의했다고 했다.

"이기자! 다른 팀에는 다 지더라도 한 팀에게만큼은 무슨 수를 써서라도 반드시 이기자!"

마치 구호를 외치듯이 말한 이종찬이 다시 본래의 투로 돌아오며 말을 이었다.

"이게 첫 번째 결의 사항입니다. 그동안 선수들에게 쌓였던 울분들이 이번 사태를 겪으면서 그런 쪽으로 분출구를 찾은 건지도 모르겠습니다."

이종찬이 잠시 말을 멈추고 장 감독의 반응을 살폈으나, 장 감독은 묵묵히 맥주잔만 비워냈다.

"두 번째 결의 사항은 처음에 말씀드린 대로입니다. 감독님께서 다시 저희들을 이끌어주시는 겁니다."

장 감독이 그제야 나직하게 웃으며 물었다.

"후훗! 그 한 팀에게 반드시 이기기 위해서 말인가?"

"솔직히 우선은 그렇습니다."

"그렇다면 이번에도 자네들은 방향을 잘못 잡은 게 아닌가? 누가 이끄는가 하는 문제 이전에 지금 우리 팀의 전력으로 그런 결의를 한다는 것 자체가 우선은 현실적이지 못한 것 같은데, 안 그런가?"

"선수들에게서 나온 얘기를 그대로 말씀드리자면, 기왕에 망할 거면 미리 정해진 패배와 꼴찌의 길로 대책없이 끌려가기보다는, 차라리 모르는 길로 가보자는 겁니다. 그것이 산으로 가는 길이든 강으로 길이든 우리도 모르고 남들도 모르는 그런 길로 한번 가보자는 거지요."

"하하하! 그거 꽤 재미있는 발상이군. 한데, 그럼 자네들 내키는 대로 가면 될 걸 애꿎은 나는 왜 또 걸고넘어지려고?"

"그게 말입니다. 막상 어디로 갈까 했더니 말들이 많더라고요. 이 산으로 가자는 놈, 저 산으로 가자는 놈, 이쪽 강으로 가자는 놈, 저쪽 강으로 가자는 놈, 그런데 막상 그럴듯해 보이는 산이나 강은 하나도 없더란 말입니다. 그래서 내려진 결론이 바로 감독님입니다. 감독님이야말로 이미 저희들에게 충분히 현실적이지 않아 보이는 방향을 제시했던 적이 있는 분이니 말입니다. 감독님이 끌고 가는 곳이라면, 아무도 안 가본 곳일망정 차라리 제대로 산다운 산, 강다운 강은 맞을 거라는 겁니다."

"허허허!"

장 감독은 차라리 웃고 말았다. 그리고 이종찬이 똑바로 맞춰오는 시선을 짐짓 피하며 다시 맥주 한잔을 쭉 비워냈다.

"저희를 이끌어주십시오! 강으로 가자고 하시면 강으로 갈
것이고, 산으로 가자고 하시면 산으로 가겠습니다!"

딱! 딱! 딱! 장 감독은 대답 대신 손가락으로 테이블을 두드
리기 시작했다. 한참을 그러고 있다가,

"자! 한잔하세!"

하며 혼자서 또 한잔을 쭉 비우고 나서,

"만약에 말일세."

하고는 말을 끊었다.

꼴깍! 이종찬의 목젖이 도드라졌다가 가라앉았다.

"내가 바다로 가자고 하면 어쩔 건가?"

순간 이종찬은 저도 모르게,

"호호호!"

하고 조금은 이상한 웃음소리를 내고 말았다. 그런데 민망
하다고 생각하면서도 이종찬은 그 이상한 웃음소리를 좀처럼
그칠 수가 없었다.

"호호호! 호호호! 호호호호!"

소리는 이상했지만, 시원했다. 이종찬은 가슴속에 꽉 막혀
있던 무엇이 조금씩 뚫려가는 듯했다.

6

월요일 늦은 오후. 장동국 감독은 팀 미팅을 소집했다. 오랜
만이어서인지 선수들은 왠지 낯설어하는 기색들이었다. 그러

면서도 묘하게 들뜬 분위기는 있었다.

"이기고 싶나?"

"예!"

한목소리로 나오는 대답 소리가 자못 우렁찼다.

"수단과 방법을 가리지 않고라도 반드시 이기고 싶나?"

"예!"

대답 소리가 반으로 줄었다.

"비겁하게라도 말인가?"

대답 소리는 나오지 않았다. 대신 약간의 웅성거림이 일었다.

"아니다! 수단과 방법을 가리지 않고 이기는 건, 비겁하게 이기는 건 진짜 이기는 게 아니다. 그건 결국 우리 자신에게 지는 거다! 당당하게! 실력으로! 그렇게 이겨야 진짜로 이기는 거다! 그리고… 우리는 그렇게 이길 수 있다!"

선수들 사이의 웅성거림이 커졌다.

"물론 당장은 아니다. 우리는 지금 실력도 미치지 못하고 당당하지도 못하다. 우리에겐 시간이 필요하다. 우리가 이기려는 상대만큼 실력을 갖추고 적어도 당당해질 시간 말이다!"

그 대목에서는 기어코 참지 못한 누군가가 불쑥 물었다.

"그 말씀은… 지금은 실력도 안 되고 다른 뭣도 안 되니까 언젠가 실력도 되고 다른 뭣도 되는 날이 오거든 그때나 한번 제대로 해보자 그런 말씀입니까? 그런데 과연 그런 날이 오기나 하겠습니까? 그전에 이놈의 구단이 망하지나 말기를 바라야 하는 거 아닙니까?"

감독에 대한 직접적인 반발까지는 아닌 것 같았지만, 그렇더라도 강한 불만과 자조가 섞인 느낌이었다. 그리고 그런 느낌은 대다수 선수들에게도 빠르게 공감을 불러일으킨 듯이 웅성거림이 더욱 커지고 있었다. 그때였다.

"제기랄! 이래서야 어떻게 바다를 가나?"

장 감독의 그 나직한 투덜거림은 좌중의 웅성거림을 확 잦아들게 만들었다. 그리고 이내 다시 웅성거림이 되살아나려 할 때 장 감독의 호통이 터져 나왔다.

"산이든, 강이든, 바다든 내가 가자는 대로 따라오겠다며? 그런데 지금 이게 따라오는 거야?"

순간 사방은 그야말로 쥐 죽은 듯이 조용해졌다.

"난 지금 가보자는 얘기를 하려는 거다! 저 거칠고 막막한 바다로 말이다! 여러분을 선원으로 해서 말이다!"

꼴깍! 꼴깍! 몇 군데서 침 넘어가는 소리가 들렸다, 제법 또렷하게.

"결코 먼 나중의 얘기가 아니다! 이번 시즌에서 해보자는 거다! 물론 시즌은 이미 두 달 가까이나 흘러가고 있지만, 아직도 시간은 남아 있다. 분명 기회도 올 것이다. 내가 우선 목표하는 것은 6월 중이다. 6월 중에는 여러분이 이기고자 하는, 그리고 이제부터는 나 또한 이기고자 하는, 그래서 우리 모두가 이기고자 하는 상대에게 적어도 한 번은 이긴다! 그리고 그것을 시작으로 우리는 점점 더 자주 이기게 될 것이다!"

“아!” 숨죽인 채 뱉는 나직한 탄성과,

“후우~!” 가늘게 토해내는 한숨이 교차했다.

“그러나 그게 다라면 난 시작조차 하지 않을 것이다. 그것은 다만 작은 목표일 뿐이다. 그것을 시작으로 우리는 최종의 목표를 향해 본격적으로 달리는 거다. 우리의 최종 목표가 무언지 알고 있나?”

“4강입니까?”

누군가 반문했다. 한층 밝아진 목소리였다. 장 감독은 빙그레 웃으며 고개를 저었다.

“아니다. 그건 우리에게 부여된 목표이지, 우리 스스로가 세운 목표는 아니다. 또한 우리의 목표가 겨우 그런 정도일 수는 없다. 벌써 잊었나? 전훈 첫날 내가 여러분에게 선언했던 것을?”

약간의 웅성거림이 있었다. 그러나 누구도 대답을 하지는 않았다. 장 감독이 말하는 최종 목표가 무엇인지에 대해 대부분이 알게 되었음에도.

“지금은 바다까지 가는 걸 얘기하지는 않겠다. 우선은 강으로 가는 거다! 그리고 강에 도달한 다음에는 여러분이 먼저 이제는 바다로 가자고 말해주기를 바란다!”

第四十五章
강으로 가자!

몽상가

　그들은 강으로 가기로 했다. 선수들은 기왕에 가기로 하였으니 하라는 대로 무조건 따르겠다는 분위기였지만, 장동국 감독은 쌍방향 소통을 강조했다. 즉, 전훈 때 했던 것처럼 결정은 자신이 하지만, 결정 과정에서는 모두가 동참하고 공감하는 방식으로 하자는 것이었다. 그래야 남는 게 있다고 강조했다. 결과가 좋으면 좋은 대로의, 혹은 나쁘더라도 나쁜 대로의.

　"야구가 투수 놀음이라는 말이 있듯이, 팀 전력에서 가장 중요한 것은 역시 마운드일 수밖에 없다. 특히 시즌 후반으로 갈수록 마운드의 안정이 승률을 결정한다고 봐야 한다. 그러나 안타까운 얘기지만, 우리 팀의 가장 큰 약점이 바로 마운드다.

강한 선발진이 많은 이닝을 책임지면서 투수진 전체의 체력을 안배하고 승리를 챙겨 나가는 것이 가장 이상적이지만, 모두가 인정하지 않을 수 없듯이 다른 팀이 4선발이나 5선발의 로테이션 체계를 가져가는 데 비해 우리 팀은 원투펀치조차 제대로 갖추지를 못하고 있다. 그러나 어떻게 하든 마운드를 안정시키지 않으면 우리는 결코 목표를 향해 나아갈 수 없다. 자! 그럼 우리는 어떻게 해야 할까?"

"강으로 가면 됩니다!"

장 감독의 심각함을 깨보겠다는 듯이 서진웅이 짐짓 목청을 높였다. 웃는 얼굴이었다. 장 감독이 또한 흔쾌히 고개를 끄덕였다.

"맞다! 나는 이제 여러분을 첫 번째의 강으로 끌고 가려고 한다. 누구도 가보지 않은 강이다. 아니다. 여러분은 그 언저리까지는 가본 일이 있다. 바로 전훈 때의 우열팀 경기와 시범 경기를 통해서 말이다."

프로야구계의 일각이 시끄러웠다. 불스가 돌연히 가져가고 있는 몇 가지의 파격 때문이었다.

우선 불스는 26명의 1군 엔트리 중 14명을 투수로 채웠다. 10명에서 12명까지를 투수로 가져가는 통상의 엔트리 구성에 비하자면 파격적이라고 하지 않을 수 없는 구성비였다.

아울러 그들은 아주 독특한, 그러나 엉뚱하기 짝이 없는 투수 로테이션을 운용하고 있었다.

3인 1조의 집단책임제! 즉, 선발과 불펜의 개념이 없이 1조에 속한 세 명의 투수가 공동으로 최소 8이닝을 무조건 책임지는 형태였다. 즉, 선발로 나오는 투수가 최소 4이닝을 책임지고, 이어 나오는 다른 두 명의 투수가 또한 최소 4이닝을 책임지는 형태이다. 무조건 책임을 진다는 것은, 그들이 자신들에게 할당된 이닝을 그 어떤 경우라 해도 반드시 소화해 낸다는 의미이다. 난타를 당해 10점을 내주든 20점을 내주든 말이다. 그들은 '승수'라는 투수의 가장 중요한 성적 개념을 완전히 무시하고 있었다. 예를 들어 선발로 나온 투수가 호투하여 5회 말 2사까지 리드를 하고 있는 중이라도, 감독의 판단에 따라서는 승리 투수의 요건 따위는 전혀 배려되지 않은 채 간단히 교체되기도 하는 것이다. 어쨌든 불스는 3인 1조의 조 네 개를 로테이션으로 유용하고 있었고, 나머지 두 명의 투수를 마무리로 운용했다.

물론 그런 파격은 아주 작은 소란일 뿐이었다. 만년 꼴찌 불스의 동향에 대해 일일이 신경을 쓰는 사람은 거의 없었고, 그들의 파격이 당장에 어떤 변화, 혹은 결과를 내고 있는 것도 아니었다. 불스는 여전히 최저 승률을 이어가고 있었고, 여전히 당연한 꼴찌일 뿐이었다.

2

5월도 하순으로 접어들었다. 불스는 여전히 이길 때보다는 질 때가 훨씬 더 압도적으로 더 많았다. 불스에 대한 비난은 차라리 외면으로 변했다.

그런 중에도 불스의 파격은 계속되고 있었다. 외부에서 보기에 그것은 다만 ‘별짓’, 혹은 ‘뻘짓’에 불과하였으나, 불스의 선수들에게 그것은 그들을 지탱해 주고 있는 마지막 한 가닥의 가능성이었다. 그럼으로써 그들의 파격은 고집스럽게, 차라리 절박하게 계속되고 있었다.

“지는 경기라도 잘 져야 한다! 지더라도 어렵게 지자는 거다! 다시 말해 조금이라도 더 어렵게 지기 위해 악착같이 버티고 또 버티다가 그래도 어쩔 수 없어서 지자는 거다! 그렇게 질 때에만 뿌듯한 뭔가가 남는다! 그런 게 남는다는 건 우리가 아주 조금이라도 나아졌다는 거다! 우리는 지금 그런 뭔가를 꾸준히 쌓아가야만 한다! 그렇게 하다 보면, 생각보다는 멀지 않은 때에 우리는 이기는 팀이 되어 있을 것이다!”

“일단 경기에 나갔으면 그 경기의 주인공이다! 패배하는 것을 두려워하지 마라! 침착하게, 정석대로, 최선을 다해 경기에 임해라! 그러나 우리 자신에게 패배하는 것은 두려워해야만 한다! 경기에 지고서도 여전히 그 자리에 머물고 있다면 그건 바로 우리 자신에게 패배한 것이다! 한 걸음씩이라도, 아주 조금이라도 지금보다 나아지는 쪽으로 움직이자!”

"꼴찌를 하더라도 결코 양보해서는 안 되는 게 바로 자부심이다. 야구를 한다는 자부심이다. 그것은 야구를 즐기는 마음이다. 우리가 지금 야구를 하고 있는 이유가 단순히 이기기 위해서, 혹은 오기, 미움, 복수 따위를 위한 것일 뿐이라면 그건 너무 유치하지 않을까? 우리 스스로를 너무 초라하게 만들지 않을까? 우리는 차라리 즐기는 거다! 지금 뛰고 있는 이 경기야말로 우리에게 마지막 혹은 단 한 번의 비상일지도 모른다. 그럼으로써 우리는 당연히 즐겨야만 한다! 한 경기 한 경기가 모두 우리를 위해 펼쳐진 판이라고 생각하고 맘껏 즐기는 거다! 우리의 모든 힘과 열정을 다 바쳐서 정말 후회없이 즐겨보는 거다!"

그들은 지금 강으로 가고 있었다, 조금씩 더 넓고 더 깊은 곳으로.

3

드래건스를 만날 때면 불스 선수들은 눈빛부터가 달라졌다. 장동국 감독이 아무리 '야구를 한다는 자부심'이니 '야구를 즐기자!' 느니 하며 세뇌를 시키다시피 했지만, 그들을 강으로 가지 않을 수 없게끔 만든 직접적인 동인(動因)이 바로 드래건스였음에야 어쩔 수가 없는 것이리라.

그렇다고 해서 장 감독이 드래건스와의 경기에 팀의 전력을 특별히 집중한다든지 하는 일은 없었다. 다만 선수들은 드래건스와의 경기에서 가장 철저하게 원칙을 지키려 애를 쓸 뿐이었다. 쉽게 지지 않는다는 원칙에 최대한 충실하기 위해 선수들은 끝까지 물고 늘어졌다. 악과 깡과 근성과 그 외에 그들이 할 수 있는 모든 걸 다 동원해서. 비겁한 짓만 빼고.

물론 그럼에도 불스는 졌다. 사실 1위와 꼴찌 팀 간의 너무도 현격한 전력의 격차를 제외하고라도, 드래건스 또한 불스에 대해서는 다른 팀을 대할 때와는 사뭇 다른 '감정'을 가지고 있기도 했다. 그들 또한 불스를 쉽게는 이기려 하지 않았다. 불스만큼은 아주 제대로 부숴주려고 했다.

덕분에 야구팬 중에서는 전혀 기대하지 않았던 재미 하나를 챙긴 이들도 있었다. 뭐랄까? 전혀 어울리지 않는 라이벌 관계? 혹은 숙적 관계? 아마도 앙숙 관계가 가장 어울릴 듯하다.

다른 팀들에게는 무기력한 경기를 펼치다가도 드래건스만 만나면 철천지원수라도 만난 듯이 사력을 다해 덤벼드는 불스. 그리고 또한 불스만 만나면 유난히 혹독하게 몰아치는 드래건스.

물론 매번 불스의 패배였다. 그런데 도저히 상대가 되지 않아야 마땅할 두 팀 간의 경기는 매번 치열하기 짝이 없는 혈투가 되곤 했다. 꼴찌의 반란? 무모한 독기? 어쨌든 1위와 꼴찌 팀 간에 형성된 그런 묘한 앙숙 관계는, 지금껏 외면받던 불스의 경기에 아주 조금씩이라도 관중 수가 증가하는, 누구도 예상하지 못했던 작은 '역설(逆說)'을 만들고 있는 중이었다.

6승 19패, 승률 0.24.

5월 불스의 성적이다. 4월의 3승 19연패, 승률 0.136에 비하면 월등한 성적이었다. 그렇더라도 '당연한 꼴찌'를 면하기에는 여전히 태부족의 성적이었지만.

다른 구단의 봐주기라는 음모론은 여전히 있었다. 그러나 그것에 대해서는 단순하고도 명확한 반론이 제기되었고, 더하여 보다 분석적인 시각이 있기도 했다.

우선 음모론에 대해서는 불스가 승률이 상승했음에도 불구하고 유독 드래건스를 상대로 해서는 아직까지 단 1승도 거두지 못하고 있다는 사실만으로도 충분히 반박이 되었다. 매번 가장 치열한 혈투를 벌이고도 말이다. 그러니 내내 1위를 독주하고 있는 드래건스만 더욱 유리해지는 음모에 다른 팀들이 순순히 응할 이유가 없지 않느냐는 반론이었다.

다음으로 보다 분석적인 시각은 불스의 마운드가 조금씩 안정되어 가고 있다는 측면이었다. 그동안 불스는 예의 '3인 1조 집단책임제'에 대해 꾸준하게 조합 맞추기 작업을 벌여왔다. 즉, 각 조의 투수 3인을 어떻게 조합시키느냐에 따라 어떤 조합에서는 서로 마음이 불편하고, 또 어떤 조합에서는 서로의 의기가 투합되는 그런 조합이 있을 수 있다는 게 장동국 감독의 지론이었다. 일종의 스타일 내지는 성격 같은 것들의 종합적인 궁합을 맞추어 각자의 능력을 단순 조합시키는 것 이상의 시너지 효과를 내기 위한 시도였는데, 그런 시도가 일정부분 효과를 보이고 있다는 게 일각의 평가였다.

4

　요즘 철민은 주말이 한결 지낼 만해졌다. 최소한 외롭거나 지겹지는 않았다. 손강호의 주말 외출이 더욱 빈번해져서 토요일에 나가서는 아예 일요일 밤늦게나 되어 들어오기 일쑤였는데도 말이다.
　우선은 체력 훈련에 동참하라는 손강호의 등쌀로부터 벗어나 완전히 늘어지게 휴식 내지는 게으름을 즐길 수 있어서 좋았고, 그것보다는 손강호의 눈치와 잔소리를 겁내지 않고 맘껏 어떤 시도를 해볼 수 있다는 점에서 더욱 좋았다. 바로 헤드록과 재활체조다. 그것들을 진짜 강점으로 다듬어보려는 시도였다. 시작은 헤드록부터였다. 사실 처음에 철민은 통하지 않을 거라고 생각했었다. 괜히 운동선수들이며, 또한 괜히 아오지이겠는가? 그야말로 단단한 신체와 깡과 근성으로 무장된 선수들인 것이다. 그러나 결론부터 말하자면 통했다.

　처음에는 아무나 보고 일단 친한 척을 했다. 그리고 슬그머니 다가가서 말을 걸고, 한두 마디 말을 받아준다 싶으면 바로 헤드록을 걸었다. 느닷없이, 무턱대고 자행되는 대책없는 짓거리였다.
　"지금 뭐 하는 겁니까?"

황당한 경우를 당한 상대가 버럭 화를 내면, 서로 친해보자고 하는 장난이라며 어물쩍 궁핍한 명분을 내세웠다. 그러면 상대는 우거지상에다 속으로야 무슨 '쌍욕'을 하더라도 한 번은 그냥 넘어가 주었다. 철민이라는 존재가 '황당한 경우' 한 번에 확 받아버리기에는 아무래도 좀 애매모호한 데가 있기 때문일 것이다. 신고선수이긴 해도 나이가 좀 있는 편인데다, 또 같은 신고선수 처지이지만 족보상 한참 선배가 되는 손강호가 깍듯이 '팀장님!' 소리를 달고 다니고, 더욱이 1군의 최고참인 이종찬도 인정해 준 서열이라고 하질 않는가?

그러나 한 번으로 끝나는 장난이 아니었다. 황당한 경우를 두세 번 연달아 당하고 나서야 아무리 성질 눅진한 사람이라도 참을 도리가 없다.

"이 양반이 지금 사람 무시해?"

와락 밀치고 힘으로 응징을 하려는데, 그런데 그게 또 장난이 아니었다. 일단 목을 잡히고 난 다음에는 도무지 빠져나올 수가가 없었다. 덩치 크고 힘깨나 쓴다는 친구들도 마찬가지였다. 철민이 별로 힘을 쓸 것 같지도 않은 마른 몸매인데, 막상은 힘이 장난이 아니었던 것이다.

몇 번 그런 경우를 당하고 난 다음에는 처음부터 목을 잡히지 않으려고 먼저 힘겨루기를 시도해 오는 친구들도 있었다. 그런데 그게 또 묘했다. 철민이 양손을 휘젓는데, 그게 무슨 태극권이니 팔극권이니 하는 따위와 비슷해 보이지도 않고, 영 어설프기만 해서 그냥 허우적거리는 듯한 손짓이었다. 묘하다는 것은 그냥 허우적거리는 듯한 그 손짓에 결국은 손목을 잡히고 팔을 잡히고 만다는 것이었다. 그리고는 '어어!' 하는 사이에 결국 목을 잡히고, 그다음에는 역시나 도무지 빠져나올 수 없는 처지가 되고 마는 것이다.

철민의 허우적거리는 손짓, 그건 바로 재활체조였다. 아니, 재활체조를 흉내 내는 것이었다. 아무래도 꿈속에서처럼 손놀림이 나오지는 않았으니까. 당연한 일이겠지만.

얼마 안 가 철민은 희생자를 찾기가 영 어렵게 되었다. 철민만 보면 저쯤 떨어진 곳에서부터 지레 슬슬 피하였으니 말이다. 그래도 아예 시도 자체를 못하게 되지는 않았다. 천만다행으로 두 명의 예외가 있었던 것이다. 그 둘은 정말로 성질이 좋은 친구들이었다. 유순하거나, 혹은 관대하거나, 어쨌거나 운동선수치고는 정말로 드문 성격들이었다.

그러나 단지 그런 이유 때문에 철민이 그 둘에게 헤드록과 재활체조를 마음대로 시도해 볼 수 있는 것은 아니었다. 사실은 그들이 바로 강대웅과 김승완이기 때문이었다. 장동국 감독이 자신에게 '알아서 하라!' 고 맡겼다는 이유로 손강호가 아예 '내 새끼들!' 이라고 유 소장의 눈총에도 불구하고 온종일 끼고 다니다시피 하는 '졸병들!' 이며, 그럼으로써 철민 자신의 졸병들이기도 하며, 특히나 손강호가 외출하고 없는 주말이면 완전히 그만의 졸병들이기 때문이었다.

'재들이 어떻게 야구선수가 되었을까? 비록 야구선수가 될 자질을 평가할 만한 식견이나 자격이야 조금도 없지만, 그래도 철민은 강대웅과 김승완을 볼 때마다 그런 생각을 해보았다. 움직일 때마다 출렁이는 뱃살을 자랑하는 거구. 또 한 친구는 일 자[一]이다시피 한 체형을 가진 장신의 말라깽이. 도저히 야구선수와는 어울리지 않는 체형들이었다.

강대웅과 김승완은 삼 년 전 나란히 고졸 지명선수로 불스에 입단했는데, 지금까지 계속 2군에만 머물고 있다고 했다. 두 사람과 얘기를 해보면, 그들은 장래에 대해 크게 희망을 가지고 있는 것 같지가 않았다. 그냥 야구를 좋아해서, 그리고 당장에는 야구밖에 할 게 없어서 아오지에 붙어 있을 수밖에 없다고 했다. 그렇더라도 그리 멀지 않은 장래에는 야구가 아닌 다른 쪽으로 진로를 바꾸리라는 각오를 이미 해두고 있는 눈치들이었다. 그런 점에서 그들 둘의 처지가 어쩌면 자신과 비슷하기도 하다는 생각을 철민은 잠깐 해보기도 했다.

야구선수지만 야구선수가 아닌 자들! 당장에는 아무 소용도 없는 자들! 그렇다고 무슨 변화가 있을 거라는 뚜렷한 희망도 계획도 없이 마냥 이끌려만 가고 있는 자들!

第四十六章
홈런

몽상가

1

6월이 시작되자마자 붐스의 26인 엔트리에 변화가 생겼다. 네 명이 새롭게 교체된 것이다.

그러나 그 같은 교체가 외부의 관심을 끌지는 못했다. 2군으로 내려가는 인원들이 경기에 자주 출장하는 선수들이 아니었으며, 보강된 인원들 또한 모두가 처음으로 1군에 이름을 올리는 그야말로 무명이었으므로.

아니, 관심을 끌기는 했다. 그 네 명 중 두 명이 고졸 3년차의 신인들이며, 더욱이 나머지 두 명이 이미 서른을 넘긴 나이의 신고선수 출신들이라는 점에서. 그러나 그 같은 점을 눈여겨본 이들은 그야말로 일부에 불과했다.

불스와 드래건스의 주말 3연전.

홈팀인 불스는 첫날 경기를 패하고 오늘 두 번째 경기를 치르는 중이었다.

"에이, 시파!"

9회 초 마지막 수비를 나가는 이종찬의 입에서는 절로 욕이 튀어나왔다. 진짜로 안 풀리는 경기였다. 정말 한다고 하는데, 용을 쓴다고 쓰는데 이렇게 안 풀릴 수가 없었다. 우선 그부터가 전 타석 무안타에다가, 방금의 8회 말 공격에서는 모처럼 잡은 무사 1루의 기회에서 병살을 치고 말았다. 게임 스코어는 5-0. 9회 말 공격이 남긴 했지만, 이미 확연히 기울어진 경기였다. 금년 시즌 드래건스에게는 전패의 기록을 이어가고 있는 중인 터에 이번에도 속절없이 지고 마는 데 대해, 그 자신부터 최선을 다하지 못한 것에 대해 이종찬은 참을 수 없이 울화가 치미는 것이었다.

그런데 투수가 교체되고 있었다. 며칠 전 전격적으로 1군으로 올라온 고졸 3년차 김승완. 이종찬으로서도 그런 친구가 2군에 있다는 정도만 알고 있었던, 그야말로 솜털도 못 벗은 애송이의 첫 등판이었다. 더욱이 2미터에 육박하는 장신에다 마른 명태와 같이 깡마른 체형, 특히 빈약한 하체가 도무지 믿음이 안 가는 친구였다.

'애송이에게 데뷔 무대를 마련해 주려는가 보다!' 감독의 의도에 대해 이종찬은 그렇게 생각했다. 한편으로 궁금하기도 했다. 장 감독이 아마도 비장한 심정으로 발탁해 올렸을 새로운 카드의 진면모가.

"타임!"

바뀐 투수의 공을 세 개째 받고 나서 진용철은 타임을 요청했다. 마운드로 걸어가는 포수 마스크 속 그의 얼굴이 굳어 있었다.

"야! 너!"

"예, 선배님!"

잔뜩 긴장한 채로 대답하는 김승완의 얼굴을 보기 위해 진용철은 고개를 위로 들어야 했다. 그러나 바짝 얼어버린 앳된 얼굴을 보고서야 호되게 나무랄 수는 없었기에 진용철은 애써 인상을 풀고 대신 억지로나마 웃음기를 떠올렸다.

"왜 그래, 아마추어같이?"

웃자고 하는 얘기가 아니었다. 첫 등판의 가슴 떨림을 이해하지 못할 것은 아니었으므로, 1구부터 그냥 빠른 직구로 한가운데다 꽂아 넣으라고 사인을 보냈었다. 그런데 1, 2구까지는 그렇다 치더라도 3구까지 내리 볼을 던진다는 것은 용납하기 어려운 일이었다. 아마추어가 아닌 프로인 것이다.

"긴장 풀어! 어깨 힘 빼고 그냥 한가운데다 던져 넣어! 맞아도 너한테 뭐라고 안 할 테니까, 다 내가 책임질 테니까, 넌 그냥 이것저것 생각하지 말고 쉽게 쉽게 던지라니까!"

"예, 알겠습니다!"

“좋아!”

진용철은 가볍게 김승완의 등을 두드려 주었다. 빨리 경기를 속행하라고 주심이 신호를 보내고 있었다. 그러나 진용철은 서둘지 않고 느릿한 걸음으로 돌아갔다. ‘아마추어 같은’ 친구에게 긴장을 풀 시간을 조금이라도 더 주기 위해서.

팡!

“새끼! 진짜로 새가슴이야?”

진용철이 차마 마운드를 향해 화를 터뜨리지는 못하고, 스트레이트 포볼로 1루를 향해 걸어나가는 타자의 등을 향해 씹어뱉듯이 중얼거렸다. 그러나 그건 시작에 불과했다. 이어진 타석에서 다시 포볼. 그리고 또다시 포볼.

“우우~!” “우우우~!”

홈팬들 사이에서 야유가 터져 나왔다. 안타 하나 맞지 않고 만루였다. 누구의 도움도 없이 오로지 투수 혼자서 만든 작품이었다. 그것도 잠깐 사이에.

진용철은 언뜻 더그아웃을 보았다. 그러나 설핏 그와 눈길이 마주친 장동국 감독은 가볍게 고개를 저을 뿐이었다. 차라리 태연해 보이는 얼굴이었다. ‘제길! 기왕 내보낸 것, 원없이 깨지고 들어오라는 거야?

딱! 2루타 한 방으로 주자 일소. 아주 제대로 점수를 헌납했다. 게임스코어 8—0.

팡! 다시 포볼이다. 무사에 주자 1, 2루.

1, 2루 주자들의 리드 폭이 컸지만 김승완이 아직도 바짝 얼

어 있는 모습이었기에 진용철은 주자 견제 사인을 주지 않았다.

'9회 초 8점 차에서 굳이 도루를 하랴?' 하는 방심도 있었다. 그러나 주자들은 굳이 도루를 감행했다. 진용철은 공을 던질 생각도 하지 못했다. 아니, 안 했다. '그래! 빌어먹을 자식들아! 실컷 해 처먹어라!'

팡! 다시 포볼로 무사 만루 상황.

'도대체 언제까지 떨래?' 김승완의 얇은 하체가 후들거리고 있는 게 느껴지는 듯했으나, 진용철은 이미 마음을 비운 다음이었다.

딱! 이번에는 컸다. 하늘 높이 솟구친 공이 포물선을 그리며 쭉쭉 뻗어갔다. 홈런! 만루포였다. 게임 스코어 12-0.

장동국 감독이 마운드를 향해 걸어나오고 있었다. 그러나 진용철은 마운드로 가지 않았다. 감독의 잔인함에 대한 항의와 원망이있다. 이제 첫 등판을 한 고작 스물두엇의 애송이인 것이다. 이렇게까지 만신창이가 되기 전에 진작에 교체를 해 주었어만 했다. 여린 싹을 아주 잘라 버려지는 말아야 했던 섯이다. 어쩌면 김승완은 앞으로 다시는 마운드에 설 용기를 내지 못할지도 모른다. 하긴 그에게 다시 마운드에 설 기회가 주어지지 않을 가능성이 훨씬 더 크겠지만.

"김승완!"

김승완을 올려다보는 장 감독의 얼굴은 이렇다 할 표정을 만들지는 않고 있었으나, 그 눈빛은 차갑게 가라앉아 있었다.

“예, 감독님!”

기어들어 가는 목소리로 대답은 하였으나 김승완은 감히 감독과 눈을 마주치지 못하였다.

“계속 긴장되고 떨리나?”

“…….”

“긴장되고 떨리는 건 당연하다! 그러나 그 정도 긴장으론 안 된다!”

“예?”

“김승완! 지금부터 내가 하는 말 잘 들어라! 넌 지금 벼랑 끝에 서 있다! 정말로 1센티미터의 여유도 없는, 그야말로 죽느냐 사느냐 하는 마지막 정점에 서 있다는 말이다! 그래서 그냥 긴장되고 떨리는 정도로는 안 된다는 거다! 더 치열하게, 더 처절하게, 정말 죽을 정도로 긴장하고 떨어라! 그럼으로써 네 안에 있는 모든 힘을 다 끌어내라! 죽지 않고 살아남으려면 말이다! 네게 주어진 기회는 이게 마지막이다! 여기서 네 스스로 마무리하고 내려오지 못한다면, 네게 기회는 다시 없다! 무슨 말인지 알아들었나?”

감독은 다시 마운드를 내려갔다. 모두의 예상과는 달리 투수 교체는 없었다. 김승완은 멍한 모습이었다, 다시 공을 던져야 한다는 사실마저도 잊은 것처럼. 그러나 답답하고 안타까워 진용철이 마운드로 뛰어나가려 할 때쯤, 김승완은 크게 심호흡을 한 번 하더니 그를 향해 고개를 끄덕여 보였다.

팡!

'어라?' 스트라이크존 한가운데로 꽂히는 직구에 진용철은 차라리 놀랍다는 심정이었다. 지금까지 내내 일관되게 요구해 왔으되 처음으로 제대로 들어온 공이었다. 그런데 글러브에 꽂히는 볼의 느낌이 묵직했다. 지금까지와는 사뭇 다른 느낌 이었었다.

'하나 더!' 진용철은 같은 코스를 요구했다.

붕! 타자의 배트가 힘차게 돌았다. 딱! 유격수 땅볼!

'이 자식 좀 보소?' 진용철은 마운드를 향해 슬쩍 엄지를 세 워주었다. 볼끝이 살아 있었다. 원 아웃! 첫 번째 아웃 카운트 였다.

'인코스 공 두 개만큼 높게!' 공은 정확하게 진용철의 요구 대로 들어왔다. 딱! 진용철은 벌떡 일어서며 마스크를 벗어 던 졌다. 포수 파울 플라이. 투 아웃!

팡! 바깥쪽 직구 스트라이크!

팡! 가운데에서 바깥쪽으로 흘러나가는 슬라이더에 헛스윙!

팡! 인코스 꽉 차는 스트라이크!

마지막 타자는 깨끗하게 삼구 삼진이었다. 쓰리 아웃, 공수 교대! 길고 길었던 9회 초가 겨우 끝났다. 김승완은 고개를 푹 숙인 채 더그아웃으로 돌아왔다. 먼저 와 있던 진용철이 '툭!' 그의 엉덩이를 쳐주었다.

9회 말. 불스의 마지막 공격이 시작되었다. 어차피 지는 경 기일 테지만, 최근 들어 보여주곤 하는 불스의 끈질긴 저항을 오늘도 기대하고 왔을 관중들은 12—0이라는 스코어에 이미 절반 너머나 관중석을 빠져나가 버렸다. 양 팀 선수들 역시 대개는 맥이 빠진 모습들이었다.

그러나 불스의 몇몇 선수만큼은 치열하다고 해도 좋을 만큼의 팽팽한 긴장감을 유지하고 있었다.

김승완은 그라운드를 노려보고 있었다. 처음이자 마지막이 될 이 순간의 모든 것을 그의 눈에, 그리고 온몸에 모조리 새겨 넣기라도 하듯이. 그러나 막상 그는 경기 상황을 보고 있지는 않았다. 다만 오늘 그가 던졌던 공 하나하나를 머릿속에서 복기하고 있는 중이었다. 통렬한 후회와 아쉬움 속에서. 이 순간 그는 결코 온순하거나 약해 보이지 않았다. 다만 치열해 보였다.

강대웅은 1사 후 대타로 타석에 들어섰다. 유순해 보이는 인상은 평상시 그대로였지만, 그의 눈빛에는 지금 긴장이 가득했다. 그러나 와중에도 침착함을 기할 수 있었던지 볼 카운트 투 쓰리까지 잘 끌고 갔다. 이윽고 6구째. 그의 방망이가 힘차게 돌았다.

딱! 날카롭게 당겨 친 공이 쭉쭉 날아갔다. 그러나 좌측 담장 끝의 폴 대를 몇 미터쯤 벗어나고 말았다. 장외로 넘어가는 대형 파울 홈런이었다.

이어 7구째. 딱! 바깥쪽 공을 결대로 밀어 친 공이 쭉 뻗어갔다. 그러나 이번에는 우측 담장 끝의 폴 대를 살짝 벗어나고 말았다. 관중석 상단에 꽂히는 파울 홈런. 좌우로 밀고 당겨

두 개의 대형 파울 홈런이 잇달아 터지자, 관중석 일각에서는 환호성이 터져 나왔다. 8구째. 강대웅의 방망이가 다시 호쾌하게 돌았고 '딱!' 하는 경쾌한 타구 소리가 났다. 그러나 공은 그의 머리 위로 높게 뜨고 말았다. 포수가 몇 걸음 달려나가서 까만 점으로 화한 공이 자유낙하하기를 기다렸다가 간단히 포구하였다. 포수 파울 플라이 아웃. 강대웅은 힘없이 어깨를 늘어뜨리고 더그아웃으로 돌아갔다. 투 아웃.

대타로 타석에 들어서는 손강호는 가슴이 터질 지경이었다. 자신이 지금 프로야구 경기의 타석에 들어서 있다는 사실이 꿈만 같았다. 지금 이대로 죽어도 후회가 없을 것 같았다.

또 한 사람, 터질 듯이 뛰노는 가슴을 진정시키려 애를 먹고 있는 사람이 있었다. 철민이었다. 지금 그는 대기 타석에 서 있었다. 그에게도 대타 지시가 내려진 것이다. 손강호가 살아나간다면 다음 차례는 그였다. 그러나 그는 벌써부터 머리가 하얗게 비어가고 있었디. 투수의 볼 배합을 어떻게 예상하고 디석에 들어서야 할지, 무슨 구질을 노려야 할지 따위는 아예 생각조차 나지 않았다. 그런 중에 기껏 스치는 생각이라니, 스스로 생각하기에도 엉뚱하기 짝이 없었다. '수염을 깎지 않은 건 참 잘한 일이다!'

손강호는 투수에게 온 정신을 집중했다. 1구는 바깥쪽 직구. 그의 어깨가 움찔했다.

"스트라이크!"

심판의 선언이 야멸치다. 2구는 가운데로 들어오다 몸 쪽으로 휘어지는 슬라이더. 이번에 손강호는 움찔 뒤로 엉덩이를 빼고 말았다.

"스트라이크!"

이번 심판의 선언은 멀게 들렸다. 제3구. 인코스 직구. 노리고 있던 공이었기에 손강호의 배트가 힘차게 나갔다. 그러나 공은 홈 플레이트 앞에서 아래로 뚝 떨어졌고, 그의 배트는 허공을 치고 말았다.

헛스윙, 삼구 삼진! 경기 종료!

하이파이브를 하며 승리를 자축하는 드래건스 선수들을 보며 손강호는 그대로 타석을 지키고 서 있었다, 멍한 모습으로.

"수고했다!"

등을 쳐주는 감독에 대해 김승완은 감히 고개도 들지 못했다. 기왕에 숙소로 돌아가자마자 아오지로 돌아가라는 명령을 낼 터이니 지금은 싫은 소리를 안 하겠다는 것이리라!

"오늘 네게 맡겨진 첫 임무는 네 스스로의 힘으로 한 이닝을 끝내는 거였고, 넌 어쨌든 그 임무를 완수했다. 다만 다음번에는 오늘보다 더 잘해야 한다?"

장동국 감독의 그 말에 대해서 김승완은 저도 모르게,

"예?"

하고 멍한 반문을 하고 말았다. 그러나 장 감독은 싱긋이 웃고는 옆의 강대웅에게로 시선을 옮겨갔다.

"잘했다! 침착하게 풀 카운트까지 끌고 나간 것도 잘했고,

그런 중에도 기다리지 않고 공격적이었다는 건 더욱 훌륭했다. 계속 그렇게 해라!"

순간 강대웅의 얼굴에는 웃음꽃이 활짝 피었다. 꾸밈없는 웃음이었다.

"강호! 넌 생각 좀 하고 타석에 서라!"

손강호는 칭찬이나 격려의 말을 듣지 못했다. 그러나 크게 불만은 없었다. 그가 아무 생각 없이 타석에 섰던 건 사실이니까. 다만 다음을 기약하기 어렵게 된 것 같아서 그게 아쉬울 뿐이었다. 간절하게.

그렇더라도 남은 한 사람에 비하자면 손강호는 그래도 나은 편이었다. 타석에 서보지도 못하고 잔뜩 긴장만 하다가 싱겁게 끝이 나버린 누구보다는.

3

불스와 드래건스의 주말 3연전 중 세 번째 경기.

양 팀은 각기 에이스들을 선발로 냈고, 4회까지 0—0의 팽팽한 투수전을 펼쳤다. 특히 불스의 채병두는 금년 시즌 최고의 구위라 해도 좋을 만큼의 역투를 펼치며 드래건스의 막강 타선을 산발 3안타 무실점으로 선방하고 있었다.

그러나 5회 초 채병두는 급작스럽게 흔들렸고, 급기야 1점을 내주고는 김진호로 교체되었다. 다행히 김진호는 침착하게 5회를 잘 마무리하였고, 이어 6회 초까지 추가 실점 없이 잘 넘졌다. 게임 스코어는 여전히 1—0으로 드래건스의 리드.

6회 말 불스 공격.

주자 2루에서 9번 타자 송호용의 적시타가 터지며 불스는 한 점을 뽑았다. 게임 스코어 1—1 동점. 관중석에서는 오랜만에 홈팀 불스를 응원하는 소리가 높아졌다.

7회 초 드래건스 공격.

불스는 세 번째 투수 장근익이 마운드에 올랐다. 그러나 장근익은 오늘따라 많이 긴장한 듯이 어깨와 손목의 스윙이 부드럽지 못해 보였고, 그 때문인지 그가 주로 구사하는 변화구의 각도가 평소보다 많이 밋밋했다.

딱! 볼 카운트 1—3에서 타자가 친 공이 왼쪽 외야 깊숙한 곳으로 날아갔다. 빠진다면 최소 2루타성. 좌익수 이종찬이 전력질주로 공을 따라가 멋진 슬라이딩 캐치로 공을 잡아냈다. 원 아웃.

유승곤 코치는 힐끗 장동국 감독 쪽을 봤다. 비록 다섯 개의 공을 던졌을 뿐이지만, 장근익의 구위로는 더 이상 안 될 것 같았다. 더욱이 다음 타석은 장근익에게 유독 강한 면모를 보이고 있는 타자였다. 명백한 투수 교체 시점이었다. 장 감독 또한 짧은 생각에 잠겨 있는 모습이었기에 그가 자신의 의견을 구하기 전에 유 코치는 빠르게 스스로의 생각을 정리했다. 잘하면 이길 수도 있는 경기였다.

시즌 전패의 수치스러운 기록을 깰 절호의 기회였다. 언제 또 올지 모를 기회이니 오늘이야말로 3인 1조 책임제니 로테이션 순서니 하는 따위의 원칙들을 다 깨고서라도 전력투구를 해야만 할 것이다. 유 코치가 막 생각을 정리했을 때, 장 감독 또한 마침 짧은 숙고를 끝낸 모양이었다. 유 코치와 눈을 마주친 장 감독이 손가락으로 투수 명단이 적힌 보드에서 이름 하나를 찍었다. 순간 유 코치의 표정은 잔뜩 굳어지고 말았다.

직접 마운드에 올라가 몇 개의 연습 투구를 지켜보고 난 뒤 장동국 감독은 김승완의 엉덩이를 툭 쳤다.

"오늘은 끝까지 맡아라!"

김승완의 두 눈이 부릅떠졌다.

"지금부터 9회까지를 네게 맡기겠다는 거다! 정확히 아웃카운터 여넓 개다!"

"하, 하지만… 제가 어, 어떻게?"

말까지 너듬고 마는 김승완에 대해 장 감독은 담담하게 웃어주었다.

"너한테 맡겼으니 말아먹든 회를 쳐 먹든 네가 알아서 해야지! 다만 어제도 얘기했지만, 긴장되거든 참으려 하지 말고 차라리 화끈하게, 죽을 만큼 긴장해 버리는 거다!"

이어 장 감독은 한 번 더 김승완의 홀쭉한 엉덩이를 툭 쳐주고는 미련없다는 듯이 마운드를 내려가 버렸다. 김승완은 멍한 표정이 되어버렸고, 옆에서 지켜보고 있던 진용철은 차라리 황당하다는 얼굴이 되어버렸다. 그러나 진용철은 이내 웃는 얼굴을 만들었다. 김승완이 그를 바라보고 있었다. 길 잃은 새끼 사슴처럼 애처롭게.

"할 수 없다! 장 감독 저 양반, 한 번 한다면 진짜로 하는 양반이니까, 이제부터는 죽이 되든 밥이 되든 어쨌든 간에 네가 마무리를 할 수 밖에 없다! 그리고 사나이가 한 번 죽지 두 번 죽냐? 기왕에 이렇게 된 거, 죽기 살기로 한번 해보자! 파이팅!"

진용철이 걱정했던 대로 김승완은 초구부터 흔들리기 시작했다. 첫 타자에게 스트레이트 포볼. 이어 시키지도 않은 주자 견제를 한답시고 어설프게 던진 공이 뒤로 빠져서 주자 2루. 그리고 다시 포볼. 순식간에 1사 주자 1, 2루 상황이 만들어지고 말았다.

진용철은 슬쩍 더그아웃 쪽을 돌아보았다. 그러나 '혹시나'는 '역시나'였다. 감독은 아예 그와 눈을 마주치지조차 않았다. 그저 무표정이었다.

"타임!"

달갑지 않아하는 주심을 무시하고 진용철은 마운드로 걸어 나갔다.

"정신 차려, 인마! 어제 마지막에 던지던 것처럼 던지란 말야! 정 안 되겠으면 속도를 줄여서라도 그냥 한가운데로만 꽂아 넣으라고! 포볼로 그냥 점수 갖다 바치는 것보단 그게 훨씬 낫다는 말이다. 알았어?"

진용철이 어떻게 하든 어린 후배를 다독거려 보려고 갔던

참이다. 그런데 막상 질린 듯이 핏기 잃은 김승완의 얼굴을 보자 그만 치미는 화를 참을 수가 없어서 한바탕 퍼붓고는 뒤도 돌아보지 않고 제자리로 돌아와 버렸다.

'한가운데 직구!' 딱딱한 진용철의 사인에서도 화가 비쳤다. 그리고 김승완의 손에서 공이 떠나는 순간, 진용철은 제풀에 움찔 놀라고 말았다. 그가 요구한 대로 한가운데로 들어오는 직구였다. 다만 너무 밋밋하고 느렸다. 130 초반의 딱 치기 좋은 한가운데 약간 높은 직구. 아니나 다를까, 타자의 방망이가 날카롭게 돌았고, '딱!' 하는 호쾌한 소리와 함께 빨랫줄 같은 타구가 쭉 뻗어나가더니 그대로 우중간 펜스를 가볍게 넘어가 버렸다. 스리런 홈런! 게임 스코어는 단숨에 4—1로 벌어지고 말았다.

'개새끼! 그렇다고 아주 홈런을 헌납하냐?' 진용철은 폭발하고 말 것만 같았다. 김승완이 어쩌면 자신에 대한 반발로 일부러 그런 공을 던졌다는 생각까지 드는 것이었다. 그러나 진용철은 다시 마음을 추스를 수밖에 없었다. 어쨌든 경기는 아직 끝나지 않은 것이다. 더욱이 하얗게 질린 듯이 부들거리며 서 있는 김승완의 모습이 밉살스럽기보다는 새삼 눈에 걸리기도 했다.

'한가운데 직구!' 똑같은 사인을 내고 포구 자세를 취하고 있던 진용철은 감짝 놀라 펄쩍 뛰어 일어나며 글러브를 뻗었다. 바깥쪽 높은 쪽으로 한참이나 벗어나는 공이었다. 평상시였다면 주자도 없는 상황에서 그런 터무니없는 공을 굳이 잡으려고 하지 않았을 테지만, 집중하지 못하고 있었던 탓에 공을 빠뜨리지 않아야 한다는 포수로서의 본능만 앞선 것이다. 그런데 그 순간 몸 어딘가에서 우두둑! 하는 소리가 나는 것 같았고, 진용철은 저도 모르게 '악!' 하는 비명을 토하고 말았다. 뒤이어 모진 통증이 밀려왔다. 그대로 바닥을 뒹굴지 않을 수 없을 만큼의 지독한 통증이었다.

손강호는 어제와는 또 다른 감회로 가슴이 벅차올랐다. 포수 마스크를 쓰고 앉은 것이다. 일단 마스크를 쓰고 앉은 이상, 이제부터 그는 이 경기의 지배자였다. 그것은 포수로서의 그의 신념이었고, 자부심이었고, 또한 자존심이었다.

"타임!"

손강호는 천천히, 그러나 최대한 당당하고 여유있는 걸음으로 마운드로 걸어나갔다. 경기를 지배하기 위해서 우선은 투수부터 지배해야만 했다.

"승완아! 웃는 거다! 이제부터 무조건 웃는 거다! 오케이?"

제자리로 돌아간 손강호는 그라운드를 한번 돌아보았다. 그리고 아랫배에 힘을 주고 목청껏 외쳤다.

"파이팅~!"

느닷없는 고함 소리에 타석을 고르고 있던 타자가 깜짝 놀라는 시늉을 했고, 마스크 사이로 비치는 주심의 얼굴에는 슬며시 웃음기가 감돌았다.

"파이팅~!"

손강호가 한 번 더 외치고 나서야 야수들의 반응이 있었다. 손을 흔들고, 손가락 하나를 펼쳐 현재 원아웃 상황이란 걸 서로 간에 공유했다. 그럼으로써 가라앉아 있던 그라운드의 분위기는 조금씩 살아나는 듯했다.

손강호는 사인을 냈다. 엄지와 검지를 둥글게 마는 그 사인은 구질에 대한 사인은 아니었다. 그러나 김승완은 그 사인에 대해 알고 있었다. 아오지에서 둘이 호흡을 맞출 때 장난 반으로 주고받던 사인이다. 웃자는 사인이었다.

김승완의 입가가 조금 일그러졌다. 다른 부분은 딱딱하게 굳은 채로 겨우 입가만 일그러지는, 어색하고 부자연스러운 표정이었다. 그러나 그것은 웃음이었다. 아주 희미한. 혹은 최소한 웃으려는 시도였다. 포수 마스크 속에서 손강호는 이가 보이도록 활짝 웃었디. 그리고 김승완의 입가도 조금쯤 더 분명하게 일그러졌다.

팡! 팡! 김승완의 공이 묵직하게 꽂히기 시작했다. 공 하나를 던질 때마다 그는 웃고 있었다. 손강호도 웃었다. 공이 좀 벗어난다 싶으면 손강호는 벌떡 일어났다. 그리고 외쳤다.

"파이팅~!" "파이팅~!"

"에이, 씨! 지금 무슨 고등학교 야구합니까?"

타자의 투덜거림과 항의가 있었기에 주심이 손강호에게 가벼운 주의를 주었다.

"한 번만 더하고요!"

씩 웃으며 양해를 구한 손강호가 다시 기세 좋게 외쳤다.

"파이팅~!"

"파이팅~!"

이종찬이 화답했고, "파이팅~!" "파이팅~!" 야수들이 화답했다. 그리고 "파이팅~!" 작은 소리로 김승완도 화답했다. 그때쯤 김승완은 확실히 웃는 얼굴이었다. 활짝은 아니더라도.

딱! 1루수 라인을 타고 총알같이 날아가는 타구를 최준덕의 거구가 다이빙을 하듯이 몸을 날려 잡아냈다.

"나이스야~! 파인 플레이~!"

손강호의 고함 소리에 신명이 붙었다. 투 아웃!

딱! 1루 측 파울 지역으로 공이 높게 뜨자 두 명의 거구가 동시에 뛰었다. 0.1톤의 손강호와 그 무게를 상회하는 최준덕이었다. 그러나 기세는 손강호가 잡았다.

"마야~! 마이 볼~!"

우렁차게, 혹은 요란하게 질러대는 소리에 최준덕은 얼른 바닥으로 주저앉았다. 쓰리 아웃! 공수 교대!

7회 말 불스 공격.

1사 후에 이종찬이 중전 안타를 뽑아냈다. 이어 손강호의 포볼. 그리고 타석에 들어선 4번 타자 최준덕은 볼 카운트 2—2에서 바깥쪽 높은 직구에 힘차게 방망이를 돌렸다.

딱! 쭉쭉 뻗어간 공은 그대로 우측 펜스를 넘어갔다. 스리런 홈런. 게임 스코어 4—4.

　야구장이 다시 술렁거렸다. 7회 초에 어이없이 3점을 내줄 때만 해도 '그것도 야구라고 하냐?' , '때려 치워라!' 는 등의 직설적인 야유까지 나왔지만, 곧바로 3점을 따라가 다시 동점을 만들어 버린 지금은 '불스가 미쳤다!' , '오늘이야말로 불스가 정말로 뭔 일을 저지르고 말지 모른다!' 는 기대로 넘실거리고 있었다. 거기에다 투수의 컨트롤이 흔들리는 틈을 타 5번 타자 이상수가 다시 포볼을 얻어 나가자 관중석의 흥분은 더욱 고조되었다.
　"대타!"
　6번 타자 김창수의 타석에서 장동국 감독은 주심에게 대타를 통보했다.

　김철민.

　전광판에 새겨진 그 이름은 대부분의 관중들에게 낯설었다. 다만 야구계의 제반 소식과 정보에 아주 해박한 일부만이 그 이름이 신고선수 출신으로 오늘 프로 무대의 데뷔 타석을 밎는다는 사실에 대해 알고 있었다. 그리고 그런 사소한 사실까지 알고 있다는 데 대해 자랑스러워하며 옆 사람에게 열심히 설명을 해주었다.
　'뭔가 있나?' 하는 관중들의 기대감은 그 깜짝 대타가 타석에 서는 순간 곧바로 반감되었다. 우선은 폼이 아니었다. 타격 자세 말이다. 마치 겁이라도 내는 듯이 타석의 바깥쪽으로 물러서서는 다시 엉덩이를 죽 빼고 선 어정쩡한 자세. 저래서야 바깥쪽 공을 어떻게 치랴 싶고, 어떻게 친다 해도 도저히 타구에 힘을 싣기 어려운 자세로 보였다. '뭔가 있나?' 는 잠시 만에 '뭔가 영 엉성하다!' 로 바뀌었다.

1구 바깥쪽 낮은 공에 타자는 별 반응이 없이 그냥 보고만 서 있었다. 2구는 한가운데로 가다가 떨어지는 커브. 타자는 여전히 보고만 있었다. 3구 몸 쪽을 찌르는 스트라이크에 타자는 움찔했다. 그러나 배트가 나오려는 예비 동작은 아니었다.

'겁먹었다!' 포수는 이제 확실히 타자를 파악했다. 4구는 다시 한 번 인코스를 찌르는 스트라이크! 타자는 역시 움찔 놀라는 기색일 뿐 배트가 나올 기미는 보이지 않았다. 볼 카운트 2—2.

'끝낸다!' 5구째, 포수는 조금 높게 오다가 홈 플레이트에서 스트라이크 존으로 떨어지는 슬라이드를 요구했다.

"스트라이크! 아웃!"

박력있는 심판의 제스처와 선언에 철민은 새삼 움찔 놀라며 고개를 떨어뜨린 채 타석을 물러났다. 머리는 아직도 멍한 중에, 문득 미안함이 몰려왔다. 죽을 지경으로.

어이없는 루킹(Looking) 삼진에 대해 관중석은 차라리 조용했다. 허탈감에 젖고만 듯이. 그리고 이어 타석에 들어선 7번 타자 이형철의 초구 땅볼 아웃으로 7회가 종료되었다.

8회 초 드래건스 공격.

김승완은 완전히 다른 사람이 된 듯했다. '스트라이크!' 선언에 활짝 웃고, '볼!' 선언에 한껏 이마를 찡그렸다. '스트라이크 아웃!' 삼진을 잡아낼 때는 '차~!' 하고 환호하며 사뭇 격동적인 몸짓을 보이기도 했다. 마치 그동안 꽁꽁 숨겨두었던 끼를 지금에야 마음껏 발산하고 있는 것 같았다. 그런 모습은 나빠 보이지 않았다. 오히려 솔직하고 순수해 보였다.

"좋아!" "좋았어!"

손강호는 큰 소리로 일일이 반응해 주고 있었다. 김승완이 표정을 만들어낼 때마다, 몸짓으로 표현할 때마다 넉넉하게 받아주었다. 손강호는 김승완에 대해 비교적 자세하게 파악하고 있었다. 짧은 기간이지만 아오지에서 호흡을 맞췄었고, 그때 나름대로 김승완에게 가장 어울린다 싶은 볼 배합을 다듬어준 바가 있기 때문이다.

김승완의 공은 단순했다. 직구와 슬라이더 단 두 종류뿐이다. 커브와 체인지업도 구사하긴 하나 어설펐다. 어설픈 것은 차라리 버리는 것이 낫다. 그러나 김승완의 공은 단순하지만은 않았다. 우선 직구만 해도 그렇다. 2미터의 큰 키에서 내리꽂는 150대의 강속구는 그 자체만으로도 충분히 위력적인데다, 김승완은 공을 놓는 지점에 약간씩의 변화를 줄줄 알았다. 그 약간씩의 변화가 타자 앞에 가서는 예측 불가의 높이 차를 만들어냈다.

슬라이더 역시 마찬가지다. 슬라이드의 경우에는 공을 놓는 높이 차가 아니라, 공을 앞으로 얼마만큼 끌고 나가느냐의 변화로 타자 앞에서 꺾어지는 정도가 크게 변했다. 한마디로 볼 끝이 살아서 꿈틀거리게 되는 것이다. 그럼으로써 김승완의 공은 결코 단순하지가 않았다.

다만 공을 놓는 지점에 변화를 준다든지, 공을 끌고 가는 정도를 그때그때 다르게 한다는 것은 결코 간단한 문제가 아니었다. 상당히 예민한 문제였으니, 김승완의 컨디션이 좋고 마음이 안정되었을 때는 그야말로 '언터쳐블' 이 되는 것이나, 그 반대의 경우에는 곧바로 컨트롤 난조로 이어지고 말았다.

김승완에게 있어 또 하나의 관건은 체력을 어떻게 안배해 가느냐 하는 문제였다. 체력이 워낙 약하다 보니 상당히 빨리 지치는 편이었고, 일단 지치게 되면 그가 가진 장점들을 제대로 발휘하기가 어려웠다. 손강호가 포수로서 투수 김승완을 지배하는 핵심은 바로 마음의 안정과 속전속결이었다.

8회에 손강호는 능히 김승완을 지배할 수 있었고, 삼자 범퇴로 가볍게 이닝을 마쳤다.

9회 초 드래건스 공격.

8회 말 불스의 공격이 또한 삼자 범퇴로 너무 빨리 끝나 버린 때문인지 김승완의 제구가 갑자기 흔들리기 시작했다. 그렇지 않아도 벌써 세 번째 맞는 이닝이었다. 전력투구를 하는 중이었으니 이제쯤에는 체력의 정점에 달한 것일 수도 있었다. 게다가 이번이 마지막 이닝이라는, 이번 이닝만 잘 버티면 된다는 조바심이 그의 마음을 다시금 긴장상태로 몰고 갔을 수도 있었다.

'웃어!', '긴장 풀고 쉽게 던져!' 손강호가 연신 사인을 보냈지만, 그리고 김승완 자신도 억지로라도 웃으려 애쓰고는 있었지만, 그의 얼굴은 내내 딱딱하게 굳은 채로 좀처럼 웃음을 만들어내지 못하고 있었다. 첫 번째 타자와 볼 카운트 0—3에서 손강호는 바깥쪽에 꽉 차는 직구를 요구했다. 포볼을 각오했고, 만약 제대로 공이 들어온다면 김승완이 다시 자신감을 되찾을 수 있으리라는 기대를 담고. 그러나 공은 어림없이 벗어나고 말았다. 스트레이트 포볼!

"파이팅~!" 손강호가 벌떡 일어나 목이 터져라 외쳤다. 야수들이 또한,

"파이팅!" "파이팅!"

하고 화답했지만, 김승완은 겨우 입 모양으로만 달싹거릴 뿐이었다. 발 빠른 주자를 1루에 두고 김승완의 제구는 더욱 흔들렸고, 다시 연속적으로 세 개의 볼이 들어왔다. 볼 카운트 0—3.

"타임!"

손강호가 마운드로 뛰어갔다.

"승완아! 1루 주자한테는 신경 쓸 것 없고, 그냥 가운데에다 꽂아버려라! 가운데 넣는다고 다 맞는 것도 아니고, 맞는다고 해서 다 안타나 홈런이 되는 게 아니잖아? 너 자신을 믿어! 네

공을 믿으라고!"

이어진 투구에서 김승완은 조금 안정이 된 듯했다. 4구 스트라이크. 5구 파울. 그리고 6구 몸 쪽 높은 공에 스윙 유도로 삼진을 잡아냈다. 원 아웃!

세 번째 타자에게 1구 볼. 2구 스트라이크. 그런데 김승완이 3구째 투구 모션에 들어가는 순간 1루 주자가 스타트를 끊었다. 순간 당황한 김승완은 투구 동작을 중간에 멈춰 버리고 말았다. 어처구니없는 실수였다. 투수 보크. 1루로 돌아왔던 주자는 걸어서 2루로 갔다.

그때부터 김승완은 다시 불안정해졌다. 컨트롤이 다시 난조에 빠졌고, 도망가는 피칭으로 공이 많아졌다. 소심하고 심약한 본래의 모습으로 완전히 돌아가 버린 것이다. 게다가 이어진 포볼로 주자 1, 2루가 된 상황에서는 폭투까지 범해서 주자 2, 3루의 상황을 자초하고 말았다.

급하게 오르내리는 김승완의 어깨에서 그의 호흡이 거칠어졌음을 손강호는 읽을 수 있었다. 이윽고 체력의 한계에 도달한 모습이었다. 손강호는 더그아웃 쪽을 봤다. 더 이상은 도저히 무리라는 판단이었다. 그러나 장 감독은 가볍게 한 번 고개를 가로저을 뿐이었다. 손강호는 이를 악물었다. 사실 장 감독의 그런 반응은 예상했던 바다. 어떻게 하든 그가 끝내야만 했다. 그와 김승완이 끝내야만 했다.

'한가운데 직구!' 손강호는 다시 사인을 냈다. 아무 생각도 의욕도 없는 것처럼 의무적이다시피 다시 투구 모션에 들어가는 김승완의 모습이 금방이라도 허물어지고 말 듯이 위태로워 보였다.

팡! 팡! 팡! 팡! 네 개의 공이 제멋대로 들어왔다. 사인과는 전혀 무관하게. 다시 스트레이트 포볼로 1사 만루 상황. 경기의 판세는 다시 드래건스 쪽으로 확연히 기울었다. 손 강호는 다시 더그아웃 쪽을 봤다. 장동국 감독이 천천히 걸어나오고 있었다.

"어때?"

마운드에 올라서서 묻는 감독의 말에 손강호는 고개를 저었다. 당연한 대답이었다. 그전에 감독이 진작에 물었어야 할 말이기도 했다.

"넌 어때?"

이번에는 김승완에게 묻는 말이었다. 그리고 손강호는 전혀 기대하지 않았던 뜻밖의 대답을 들었다.

"죄송합니다. 그러나 던지겠습니다. 계속 던지도록 해주십시오. 감독님께서 그러시지 않았습니까? 9회 끝날 때까지 저한테 맡기신다고요!"

김승완의 목소리는 처음에 기어들어 가는 것이었는데, 말을 하는 중에 점차로 커져서 외치듯이, 따지듯이, 그리고 이윽고는 마치 덤벼들기라도 할 듯이 변했다. 목소리뿐만 아니라 그의 눈빛도 뜨거워져 있었다. 아니, 차라리 활활 불타고 있었다.

장 감독은 문득 빙그레 웃었다.

"승완이 넌 웃는 게 보기 좋던데, 왜 안 웃냐?"

그게 다였다. 장 감독은 그대로 마운드를 내려갔다. 관중석에서 몇 마디의 야유가 터져 나왔다. 감독에 대한 야유였다. 이미 한계를 보이는 투수를 끝내 교체해 주지 않는 감독의 무모함과 몰인정에 대한 야유이리라. 그러나 감독은 꼿꼿하게 더그아웃을 향해 걸어갔다.

"야! 너……?"

정말로 계속 던질 수 있겠느냐고 물으려고 했지만, 손강호는 말을 끊었다. 김승완이 웃고 있었다. 희미하게, 어색하게, 무엇보다도 힘겹게!

김승완은 다시 웃기 시작했다. 그리고 그의 공은 다시금 묵직함을 되찾았다. 볼 카운트가 1—3로 몰렸지만, 김승완이 웃는 걸 보고 손강호는 자신있게 사인을 냈다. '공 한 개 낮게 가운데 직구!'

딱! 1, 2루 간으로 흐르는 타구를 2루수 이상수가 원 바운드로 잡아 유격수 송호영에게로 연결하고, 2루 베이스를 찍은 송호영이 다시 1루의 최준덕에게로 송구했다. 그림 같은 463의 더블플레이였다. 쓰리 아웃, 공수 교대!

모자를 벗고 야수들 모두에게 꾸벅꾸벅 고개를 숙이는 김승완의 얼굴에 활짝 웃음이 걸렸다.

"야! 잘했다!"

"수고 많았다!"

"파이팅이다!"

더그아웃으로 들어서는 김승완에게 선수들이 저마다 한마
디씩을 건넸다. 어깨를 치고 등을 쳐주었다. 김승완의 얼굴이
벌겋게 달아올랐지만 그래도 미소는 사라지지 않았다. 쑥스럽
고 수줍은 미소였다.

9회 말 불스 공격.
게임 스코어 4—4 동점인 가운데 불스의 마지막 공격이 시
작되었다. 드래건스에서는 철벽 마무리 송근우가 올라왔다.
반드시 연장전으로 끌고 가겠다는 의지일 터이다.
붕! 붕! 이종찬은 대기 타석에서 힘차게 방망이를 휘둘렀다.
그 모습이 자못 결연해 보이기도 해서 마치 무슨 의식을 치르
는 듯도 보였다. 그가 조금 시간을 끈다고 생각했던지 주심이
빨리 타석에 들어서라는 신호를 보냈다. 그러나 이종찬은 더
그아웃의 선수들과 일일이 한 번씩 시선을 맞추고 난 다음에
야 천천히 타석으로 들어섰다.
이종찬은 끈질기게 물고 늘어졌다. 볼 카운터 2—2에서 파
울만 벌써 세 번째였다. 그리고 8구째. 딱! 짧게 끊어 친 타구
가 1, 2루 간을 총알같이 빠져나갔다. 1루 베이스를 밟고 선 이
종찬은 더그아웃을 향해 번쩍 손을 들어 보였다. 그렇더라도
웃는 얼굴은 아니었다. 여전히 결연한 얼굴이었다.
불스 더그아웃의 분위기는 사뭇 묘했다. 팽팽한 긴장감이
감도는 것은 당연하다고 해도, 그런 중에 점차로 흥분이 고조
되고 있는 것 같았다. 뭐랄까? 설렘이랄까? 이제 곧 뭔가 일어

나고 말 것 같은 들뜸 같은 것?

손강호는 지금 좀 어설프고 무모하게까지 보였다. 타석의 안쪽 끝에 바짝 붙어선 그는 마치 일부러 공에 맞으려는 사람 같았다. '그래?' 하듯이 상대 배터리는 공을 몸 쪽에다 바짝 붙였다. 그러나 위협구에 물러나기는커녕 손강호는 상체만 비틀어 피하는 시늉이었지 오히려 허리를 슬쩍 안으로 밀어 넣었다. 덕분인지 공은 그의 허벅지 부분을 살짝 스치고 지나갔다. 아니, 그랬다고 손강호가 펄쩍 뛰며 주심에게 어필을 했다. 주심이 사구를 선언했고, 상대 포수가 강하게 항의를 하는 중에 손강호는 얼른 배트를 던져 버리고는 1루를 향해 달려나 갔다.

무사에 주자 1, 2루. 불스 더그아웃의 분위기가 한층 더 고 조되었다. 정말로 뭔 일이 일어날 것만 같았다. 지금까지는 한 번도 일어난 적이 없는 무슨 일이.

4번 타자 최준석이 타석에 들어서자 그의 거구가 타석을 꽉 채웠다. 송근우는 긴장하지 않을 수 없었다. 그가 긴장할 이유는 충분했다. 최준덕이야말로 불스 최고의 거포이며, 바 로 직전 타석만 해도 스리런 홈런을 날려 다 기울었던 경기를 다시 원점으로 되돌려 놓은 주인공이다. 뿐이랴? 지난번 그 와의 대결에서는 만루 홈런을 때려 그를 강판시켰으며, 영점 대이던 그의 방어율을 단번에 일점대로 만들어 버린 장본인 이다. 정면승부로 빚을 갚아주고 싶은 욕심이 안 생기는 건 아니었다. 그러나 승부욕은 마무리 투수가 결코 가져서는 안 될 욕심이었다. 그렇다고는 해도 무사 1, 2루 상황이니 무작정 피해갈 수도 없는 노릇이었다. 내야수들이 수비 위치를 조정하는 걸 보고 있다가 송근우는 천천히 투구 모션으로 들어갔다.

1구, 낮은 쪽 볼. 2구, 바깥쪽 꽉 차는 스트라이크. 땅볼 내지는 최대한 단타 쪽으로 유도하려는 볼 배합이었다. 그런데 볼 카운트 1—1에서 던진 3구째 인코스 빠른 공에 최준덕은 갑자기 번트 모션을 취했다.

퉁! 배트로 공을 맞추었다기보다는 배트에 와서 맞은 공이 강하게 튕겨났다. 최준덕이 설마 번트를 대리라고는 누구도 예상하지 못한 일이었으니, 드래건스의 포수와 투수, 그리고 내야진들이 모두 당황하는 모습들이었다. 그러나 상대 내야진의 허를 찌른다는 점에서는 성공했으되, 최준덕의 번트 자체는 성공하지 못했다. 공이 공중으로 떠버린데다, 더욱이 투수 정면으로 가버린 것이다. 강하게 날아간 공은 당황한 중에도 반사적으로 뻗어낸 송근우의 글러브 속으로 빨려들고 말았다. 송근우는 재빨리 1루와 2루의 상황을 살폈다. 1루 주자는 재빨리 귀루하는 중이었지만, 2루 주자는 몇 발짝 더 3루 쪽으로 나갔다가 이제 막 급하게 몸의 무게중심을 바꾸고 있는 중이었다. 2루 베이스로 뛰어들어 오는 유격수의 타이밍에 맞춰 송근우는 침착하게 공을 뿌렸다. 2루 포스아웃! 관중석 곳곳에서 탄식이 흘렀다. 9회 말 무사 1, 2루의 황금 찬스가 졸지에 2사 1루의 절망으로 바뀌는 순간이었다.

"4번 타자에게 맡겨두어야 했어! 굳이 번트를 대려고 했다면 번트에 능한 대타를 냈어야지!"

관중석의 누군가는 불스 감독의 이번 번트 작전에 대해 열을 올렸다. 그러나 결과론적이겠지만, 만약 최준덕의 번트가 성공했더라면 감독의 깜짝 작전에 대해 오히려 고개를 끄덕였을지도 모를 일이다. 지금 불스에게 절실하게 필요한 것은 2점, 3점이 아니라 단 1점이었다. 1점이면 경기가 끝나는 것이다. 장타나 홈런에 기대기보다는 주자들을 확실한 스코어링 포지션(Scoring Position)으로 가져다 두는 것이 보다 현실적인 선택일 수 있는 것이다. 더욱이 최준덕의 발이 느리다는 데서도 감독의 고심은 있었을 것이다.

5번 타자 이상수의 타석에서 불스는 대타를 냈다. 강대웅이었다.

"네 맘껏 한번 쳐봐라!"

장동국 감독은 강대웅에게 간단히 그 말만 했다. 그리고 강대웅이 타석에 들어서기 전 간단히 몸을 푸는 동안에 장 감독은 1루의 유승곤 코치를 불러서 무언가를 지시했다.

타석에 들어서는 강대웅을 보고 관중석이 새삼 술렁였다. 프로야구를 통틀어 최중량급에 속하는 최준석과는 또 다른 차원의 거구였다. 최준석의 타석이 꽉 들어차는 느낌이라면, 지금 강대웅의 타석은 아예 터질 듯한 느낌이 나는 것이었다. 그 때문에 어제 경기를 본 사람들은 좌우로 잇달아서 대형 파울 홈런을 쏘아 넘기던 그의 놀라운 파워를 새삼 상기하였고, 오늘 처음 강대웅을 보는 사람들은 그 튼실한 중량감에, 아울러 그 거창한 뱃살에 놀라워하였다.

송근우는 두 개째 견제구를 던졌다. 견제라기보다는 스스로의 마음을 가다듬기 위해서였다. 이제 아웃 카운트 하나를 남기고 있었지만, 왠지 찜찜했다. 강대웅과 만나기는 이번이 처음이지만, 어제 경기에서 그의 놀라운 파워를 본 바가 있는 것이다. 견제가 세 개째 이어지자 1루 관중석 쪽에서 야유가 흘러나왔다.

벤치에서 지시가 나온 모양으로 포수가 거르라는 사인을 냈다. 나쁠 것은 없었다. 낮게 제구된 1구와 2구에 타자는 꿈쩍도 하지 않았다. 볼 넷을 주면 고맙게 걸어나가겠다는 태도였다. 송근우는 문득 자존심이 발동했다. 승부욕이 아니라 최소한의 자존심이었다.

'거르더라도 제대로 된 공 하나 정도는 보여주마!'

딱! 잘 맞은 직선 타구가 3루 선상을 타고 총알처럼 뻗어갔다. 1루 주자 손강호는 타구도 보지 않고 전력으로 내달렸다. 2루를 밟으며 보니 3루 박태성 코치의 팔이 바삐 돌아가고 있다. 그제야 힐끗 그라운드 상황을 보니 펜스까지 굴러간 공이 비스듬하게 튕겨 나오며 다시 왼쪽 파울 지역 구석진 쪽으로 흐르고 있었다.

'끝낼 수 있겠다!' 는 생각에 손강호는 그야말로 죽을힘을 다해 달렸다. 3루 베이스가 바로 눈앞으로 다가왔다. 박 코치의 팔이 더욱 힘차게 돌아가고 있었다. 그런데 3루 베이스를 밟으며 홈 쪽으로 방향을 틀려는 바로 그 순간이었다. 베이스를 잘못 밟았는지 발목이 삐끗하는 순간 '악!' 하는 비명과 함께 손강호는 그대로 땅바닥으로 나뒹굴고 말았다. 박 코치의 두 눈이 더 이상 커질 수 없을 만큼 부릅떠졌다. 손강호는 벌떡 몸을 일으켜 다시 달리려 했다. 그러나 마음뿐이었다. 왼쪽 발목에 힘을 줄 수가 없었다. 마치 그의 발목이 아닌 것처럼 아무 느낌이 없었다. 기겁하여 달려온 박 코치의 얼굴은 다급과 안타까움으로 뒤범벅이 되어 있었다. 손강호를 잡아끌기라도 할 듯이 안타까운 몸짓을 하더니 이내 그의 몸짓이 반대로 변했다.

"돌아가! 3루로 돌아가!"

그 급한 몸짓과 외침에 손강호는 기다시피 3루로 돌아가 몸으로 베이스를 덮고 누워버렸다. 그제야 왼쪽 발목에서는 욱신거리며 지독한 통증이 밀려왔다.

한편 강대웅은 1루에 멈춰 서 있었다. 3루수 키를 훌쩍 넘겨 라인 바로 안쪽으로 떨어진 페어 볼(Fair Ball)이었으니 최소한 2루타성이었다. 게다가 펜스를 맞은 공이 다시 파울 지역 구석으로 흘렀으니, 웬만큼 발 빠른 주자라면 능히 3루까지도 갈 수 있는 상황이었다. 그런데 강대웅은 아예 2루로 뛸 시도조차 하지 않았다. 아니, 아예 1루 코치에게 제지를 당했다. 유승곤 코치는 영 머쓱한 표정이었다. 그러나 그는 감독의 명에 따랐을 뿐이다. '홈런이 아니라면 무조건 1루에 멈춰

세워라!' 그게 그가 감독으로부터 미리 지시받은 내용이었다.

뱃살 출렁이며! 강대웅이 1루까지 뛰는 모습을 단적으로 표현하자면 딱 그랬다. 공을 치고 난 다음 배트를 집어던진 강대웅이 1루를 향해 냅다 달리는 모습은 한편의 코미디나 다름없었다. 육중한 거구의 전력질주! 그러나 위태롭게 뒤뚱거리는 걸음과 파도처럼 출렁이는 뱃살에 관중석 곳곳에서는 웃음이 터졌다.

그런데 그라운드에는 다시 묘한 상황이 벌어지고 있었다. 불스가 1, 3루의 주자들을 불러들이고 대주자들을 냈는데, 그 두 명의 대주자가 모두 투수들이었다.

"저건 또 무슨 시추에이션이야?"

1루 측 홈팬 관중 중의 누군가가 크게 말했다. 그에 대해 옆에 앉았던 사람이 짐짓 찬찬히 설명했다. 자신의 해박함을 자랑하며.

"불스가 26인 로스트를 독특하게 짜서 투수를 14명이나 포함시키고 있으니 야수가 12명뿐이야! 그런데 이미 포수 교체와 대타로 두 명을 썼으니 야수들 중에서는 더 이상 교체할 멤버가 없는 거지. 그리고 지금은 대주자로 쓰려는 것이니, 발만 빠르다면 투수를 내보내서 안 될 건 또 없지."

장동국 감독은 차라리 마음을 비웠다. 다음은 철민의 타석이었다. 바로 직전 타석에서 멍하니 서 있다가 루킹 삼진을 당하고 내려온 바 있는 그였으니 솔직히 무엇을 기대를 할 건 못

되었다. 하지만 투수를 대타로 쓸 수도 없는 노릇이니, 그런 점에서는 차라리 고민의 여지가 없는 셈이었다. 물론 여기서 만약 연장전에 들어갔을 때는 당장에 또 누구를 포수 자리에 앉혀야 할지부터 시작하여 도무지 대책이 안 서는 상황으로 될 것이나, 지금 그런 데까지 미리 걱정을 할 상황은 또 아니었다.

"어이, 김 팀장! 얼굴 보니까 바짝 얼었는데, 그대로 갈려고?"

잔뜩 굳은 얼굴로 곧장 타석으로 나가려는 철민을 이종찬이 불러 세웠다. 아닌 게 아니라 철민은 지금 바짝 얼어 있었다. 이종찬이 피식 웃었다.

"서두르지 말고 여기서 방망이도 좀 휘두르고 여유도 좀 부리다가 천천히 들어가라고! 그리고 타석에 들어가서는 복잡하게 생각할 것 없어! 비슷하다 싶으면 그냥 휘둘러 버리라고! 헛스윙으로 삼진당하는 건 괜찮은데, 멍하니 서서 삼진당하는 뻘짓은 다시 하지 말라는 거야! 언더스탠?"

타석에 서자 관중석이 술렁이는 것 같았고, 다시 그 술렁임이 온통 자신에 대한 야유인 것 같아서 철민은 일순 참담하기까지 한 심정이 되고 말았다.

'1구, 바깥쪽 낮은 직구. 2구, 가운데서 떨어지는 커브. 3구, 인코스 직구. 4구, 다시 인코스 직구. 5구, 가운데로 떨어지는 슬라이드!' 포수는 이전 타석 때의 볼 배합을 정확하게 기억하고 있었다. 그리고 엉덩이를 쭉 빼고 어정쩡하게 선 타자의 자세에서 '겁먹었다!'는 그때의 판단이 여전히 유효하다는 것도 알았다. 그래도 혹시 몰라 1구는 유인구로 찔러보기로 했다. 가운데로 오다가 낮게 떨어지는 포크 볼. 타자는 꿈쩍도 하지 않았다. '이 친구 여전히 얼었다!'

2구, 가운데 낮은 쪽 스트라이크에 타자는 역시 그저 멍하니 보고만 있었다. 그리고 3구, 몸 쪽에 붙이는 스트라이크! 타자는 그제야 움찔했다. 그러나 치려고 움찔한 것이 아니라, 겁을 내어 움찔한 것이었다. '한 번 더 인코스 꽉 차게!' 포수는 4구째 사인을 냈다

'끝이다!' 정확한 코스로 홈 플레이트를 통과하는 공과 순간 움찔거리는 타자의 기척을 보고 포수는 그렇게 단정했다. 그런데 아니었다. 타자는 움찔하는 것으로 그치지 않고 동작을 계속 이어나가고 있었다. 그리고 그의 배트가 힘차게 궤적을 그리며 돌아 나왔디.

딱! 소리가 나자마자 루상의 주자들은 전력으로 달리기 시작했다. 타구가 새가맣게 치솟고 있었다. 벌떡 일어나 마스크를 벗어 던진 포수의 얼굴에서는 이내 놀람 대신 안도의 빛이 번졌다. 공은 너무 높이 솟았고, 다소 급한 포물선의 궤적 상으로도 펜스를 넘어가긴 어려워 보였다. 중견수가 천천히 뒷걸음질 치면서 위치를 잡아가고 있었다.

그런데 중견수의 움직임이 갑자기 급해졌다. 뒤로! 뒤로! 급한 뒷걸음질을 쳤다. 그러면서도 그의 시선은 여전히 한참 위를 바라보고 있었다. 떨어져야 할 타구가 힘을 잃지 않고 계속 뻗어가고 있었다. 중견수가 재빨리 뒤를 돌아보았다. 펜스가

바로 등 뒤에 와 있었다. 순간 중견수는 한 손으로 펜스를 짚고
펄쩍 도약해 오르며 힘껏 글러브를 뻗었다. 순간 관중석 곳곳
에서 놀란 탄성들이 번지더니 이윽고는 거대한 함성으로 터져
나왔다.

「몽상가」 5권에서 계속…

무공을 익힐 수 없는 비운의 천재 제갈수.
공작가의 망나니 공자 슈.

운명을 벗어나려는 제갈수의 노력은 망나니 공자의 죽음과 만나 비상한다.

제갈수의 영혼과 슈의 신체를 이어받은 새로운 슈 부르셀라 폰 레비안또 가누비엔
그것은 하나의 위대한 기적!

홀로선별 퓨전 판타지의 신기원!

『기적!』

따뜻한 그의 이야기가 지금 시작된다.